Nouvelle Collection illustrée.   L'ouvrage complet **95** centimes.

JULES CLARETIE

DE L'ACADÉMIE FRANÇAISE

Le

Prince

Zilah

Calmann-Lévy, Éditeurs.

LE PRINCE ZILAH

JULES CLARETIE

DE L'ACADÉMIE FRANÇAISE

LE
PRINCE ZILAH

ILLUSTRATIONS

DE

PAUL DESTEZ

PARIS

CALMANN-LÉVY, ÉDITEURS

3, RUE AUBER, 3

I

— Pardon, monsieur, dit un passant, qu'est-ce que ce bateau, je vous prie?

Le curieux s'adressait à un petit homme brun qui, un carnet à la main, appuyé sur le parapet du quai des Tuileries, faisait courir sur le papier du calepin un porte-crayon d'or gros comme une fusée et contenant, réunis, un canif, une plume, des mines de plomb et un couteau à papier en ivoire : tout l'attirail d'un reporter habitué aux expéditions du journalisme ambulant.

Quand il avait rempli, de son écriture cursive, un feuillet, le petit homme le déchirait en hâte et le tendait à un gamin en livrée bleu sombre dont les boutons d'argent portaient l'initiale du journal l'Actualité.

Il ne s'interrompit même pas pour répondre :

— Monsieur, c'est le prince Andras Zilah qui donne une fête à bord d'un bateau de la Compagnie!

— Une fête!.. Et pourquoi?

— Parce qu'il se marie, monsieur!

— Le prince Andras!.. Ah! dit le Parisien comme s'il connaissait parfaitement le nom, le prince Andras se marie!.. Et qu'est-ce que le prince Andras Zil...

— Zilah!... C'est un Hongrois, monsieur! Mais le reporter semblait pressé.

Il dit au groom en lui tendant encore une feuille de carnet :

— Attends-moi là un moment. Je descends à bord et je t'enverrai la fin de la liste des invités par un matelot. On pourra préparer l'article avec ça et composer d'avance. Je porterai la fin, ce soir, à l'imprimerie.

— Bien, monsieur Jacquemin!

— Et ne perds aucun feuillet...

— Oh! monsieur Jacquemin, je ne perds jamais rien, moi.

— On ne pourra peut-être pas très bien lire les noms... Tous exotiques... Mais je corrigerai sur l'épreuve.

— Alors, monsieur, demanda encore le passant acharné à tout savoir, ce sont presque tous des étrangers ou des étran-gères qui descendent là, dans le bateau, par la passerelle?

— Oui, monsieur, oui, monsieur, oui, mon-

sieur! répondit Jacquemin, visiblement
agacé. Il y a, à Paris, beaucoup d'étrangers... beaucoup... et je les préfère encore
aux provinciaux de Paris!

L'autre ne comprit pas, sourit, remercia
et s'éloigna du parapet en disant à des gens
qu'il rencontra :

— C'est une fête!.. Le prince Andras,
un Hongrois, qui se marie!... Le prince
Andras Zilah! Une fête à bord! des fiançailles en bateau, c'est très drôle!

D'autres curieux, accoudés, comme Jacquemin, au quai des Tuileries, regardaient
le steamer dont le drapeau tricolore, à
l'arrière, et les flammes rouges au haut des
mâts flottaient hardiment avec des clapote-
ments joyeux sous le vent frais du matin.

Il était là, prêt à partir, bateau de plai-
sance coquet comme un salon, ciré, décoré,
fleuri, avec des tentures sur les banquettes
et des touffes énormes d'azalées, des aspects
de parterre ou de serre à bord d'un steamer.
Il y avait, pour ces passants arrêtés et
regardant la Seine, un attrait inattendu,
quelque chose comme le piquant d'une
énigme dans ce vapeur semi-pavoisé qui
envoyait gaiement à la rue parisienne sa
fumée blanche et dont les sifflements même,
alertes et lestes, semblaient gais comme des
fredons.

Des musiciens aux pantalons rouges, le
corps serré dans une veste noire à brandebourgs sombres, leurs têtes cuivrées coiffées
de chapeaux de feutre ronds, jouaient sur
le bateau des airs bizarres, tandis que l'on
voyait, pimpantes, amusées d'avance,
presque toutes jolies dans leurs costumes
d'été, des femmes descendre lestement des
coupés ou des calèches faisant halte au
point d'embarquement. Elles s'arrêtaient, se
saluaient : « Eh! bonjour, chère! » échangeaient des shake-hands, puis, gaies, prestes,
élégantes, descendaient lestement la rampe
qui mène au fleuve, et s'engageaient, avec
des coquetteries d'attitudes et de savants
retroussis de jupes laissant voir des pieds
tout petits, sur la passerelle conduisant au
steamer.

Et ce défilé de claires toilettes, de cavaliers tendant la main aux dames, de parisiennes rieuses et hâtives, tandis que
l'orchestre du bord jetait à l'air du fleuve
les accents passionnés de ses czardas hongroises, ressemblait à quelque vision du
peintre des fêtes galantes, à quelque embarquement pour Cythère rêvé par le maître
du XVIIIe siècle et réalisé là, en plein Paris
actuel, par la fantaisie de quelque artiste,
d'un poète ou d'un grand seigneur, tout
près du pont où ruisselait, comme une
antithèse vivante, le réalisme des fiacres

pleins, des omnibus complets et des passants
essoufflés.

Le prince Andras Zilah invitait ses amis à
un déjeuner de touristes, dans le plein air
de juillet et devant le panorama mouvant,
charmeur, plein de surprises, des bords de
la Seine.

Très répandu dans le monde parisien, où
il se jetait éperdument avec de visibles
envies de s'étourdir, comme un homme qui
veut oublier, l'ancien combattant de l'indépendance hongroise, le fils du vieux prince
Zilah Sandor qui, le dernier, avait, en
1849, tenu droit l'étendard troué de sa
patrie, venait de multiplier les invitations,
appelant à lui ses quelques amis les plus
chers, ceux de la solitude et des confidences
intimes, et aussi la plupart de ces affections
de hasard et de passage que donne inévi-
tablement la vie de Paris. Relations multiples,
sympathies de rencontre, faciles, légères,
papillonnantes et qui s'envolent comme elles
sont venues, dans un coup de vent ou dans
un tourbillon.

Le comte Yanski Varhély, le plus vieil
ami, le plus solide et le plus dévoué de tous
ceux qui entouraient le prince, savait fort
bien, au reste, pourquoi cette fantaisie était
venue à Andras. A quarante-quatre ans, le
comte disait adieu à sa vie de garçon. Ce
n'était pas une folie. Yanski voyait avec joie
que cette antique race des Zilah, éternels
serviteurs du patriotisme et du droit, n'allait
point s'éteindre avec le prince Andras. La
Hongrie, dont les destinées recommençaient, avait besoin des Zilah dans l'avenir
comme elle en avait eu besoin dans le
passé.

— Je ne trouve qu'un reproche à faire à
ce mariage, disait Varhély : c'est qu'il
aurait pu avoir lieu plus tôt.

On ne commande pas à son cœur d'aimer
à heure fixe. Tout jeune, Andras Zilah
n'avait guère chéri que sa patrie, et loin
d'elle, dans l'amertume de l'exil, lassé bien
vite des amours vulgaires, il était revenu à
cette passion de sa jeunesse, ne vivant à
Paris que des souvenirs de sa Hongrie. Il
venait de laisser s'écouler les années après
les années, sans songer à se hâter un foyer,
un nid de bonheur, discret et sûr. Un peu
tard, mais le cœur chaud encore, l'esprit
jeune, ardent, le corps solidifié plutôt
qu'usé par la vie, le prince Andras se
donnait du moins tout entier : l'âme avec le
nom, celui-ci aussi grand que celle-là. Il
épousait une femme adorée, choisie par
lui, et romanesquement aimée, et il tenait
à donner à cet adieu au passé, à ce salut à
l'avenir, un entourage de poésie et de joie.
Ceux de sa race, au temps jadis, avaient

toujours déployé une originalité fastueuse, quasi orientale. On citait souvent les excentricités généreuses de l'aïeul du prince Andras, le vieux Magyar Zilah, répondant à ses intendants qui lui prouvaient, calcul en mains, que s'il affermait à une compagnie quelconque, anglaise ou allemande, la récolte de ses grains, blés et fourrages, il gagnerait par an une somme de six cent mille francs environ.

— Mais ces six cent mille livres, je les prélèverais donc sur le pain de nos laboureurs, fermiers, semeurs et glaneurs qui s'en nourrissent? Non, certes non, je ne reprendrai pas plus cet argent aux pauvres diables que le grain perdu aux oiseaux du ciel.

C'était ce grand-père d'Andras, le prince Zilah Férency qui, perdant sur une partie de cartes le prix de la journée de travail de deux cents maçons durant une année entière, employait ces hommes à la construction de châteaux qu'il brûlait ensuite, à la fin de l'an, pour se donner le plaisir de jouir de feux de joie sur des ruines pittoresques.

La fortune des Zilah pouvait alors aller de pair avec ces richesses presque fabuleuses, incalculables, des Ezterhazy et des Batthyanyi.

Le prince Paul d'Ezterhazy possédait à lui seul trois cent cinquante lieues carrées de territoire en Hongrie. Les Zichy, les Karolyi, les Széchényi, plus pauvres, n'en avaient que deux cents à cette heure où six cents familles seules étaient, en terre hongroise, propriétaires de deux mille cinq cents hectares, les lords de la Grande-Bretagne n'en possédant pas plus de deux mille en pays anglais. Le prince de Lichtenstein nourrissait pendant huit jours l'empereur d'Autriche, son état-major et son armée, manœuvrant sur ses domaines. Le vieux Férency Zilah en eût fait autant, s'il n'eût toujours eu la haine profonde, vivace, militante de l'Autriche. Jamais, dans la famille du Magnat, on ne s'était soumis à l'Allemand, devenu le maître, pas plus qu'on ne s'était, jadis, incliné devant le Turc vainqueur.

De ses ancêtres, le prince Andras gardait donc la générosité superbe avec une fortune bien diminuée, aux trois quarts confisquée en 1849, amoindrie par toutes sortes de pertes et de malheurs : infidélités des prête-noms qui en conservaient les débris afin que l'Autriche ne dévorât point tout à la fois, sommes énormes dépensées pour la cause nationale, les émigrés hongrois, les compagnons proscrits. Zilah n'en restait pas moins fort riche et faisait à Paris, où depuis

tant d'années il s'était fixé après de longs voyages, figure imposante.

Cette petite fête donnée pour quelques amis à bord d'un bateau parisien était peu de chose pour le descendant de ces Magyars magnifiques. Mais il y avait là cependant une coquetterie séduisante, et c'était plaisir pour le prince de voir accourir sur le pont, embaumé comme un jardin, ce monde aimable, amusant, frivole, élégant, qui était le sien, mais qu'il dominait de toute la hauteur de sa grande intelligence, de sa conscience et de ses convictions.

Monde mêlé et bizarre, de nationalités diverses, assemblage de personnalités exotiques, comme on n'en rencontre qu'à Paris dans certains milieux particuliers où le *high-life* touche à la bohème et la noblesse à l'aventure. Monde tapageur, apportant ses vices à nos folies, venant savourer l'arome et absorber le poison de Paris, y ajoutant les intoxications étrangères et formant, dans l'agglomérat immense de la vieille ville française, une sorte de syndicat particulier, de colonie bizarre, qui appartient à Paris et qui cependant n'a rien de Paris que ses excentricités, aime à en développer les verrues, mène l'existence à longues guides, remplit les petits journaux de ses grandes folies, se trouve et se retrouve partout où Paris s'éparpille, à Dieppe, à Trouville, à Vichy, à Cauterets, sur la plage d'Étretat, sous les orangers de Nice, autour des tables de jeu de Monaco, selon la saison, le moment et la mode.

C'était un peu de tout cela, qui riant, enchanté du voyage, poudré, pomponné, parfumé, se précipitait avec des rires, des envies nerveuses de s'amuser, de s'étourdir, sur le bateau frété par le prince.

Là-haut, son carnet à la main, le petit homme brun, la chevelure bouclée, l'œil vif et la barbe noire taillée en pointe, avec de fines moustaches retroussées, le reporter Jacquemin continuait à prendre, à mesure que les invités défilaient, la liste des hôtes; et, sur ses feuillets, tombaient, tracés lestement, des noms imprimés cent fois par jour dans les chroniques parisiennes, les comptes rendus de steeple-chase ou de premières représentations, noms aux terminaisons slaves, latines ou saxonnes, noms italiens, espagnols, hongrois, américains, qui tous représentaient une fortune, une gloire, une puissance, parfois un scandale, un de ces scandales d'importation qui éclatent à Paris comme y éclosent les trichines des envois cosmopolites.

Et le reporter écrivait, écrivait encore, écrivait toujours, arrachant presque, pour les donner au groom de *l'Actualité*, les dernières pages de son carnet dans cette énumération rapide où figuraient des généraux yankees de la guerre de Sécession, des princesses italiennes, des Américaines flirtant à travers le monde et presque le demi-monde, des ladies qui, rivales du prince Zilah en richesse, possédaient des comtés entiers, quelque part, en Angleterre; de grands seigneurs cubains compromis dans les dernières insurrections et condamnés à mort en Espagne; des hommes d'État péruviens, publicistes et chefs d'armée à la fois, maniant la langue, la plume et le revolver; une foule d'originaux, jusqu'à un Japonais, jeune homme élégant, vêtu à la dernière mode, un *sombrero* de feutre posé sur des cheveux plats, d'un noir d'encre, et qu'il ôtait et mettait à chaque instant sous son bras gauche, comme un claque, pour saluer plus librement, à la française, les deux pieds en équerre, talon contre talon, l'estomac rentré, la tête baissée jusqu'à mi-corps, et de petites inclinaisons saccadées accompagnant un correct renflement des épaules.

Tout ce monde exotique étourdissant un peu et intriguant beaucoup les groupes de Parisiens arrêtés là-haut, pour regarder, franchissait la passerelle qui menait au bateau, puis, s'éparpillant sur le pont, lorgnait la rive, les maisons du quai ou écoutait les *czardas* que jouaient à l'arrière, hardiment, avec une sorte de bravade farouche, les musiciens hongrois sous le drapeau tricolore français marié aux trois couleurs de leur pays.

Les tziganes saluaient ainsi comme d'une fanfare l'embarquement des invités, et le clair soleil, sous le ciel bleu, enveloppait tout le bateau d'une grande auréole de gaieté, sa lumière ajoutant un flamboiement, une illumination de joie à cette fièvre heureuse et à ces folles explosions de rires.

II

Le prince Andras Zilah, debout sur le pont du bateau, à l'endroit où la passerelle finissait, recevait ses invités avec une bonne grâce robuste, sans banalité.

Il avait sur les lèvres un mot aimable pour chacun de ces hôtes d'un jour qui montaient à bord, joyeux comme des chevreaux échappés et tout heureux de cette aventure, d'un déjeuner à bord d'un steamer, plaisir inédit qui faisait oublier à ces inassouvis et à ces curieuses les cabinets des cabarets à la mode et le convenu des réceptions mondaines de tous les jours.

— Ah! la bonne idée que vous avez eue là, prince, et bien inattendue, et bien parisienne... Tout à fait parisienne!

C'était à peu près le même remerciement qu'ils lui adressaient tous.

Lui souriait et répétait une phrase des chroniques de Jacquemin:

— Il n'y a plus de Parisiens que les étrangers!

On savait gré à ce visage aux traits presque sévères de bien vouloir sourire ainsi. Cette physionomie quelque peu hautaine et attristée, ce front large, pur, un peu dénudé déjà, front de penseur et d'homme d'étude plutôt que de soldat, avec les cheveux rejetés en arrière, des yeux profonds, au regard clair, la prunelle d'un bleu limpide, perçante, se fixant droit sur les hommes et les choses, ce nez régulièrement dessiné sur une barbe blonde qui grisonnait très légèrement aux joues et des deux côtés du menton, mais où les fils blanchis paraissaient seulement devenir plus blonds, cette figure pétrie de volonté, de vigueur résignée, brûlante d'ardeur contenue, cet être tout entier plaisait d'autant plus que, commandant le respect, il attirait invinciblement par une sympathie vive, celle de la force qui se fait séduisante, de la robustesse en qui l'on sent de la pitié.

Le nom du prince Andras Zilah, ou, comme on disait à la hongroise, Zilah Andras, n'eût pas été écrit en traits de sang dans l'histoire de son pays qu'on eût deviné le héros en lui, à la hardiesse de sa carrure, de son port de tête bravant la vie comme il avait défié les balles, au rayonnement, à la flamme étrange de son regard, absolument comme aux inflexions douces de sa voix habituée à commander, aux gestes caressants de sa main faite pour l'épée, on sentait l'homme bon sous l'homme brave, et, sous l'indomptable, l'attendri.

Quand ils avaient serré la main de leur hôte, les invités allaient saluer, comme la maîtresse du logis après le maître, une jeune femme à demi étendue, à l'avant du bateau, sur un fauteuil pliant, parmi des fleurs arrangées en massifs comme dans un parterre. C'était vers elle, vers cette créature exquise, brune, pâle, avec de grands yeux tristes et un beau sourire, que se portaient les hommages des nouveaux venus, s'inclinant devant la fiancée après avoir quitté le prince. Un gros homme, au type russe, les moustaches rudes, d'un gris roux, et le cou apoplectique, se tenait debout à côté d'elle, serré dans sa redingote comme dans une tunique militaire.

Parfois, se penchant à demi et frôlant, de la brosse de ses moustaches, l'oreille blanche de la jeune fille, il lui demandait:

— Êtes-vous heureuse, Marsa?

Marsa! Le nom hongrois de Marthe : Marsa.

Et Marsa répondait, le sourire perdu dans

sensuelle, rouge comme les deux lobes charnus et colorés de ses oreilles, des cheveux noirs admirables, et qui, d'une petite main grasse, potelée, aux ongles

LE PRINCE ZILAH DEBOUT...

un soupir, dans une contemplation vague de l'infini :

— Oui, mon oncle... très heureuse!

Tout près de Marsa, une petite femme, encore fort jolie, quoique d'un certain âge, l'âge des épaules et de l'embonpoint, brune, avec un nez très fin, une petite bouche

roses, tenait devant ses yeux myopes un lorgnon à manche d'or, disait à un homme aux cheveux crépus, d'aspect assez farouche, avec un front volontaire, hérissé d'une toison blanche comme la laine d'une brebis, les narines larges d'un nez court, presque écrasé, s'ouvrant sur une grosse moustache :

— Eh bien! mon cher Varhély, je suis enchantée de l'idée du prince!... Je m'amuse beaucoup!... Je vais beaucoup m'amuser!... Savez-vous que c'est très galant l'invention de ce déjeuner au fil de l'eau?... Vous ne trouvez pas?... Voyons, égayez-vous un peu, Varhély!

— J'ai donc l'air attristé, baronne?

Yanski Varhély, l'ami du prince Andras,

CETTE MARSA LASZLO...

était pourtant très heureux, malgré son air un peu sombre. Physionomie slave, tête violente sur un cou de taureau enfoncé dans des épaules trapues, déjà vieux, mais d'une robustesse de chêne, vêtu tant bien que mal, sans façon mais sans vulgarité, il regardait tour à tour la petite femme qui lui parlait, et Marsa, si différentes l'une de l'autre : la fiancée d'Andras, élancée comme un beau lys, la petite baronne Dinati, ramassée et charnue comme un beau fruit.

Et elle lui plaisait décidément, cette Marsa Laszlo, contre laquelle, instinctivement, il avait eu des préventions lorsque Zilah lui avait parlé, pour la première fois, de l'épouser. Faire d'une Tzigane, car elle était à demi Tzigane, Marsa, une princesse Zilah semblait au comte Varhély une résolution

un peu hardie. Il n'avait d'ailleurs jamais beaucoup compris les fantaisies de la passion, ce soldat retraité de l'héroïsme, et Andras lui semblait, en cela comme en toutes choses, un peu bien romanesque. Mais le prince était libre après tout, et un Zilah fait bien ce qu'il fait.

Puis, par la réflexion, le mariage de Zilah était devenu une joie pour Varhély. Il venait de le répéter encore tout à l'heure à l'oncle de la fiancée, le général Vogotzine.

La baronne Dinati avait donc grand tort de soupçonner chez le vieux Yanski Varhély une arrière-pensée.

Comment Varhély n'eût-il pas été enchanté, puisqu'il voyait Zilah rayonnant, fou de bonheur?

La taille de jeune homme vigoureux et souple du prince Andras se détachait, là-bas vers l'entrée du bateau, et Varhély regardait Zilah recevoir ses derniers invités.

On allait partir maintenant, lever l'ancre et longer les quais dans une fanfare.

Déjà Paul Jacquemin, jetant ses derniers feuillets au groom de l'*Actualité*, descendait allègrement la passerelle. Zilah ne le regarda guère, car il poussa un véritable cri de joie en voyant le reporter suivi d'un jeune homme que le prince n'attendait pas.

— Menko! Mon bon Michel! dit Andras en tendant les deux mains au nouveau venu qui s'avançait, très pâle. Eh! par quel hasard, mon cher enfant?

— J'ai appris à Londres que vous donniez cette fête... Les journaux de là-bas avaient annoncé votre mariage... je n'ai pas voulu attendre plus longtemps... Je...

Il semblait, en parlant, hésiter un peu, comme mécontent, troublé, et tout à l'heure. Zilah ne l'avait point remarqué, il avait eu une brusque envie de remonter tout à coup sur le quai et de laisser le bateau s'éloigner sans y mettre le pied.

Michel Menko n'avait pourtant pas l'air d'un timide.

Maigre, mince, d'une élégance fière, ce Michel laissait trop aisément paraître sur son visage qu'un sang à fleur de peau devait colorer d'ordinaire et qui maintenant était presque blême, contracté et maladif, une inquiétude ou une tristesse. Homme du monde, à tournure de diplomate militaire, il cherchait instinctivement quelqu'un parmi les invités du prince, et son regard fouillait le pont du bateau avec une sorte de colère sourde.

Le prince Andras ne voyait qu'une chose dans l'apparition soudaine de Menko : le jeune homme qu'il aimait profondément et dont il était un peu le cousin, le seul parent qu'il eût au monde, une de ses aïeules étant une comtesse Menko, son cher Michel assisterait à son mariage. C'était une surprise aimable. Il croyait Menko malade à Londres. Menko reparaissait. La journée, décidément, était heureuse.

— Ah! quelle joie vous me faites, cher ami, disait-il d'un ton d'affection quasi paternelle.

Et chacune de ces démonstrations d'amitié semblait embarrasser un peu plus le jeune comte. Sous la correction mondaine, l'évidence d'un tempérament impérieux, troublé pourtant, apparaissait dans le moindre coup d'œil ou le moindre geste de cet homme de vingt-sept ou vingt-huit ans, le visage osseux, le front haut avec d'épais cheveux châtains rejetés comme d'un seul coup en arrière, découvrant les tempes et les oreilles, un profil régulier et mâle, des moustaches fines, la lèvre inférieure un peu dédaigneuse. On devait facilement se figurer, en le voyant passer, ce beau garçon, élancé, fin et résistant comme de l'acier, ayant rejeté le frac du mondain et revêtu l'uniforme du hussard hongrois, le menton bien rasé, les deux pointes de la moustache relevées par un retroussis autour de l'index; on le voyait volontiers, par l'imagination, caracolant au Prater, le col militaire serrant et dégageant à la fois un beau cou blanc, gras et allongé pourtant, où, par derrière, les cheveux s'arrêtaient net formant une pointe sur la nuque blanche. L'œil gris de Menko, d'un ton inquiétant à reflets bleus, qui faisait penser à une eau reflétant un orage, devenait triste à l'état immobile, et plein d'éclats menaçant dès qu'il se ranimait.

Le regard du jeune homme avait eu précisément cet éclat agressif en découvrant, là-bas, à l'avant, à demi cachée parmi les fleurs, Marsa assise; puis, brusquement, dans ses prunelles, une expression singulière de douleur ou d'angoisse succédait à ce jaillissement : une flamme, presque aussitôt éteinte qu'allumée et disparaissant au fond de cet œil gris, avec la rapidité d'une lueur d'étoile filante.

Il n'y eut plus chez Menko que l'attitude et l'expression correcte du gentleman lorsque le prince Zilah lui dit :

— Eh bien! Michel, allons saluer ma fiancée... Varhély est là aussi!

Zilah amena alors par la main Menko,

très pâle, vers Marsa, et dit à la jeune fille :

— Ma joie est complète, vous voyez!

Elle, tandis que Michel Menko la saluait profondément, inclinait à peine sa tête brune avec une lenteur froide et ses grands yeux, sous l'ombre des sourcils, semblaient chercher les prunelles grises du jeune homme et ne les trouvaient pas.

Et devant Marsa, qui n'avait presque point bougé, aussi blanche qu'un marbre, Andras se tenait maintenant, ayant rapproché Varhély de Michel et, chaque main appuyée sur l'épaule d'un de ces deux amis qui, pour lui, résumaient toute sa vie, Varhély le passé, Michel Menko le rajeunissement et l'avenir :

— Ah! dit-il avec une joie attendrissante, si l'on n'avait point cette niaise superstition de croire qu'il ne faut pas crier son bonheur trop haut, comme je dirais que je suis heureux!...

Il ajouta :

— Bien heureux! Oui, le plus heureux des hommes!

Pendant que la petite baronne Dinati, la jolie femme brune qui trouvait tout à l'heure Varhély un peu triste, écoutait et disait fièrement à Paul Jacquemin, le *reporter* attitré de son salon :

— Ce bonheur-là, Jacquemin, c'est pourtant mon ouvrage,... Sans moi, ces deux sauvages si charmants, si bien faits l'un pour l'autre, Marsa et Andras Zilah ne se seraient jamais rencontrés. A quoi ti nt le bonheur!

— A une carte d'invitation gravée par Stern, dit Jacquemin en riant. Mais vous m'en avez trop dit, baronne... Il faut tout me raconter... Tout... La jolie chronique à faire, pensez donc! *Un mariage chez la Baronne!* Voyons, le roman... Vite le roman!... Le roman ou la mort!

— Et vous ne croyez pas si bien dire, mon cher Jacquemin, c'est bien un roman. Et un roman romanesque qui plus est. Un roman qui ne ressemble pas à... (vous avez inventé le mot)... ces histoires *brutalistes* que vous aimez...

— Que j'aime beaucoup, baronne... comme la charcuterie quand c'est bien salé!

— Eh! bien, le roman du comte Andras n'est pas salé du tout. Il est... comment dirai-je?... Il est épique, héroïque, romantique... tout ce que vous voudrez.. Mais il est exact comme une assignation Je vais vous le raconter.

— Bon à tirer à cinquante mille exemplaires! dit gaiement Jacquemin qui ouvrait ses oreilles et prenait des notes... mentalement.

III

Le prince Andras Zilah, comte transylvain et prince du Saint-Empire, était de ces hommes qui vouent leur existence à une seule idée, et, lorsqu'ils se sont donnés à un

Osmanlis dont on lui avait tant parlé lorsqu'il était enfant.

Dans le vieux château aux tourelles peintes en rouges, selon la vieille mode, où il était né, où il avait grandi, sur le territoire de Pecz, Andras, comme tous ceux de sa famille et de son pays, avait été nourri des souvenirs des vieilles guerres. A

A QUINZE ANS, IL ÉTAIT EN SELLE...

amour, ne se reprennent plus.

Né pour l'action, pour la lutte en plein soleil, chevaleresque et incessante, il avait d'abord sacrifié sa première jeunesse au combat pour la patrie. « Le Hongrois a été créé à cheval », dit un proverbe. Andras ne le fit point mentir. A quinze ans, en 48, il était en selle, chargeant les téresses et les hussards croates, les *manteaux rouges*, les cavaliers ottochans terribles avec leur peau bistrée sous leurs bonnets de fourrures noires et qui poussaient des cris sur leurs petits chevaux, en brandissant leurs grands fusils damasquinés, de forme turque.

Il semblait alors au jeune Andras qu'il assistait à un des combats du moyen âge, pendant une de ces révoltes contre les

quelques lieues du domaine paternel s'élevait le château de l'île, qu'au milieu du XVIᵉ siècle Zringi avait défendu contre les Turcs, déployant un courage altier et un luxe inouï, forçant Soliman le Magnifique à

laisser trente mille soldats autour de ces
murailles et le sultan mourant avant même
d'avoir pu dompter le Hongrois. Souvent, le
père du jeune Andras, jetant l'enfant sur un
cheval, partait, suivi de paysans cavaliers,
pour Mohacz, où jadis les musulmans
avaient écrasé les soldats du jeune roi
Louis, mort avec les siens et tout ce qui en
Hongrie pouvait tenir alors les armes. Il
contait au petit pris de fièvre et qui le
regardait à travers des larmes de rage, ces
journées de deuil, ces lointains massacres
que nul Hongrois n'a oubliés. Puis c'était le
récit des grandes révoltes, des soulèvements
patriotiques, des exploits de Botzkai, de
Bethlen Gabor ou de Rakoczy, dont
l'Hymne fier faisait battre le sang dans les
veines du petit prince.

Une fois, à Bude, le père avait amené le
fils à l'endroit où, en 1795, des têtes de
généraux hongrois, accusés de républica-
nisme, étaient tombées, et il lui avait dit,
faisant mettre à l'enfant le front nu :

— Ce lieu s'appelle le *Champ du Sang*.
Martinowicz a été décapité là pour sa foi.
Souviens-toi que la vie de l'homme appar-
tient à son devoir et non à son bonheur.

Et quand il rentrait dans les grandes
salles austères du château, d'où les Turcs
avaient autrefois chassé ses aïeux et d'où, à
leur tour, secouant le joug des conquérants,
ses ancêtres avaient chassé les Turcs, le
petit prince Andras retrouvait comme des
exemples encore vivants dans ces espèces
de colosses aux costumes semi-orientaux,
bardés de fer ou couverts de pourpre, qui le
regardaient du fond de leurs cadres,
peintures enfumées où des prunelles
d'aigles, des moustaches longues, des
hussards noirs contemporains de Sobieski,
des magnats en robes fourrées, rouges ou
vertes, avec des aigrettes au bonnet et des
sabres recourbés, garnis de pierreries et
d'émaux, attiraient et retenaient l'enfant
silencieux, tandis que par la fenêtre entrait,
chanté par quelque berger ou joué par les
Tziganes errants, le refrain de la vieille
ballade patriotique *Czary Demeter*, dont
l'origine se perd dans la brume des âges :

*Souvenons-nous, oh! oui, souvenons-nous des
aïeux! Magyars hardis et orgueilleux, lorsque
vous quittiez le pays des Scythes, braves
ancêtres, grands aïeux, vous ne vous doutiez
pas que vous auriez des fils esclaves! Souvenons-nous, oh! oui, souvenons-nous des aïeux!*

Andras s'en souvenait, et il savait par
cœur leur histoire. Il connaissait l'héroïsme
du prince Zilah Sandor tombant à Mohacz
en 1566 à côté de sa femme Hanksa, partie
avec lui en laissant au berceau son fils
Janski, dont l'arrière-petit-fils, Zilah Janos,

à la place même où l'aïeul avait été frappé,
devait, en 1687, à la revanche de Mohacz
prise à Mohacz même, sabrer les Turcs en
criant : « Sandor et Hanksa, regardez-moi,
votre sang vous venge! »

Il n'était pas un de ces hommes, dont les
portraits suivaient l'enfant de leurs yeux
noirs, qui n'eût une action d'éclat ou un
sacrifice en son histoire. Tous avaient combattu pour la Hongrie, la plupart étaient
morts pour elle. Un dicton répétait que le lit
de mort des Zilah était la terre saignante.
En offrant son nom et sa vie à Marie-
Thérèse, un des princes Zilah avait dit fièrement à l'impératrice :

« Vous demandez aux Hongrois de l'or :
ils apportent du fer. L'or était pour nourrir
vos courtisans, le fer sera pour sauver votre
couronne. En avant! »

Ces aïeux terribles avaient, d'ailleurs,
comme tous les magnats de Hongrie, le
sentiment altier de leur noblesse et le culte
d'une féodalité quasi patriarcale. Ils savaient
protéger leurs paysans traités en soldats,
mourir à leur tête, combattre et se dévouer;
mais la force leur semblait aussi la raison
suprême, et ils ne demandaient guère qu'à
leur épée de défendre leur droit. Seul, le
prince Sandor, le père d'Andras, élevé par
un précepteur français chassé de Paris par
la Révolution, avait eu, le premier de tous
les siens, la perception de l'avenir, d'une
civilisation basée sur la justice et la loi, et
non plus sur la toute-puissance du sabre.
Cette éducation libre qu'il avait reçue, le
prince Sandor la faisait donner à son fils.
Les paysans qui détestaient l'orgueil des
Magyars, et les bourgeois des villes, com-
merçants pour la plupart, enviant les châteaux de ces magnats, se sentirent bientôt
attirés, séduits et comme enthousiasmés par
cette transformation des deux Zilah, qui
marchaient à présent non seulement avec le
monde nouveau, mais à sa tête. Nul homme,
fût-il Georgei, soldat spartiate, fût-il l'illuminé Kossuth, n'était plus populaire en
1849, au moment de la lutte contre l'Autriche, que le prince Sandor Zilah et son fils,
beau jeune homme de seize ans, fort comme
à vingt ans, et d'une élégance hardie dans
le fier costume national.

Tout jeune, en effet, Andras Zilah avait
été de ces magnats qui, le *kalpach* en tête,
l'*attila* national sur l'épaule et la main sur
la garde de leur épée, s'étaient rendus à
Vienne pour plaider auprès de l'empereur
la cause de la Hongrie. On ne les avait pas
écoutés. Un soir, les négociations n'abou-
tissant pas, le comte Batthyanyi avait dit à
Jellachich :

— Nous nous reverrons bientôt sur la Drave!

— Non, répondit le ban de Croatie, j'irai moi-même vous chercher sur le Danube!

C'était la guerre, et le prince Sandor allait, avec son fils, se battre hardiment, pour le vieux royaume de Saint-Étienne, contre les canons et les soldats de Jellachich.

Tout cela maintenant, ces années de sang et de batailles, étaient, pour le prince Andras, perdues dans la brume; mais souvent Yanski Varhély, le compagnon de ces rudes journées, le hardi cavalier qui, aux temps enfuis, avait si souvent bravé la large épée droite ou *pallash* des cuirassiers bohémiens du régiment d'Auersperg, lui rappelait le passé en hochant la tête, et en répétant ironiquement le refrain amer du lendemain de la défaite :

Dansez, dansez, ô filles des Hongrois!
Depuis longtemps vous n'avez pas dansé!
Oui, oui, la Hongrie est un lieu de plaisir.
Ses meilleurs enfants sont morts fusillés ou pendus!
C'est maintenant, brunes filles de Hongrie;
C'est maintenant que vous devez danser!

Et alors, à ce refrain lugubre évoquant les désastres, tout revivait aux yeux d'Andras Zilah, les journées de deuil et les journées de gloire, les exploits de Bem, les victoires de Dembiski, les drapeaux autrichiens pris à Gœdollœ, les assauts de Bude, la défense de Comorn, l'Autriche acculée et défaite implorant le secours de la Russie, la Hongrie accablée sous le nombre, résistant cependant à Paskiewich comme elle avait résisté à Haynau, en appelant à l'Europe et au monde au nom de l'éternel droit des gens qu'invoquent les vaincus mais que n'entendent jamais les nations à l'heure où le lion déchire sa proie; et la patrie héroïque écrasée à Temeswar et les débris d'un peuple armé réfugiés dans Arad, et Klapka tenant encore dans l'île Comorn, à l'heure où Georgei avait capitulé.

Puis les morts obscures des camarades, les agonies au bord des fossés, au coin des bois, sur l'herbe ou la neige, les derniers soupirs désespérés des vaincus écrasés par le nombre.

Dansez, dansez, ô filles des Hongrois!

Tout ce passé sanglant, comme enveloppé d'un nuage rouge, mais glorieux avec ses traversées d'espoir et ses flambées de victoires, le prince le revivait avec le vieux Varhély, qui parfois avait encore une larme lui brûlant le coin de l'œil.

Ils revoyaient, l'un et l'autre, les derniers jours de Comorn, avec le Danube au pied des murs, et les feuilles des arbres tournoyant au vent de septembre, dispersées comme les Hongrois eux-mêmes, et les obus tombant sur les murailles, et les derniers jours du siège, et les années de morne tristesse et d'exil à travers le monde, les compagnons décimés, emprisonnés, conduits au gibet ou au poteau, le silence effrayant et la ruine s'abattant comme un linceul sur la Hongrie, les maisons désertes, les champs laissés en friche et les campagnes, hier fertiles, couvertes maintenant de ces chardons, épines moscovites qu'on ne connaissait pas en Hongrie avant *l'année de massacre* et dont les chevaux cosaques apportaient les graines attachées aux poils de leurs crinières et de leurs longues queues traînantes.

Chère Hongrie, dont les fils, dédaignant l'univers, disaient orgueilleusement : « N'avons-nous pas tout ce qu'il faut à l'homme? Le Banat qui nous donne le blé; la Tisza, le vin; la Montagne, le sel et l'or... Notre terre nous suffit! » et dont la terre maintenant, cette terre bénie, était couverte de potences et de cadavres!

IV

Entre tous ces souvenirs poignants, le prince Andras, malgré les années et l'âge qui était venu, en gardait un surtout, plus personnel et plus obstiné, tragique souvenir particulièrement lugubre.

C'était, dans les premiers jours du mois de janvier 1849, l'ensevelissement de son père, Sandor Zilah, frappé d'une balle au front dans une rencontre avec les Croates.

Le prince Sandor avait pu murmurer quelques mots encore avant de mourir, serrer la main vaillante de son fils, répéter à ce héros de seize ans :

— Souviens-toi!... Aime et défends la patrie!

Puis, les Autrichiens étant tout près, il avait fallu enterrer le prince au fond d'un trou creusé dans la neige au pied des sapins.

Des honveds de Hongrie, miliciens bourgeois, et les hussards de Varhély tenaient au bord du trou noir des torches de résine que le vent d'hiver secouait comme des panaches rouges. De grandes clartés sanglantes empourpraient la neige déjà tachée de flaques sombres. Debout près de la fosse, ses doigts crispés s'enfonçant dans les doigts de Yanski Varhély qui lui tenait la main, le jeune prince Andras regardait au fond de ce lit de terre, couché là dans son uniforme de hussard noir, pareil aux grands aïeux immobiles dans leurs cadres, le prince Sandor, livide, ses grandes moustaches blondes tombant sur sa bouche close, ses deux mains exsangues croisées sur sa veste sombre à brandebourgs de soie et à boutons d'argent, la main droite enserrée encore dans la dragonne en cuir qui tenait le sabre et au front comme une étoile, la marque ronde du morceau de plomb qui l'avait tué.

Au-dessus, les branches inclinées des sapins aux troncs blanchis comme des spectres ressemblaient à des palmes d'où tombait une pluie de neige, pareille à des larmes figées.

Sous les vacillements des torches tordues par la bise, parfois le héros mort semblait encore bouger, et Andras avait des tentations folles de se précipiter dans cette fosse et d'en arracher le cadavre.

Il était orphelin maintenant, sa mère étant morte toute jeune, et seul, seul en ce monde, avec l'amitié solide de Varhély et le devoir pour la patrie.

— Je te vengerai, père, dit-il fermement au patriote qui n'entendait plus.

Les hussards et les honveds s'étaient avancés alors, prêts à saluer d'une dernière salve le départ du prince, lorsque, tout à coup, se glissant entre les rangs des soldats, et, d'un mouvement fier, hardi comme une espérance, attaquant la *Marche héroïque* de *Rakoczy*, des Tziganes jetèrent à travers la nuit la *Marseillaise* hongroise, leur musique stridente donnant à cette scène de deuil quelque chose de mystérieux et apportant sa poésie mâle à ces funérailles.

Il courut aussitôt un frisson rapide et confiant dans ces rangs de soldats prêts à devenir des vengeurs.

Il éclatait, cet hymne de la nation, comme un chant de gloire sur la tombe du vaincu. L'âme du mort semblait parler par la voix de cette musique d'héroïsme rappelant à ces lutteurs harassés les grands jours des révoltes de la patrie, les vieux souvenirs des guerroiements contre le Turc, les charges épiques des cavaliers à travers la libre *puszta*, la vaste plaine hongroise.

Et pendant que, d'un mouvement bref, altier et saccadé à la fois, le chef des Tziganes marquait la mesure et que le *czimbalom* faisait jaillir ses notes déchirantes, il semblait à ces pauvres gens que cette musique de la *Marche de Rakoczy* faisait accourir tout un escadron fantastique de vengeurs, cavaliers à la pelisse flottante, la plume de héron au colback, et debout, sabre en mains, droits sur les étriers, frappant, frappant l'ennemi

épouvanté et lui reprenant, pied à pied, la terre qu'il avait conquise. Il y avait dans cette *Marche* exaltée un bruit de fers de chevaux, d'acier de mors et d'armures, une trépidation de terrain sous le galop des cavaliers, un scintillement d'agrafes, un clapotement de pelisses dans le vent, une gaieté héroïque dans une hardiesse chevaleresque, et comme le cri de tout un peuple de cavaliers sonnant, ainsi qu'une fanfare, la charge de la délivrance.

Et le jeune prince, regardant son père mort, se rappelait maintenant combien de fois ces lèvres muettes qui l'avaient baisé au front lui avaient raconté jadis la légende de la *czarda*, cette légende, sorte d'histoire notée

COUCHÉ LÀ DANS SON UNIFORME...

de la Hongrie, résumant tous les amers ressouvenirs de la conquête, alors que les belles filles brunes de Transylvanie dansaient, les larmes leur brûlant les joues, sous le fouet des Osmanlis. Froides, d'abord, comme immobiles, pareilles à des statues dont le regard et la lèvre relevée insulteraient silencieusement leurs possesseurs, elles restaient là, debout, sous l'œil et le commandement du Turc; puis, peu à peu, la morsure des fouets du maître tombant atrocement sur leurs épaules, déchirant leurs flancs et leurs joues, ces corps se tordaient dans des spasmes douloureux et révoltés; la chair tressaillait sous la corde comme les muscles du cheval sous l'éperon et, dans l'exaltation morbide d'une souffrance, une sorte de délire farouche s'emparait de ces êtres; les bras s'agitaient, les têtes aux cheveux dénoués se renversaient, et, les seins gonflés et tendus, ces captives laissant monter à leur bouche une sorte de mélopée plaintive et menaçante, dansaient, leur danse d'abord lente et morne devenant peu à peu active, trépidante et traversée de cris qui ressemblaient à des sanglots. Et la *czarda* hongroise, symbolisant ainsi la danse de ces martyres, gardait encore, gardera toujours le caractère des torsions sous le fouet d'autrefois et, lente d'abord, alanguie, puis bientôt éperonnée et agitée d'une hystérie tragique, elle s'interrompait aussi pour laisser traîner des accords mélancoliques, des notes lugubres, et tomber des accents chaudement plaintifs pareils aux gouttes de sang d'une blessure : de la mortelle blessure du prince Sandor, couché là dans son uniforme de bataille.

Les Tziganes au teint bronzé, fantastiquement éclairés par les torches rouges, se dressaient ainsi près de la fosse, comme des démons de la revanche, et l'hymne galopait fiévreux, hardi, ardent, à travers les sapins chargés de neige, comme un ouragan de victoire.

C'étaient des musiciens errants que, la veille, tout près de là, dans un village, des Croates de Jellachich avaient cernés, menaçant de les fusiller, et que le prince Sandor avait brusquement dégagés à la tête de ses hussards. Ils venaient, avec leurs vieux airs nationaux, voix vivante de la patrie, payer leur dette au héros tombé.

Quand ils eurent fini, le vent d'hiver emportant les dernières notes de leur chant de guerre, les pistolets des hussards et les fusils des honveds jetèrent leur décharge dans le vent de la nuit. On fit pleuvoir sur le corps de Sandor Zilah la terre et la neige, et le prince Andras s'éloigna après avoir marqué d'une croix la place où reposait son père.

Comme il avait fait quelques pas, il aperçut, parmi les musiciens tziganes, une jeune fille, la seule femme de la tribu, qui pleurait avec des gémissements lugubres pareils à des échos des déserts d'Orient.

Alors il voulut savoir pourquoi cette enfant, éclairée si étrangement par la flamme résineuse, poussait ainsi des sanglots, quand lui, le fils, ne pleurait pas.

— C'est que le prince Zilah Sandor était un vaillant entre les vaillants, dit-elle, et qu'il est mort pour n'avoir pas voulu porter le talisman que je lui offrais.

Andras regarda la jeune fille.

— Quel talisman?

— Des cailloux des lacs du Tatra cousus dans un petit sac de cuir.

Andras savait quelle superstitieuse puis-

UNE JEUNE FILLE PLEURAIT...

sance les gens de Hongrie attachent à ces lacs profonds du Tatra, ces *yeux de la mer*, où, disent les vieux contes, l'escarboucle la plus belle du monde est enfermée, escarboucle qui brillerait comme le soleil si on la découvrait, et que gardent des crapauds ayant des diamants pour prunelles et des grains d'or pur dans leurs pattes.

Il se sentit plus attendri qu'étonné de cette superstition de la Tzigane et de cette offre que, la veille, le prince Sándor avait refusée en souriant

— Donnez-moi ce que vous vouliez donner à mon père, dit-il. Je le garderai en souvenir de lui.

Un vif éclair joyeux avait passé, comme un trait de feu dans les yeux de la Tzigane.

Elle tendit au jeune prince le petit sac de cuir dans lequel roulaient de minces cailloux ronds, pareils à des grains de maïs.

— Au moins, dit avec élan la jeune fille, il y aura un Zilah que les balles des Croates épargneront pour le salut de notre Hongrie!

Andras détacha lentement de son épaule l'agrafe d'argent à semis d'opales qui maintenait sa pelisse fourrée, et la tendant à la bohémienne qui le regardait là avec des yeux pleins d'admiration, luisant sous la lumière rouge :

— Eh bien! dit-il, le jour où mon père sera vengé et où notre Hongrie sera libre, rapportez-moi ce bijou, et vous et les vôtres venez au château des Zilah. Je vous donnerai une vie de paix, en mémoire de cette nuit de deuil.

Au loin, déjà, vers les avant-postes on entendait retentir, comme des claquements de coups de fouet, de rapides fusillades.

Peut-être les Autrichiens, ayant aperçu les lueurs des torches, essayaient-ils une attaque de nuit.

— Éteignez les torches, dit Yanski Varhély.

Les bouts de résine crépitant dans la neige où on les écrasait, la nuit noire, la sinistre nuit d'hiver, avec ses cris du vent dans les branches, tomba sur cette troupe d'hommes prêts à mourir comme était mort leur chef, et tout disparut, vision, fantômes, les Tziganes silencieux s'enfonçant dans la forêt sombre tandis que, çà et là, on entendait le bruit des baguettes des honveds rechargeant leurs fusils et y glissant des balles.

Cette nuit de janvier était restée pour Andras comme un souvenir presque fantastique. Depuis il avait, à cette même place où le comte Sándor était couché, fait élever un mausolée de marbre où il était venu fléchir le genou et prier. Mais de toutes les heures de cette guerre romanesque, au cadre pittoresque et mâle, c'était cette heure navrante, cette scène farouche de l'ensevelissement de son père qui lui était demeurée la plus présente ; le tableau du guerrier couché dans la terre, la dragonne au poignet, restait là devant ses yeux, inoubliable en sa majesté funèbre.

V

Depuis, le prince, presque adolescent alors, avait promené longtemps sa mélancolie à travers cette Europe qui, sans se soucier des martyrs, venait de laisser égorger les vaincus.

Il lui avait fallu bien des années avant de s'habituer à cette idée qu'il n'avait plus de patrie. Il comptait d'ailleurs sur l'avenir. La destinée ne peut être à jamais implacable pour une nation. Il le répétait souvent à Yanski Varhély qui ne l'avait point quitté, vieux hussard fatigué, gentilhomme ruiné devenu professeur de latin et de mathématiques à Paris, et vivant auprès du prince du produit de ces leçons et aussi d'une petite épave qu'il avait pu arracher à la perte de ses biens.

— La Hongrie renaîtra, Yanski, la Hongrie est immortelle, répétait Andras.

— Oui, à une condition, répondait brusquement Varhély, c'est qu'elle comprendra que si elle a succombé, c'est qu'elle a commis des fautes. Toutes les défaites ont leurs genèses. Devant l'ennemi nous n'étions pas un! Trop de discussions, pas assez d'action! C'est mortel!

Les années apportaient il est vrai, à la Hongrie des changements heureux. Elle redevenait libre, en somme ; elle faisait, de par sa fermeté, la conquête de son autonomie propre, à côté de l'Autriche. L'esprit de Deak reprenait, par Andrassy, possession du pouvoir. Mais ni Andras ni Varhély ne retournaient au pays. Le prince était devenu, comme il le disait en souriant, « un Magyar de Paris » Il s'était habitué à cette vie intellectuelle, affinée, qui le consolait parfois, jadis, de l'éloignement de la terre natale.

— On s'acoquine facilement à Paris, disait-il, comme pour s'excuser.

Il n'avait plus les grands paysages aux lignes infinies qui encadraient les souvenirs de sa jeunesse, les champs de maïs, les steppes, piquées, çà et là, de roses sauvages, les pins des Karpathes avec leurs dentelures sombres, et tous ces bruits du soir qui avaient bercé son enfance : les clochettes des taureaux, mélancoliques et comme perdues, les claquements des grands fouets des czikos, les bergers à cheval, avec leurs vestes à la hussarde, traversant les plaines où poussaient les plantes du pays, les *cheveux de l'orpheline* et le *pain de l'âne*, et ces horizons ponctués de puits aux grands bras immobiles se découpant à l'horizon sur des couchers de soleil d'or pur.

Mais ce Paris, avec ses séductions toujours inattendues, ses activités d'art et de science, son perpétuel renouveau d'inédit, avait fini par lui être comme un besoin, comme une existence nouvelle, aussi précieuse, aussi aimée que la première. Le soldat était devenu un lettré, notant pour lui-même, non pour le public, tout ce qui le frappait dans ses observations et, dans ses lectures, ne prenant au surplus de Paris que le côté sérieux de la vie qu'on y mène; évidemment mêlé à tous les mondes, les connaissant tous, mais n'en estimant qu'un, celui des honnêtes gens, et laissant ainsi passer les années, sans se douter qu'elles fuyaient, se regardant un peu comme un homme en voyage et, tout à coup, se réveillant, un beau matin, presque vieux, en se demandant comment il avait vécu tout ce temps d'exil, qui, malgré bien des souffrances morales, lui semblait n'avoir duré que peu de mois.

— Nous ressemblons, disait-il à Varhély, à ces émigrés qui ne défont même pas leurs malles, certains qu'ils sont de rentrer bientôt chez eux. Ils attendent. Et, se rencontrant quelque jour, leur visage dans la glace, ils sont tout stupéfaits de se trouver des rides et des cheveux blancs.

N'ayant plus de foyer dans sa patrie, le prince Andras n'avait jamais songé à s'en construire un autre à l'étranger. Il louait le somptueux hôtel qu'il habitait, au haut des Champs-Elysées, alors que les maisons y étaient encore un peu isolées. La fashion et le mouvement ascensionnel de Paris vers l'Arc de Triomphe étaient venus le trouver là. Sa demeure était surtout ornée de beaux tableaux et de bons livres. Il y recevait parfois de rares amis, ses compagnons des temps d'épreuves, comme Varhély. On le trouvait généralement un peu sauvage, quoiqu'il aimât le monde et qu'il se montrât, durant l'hiver, partout où l'appelaient sa renommée et son rang. Mais il apportait, en réalité, dans ces relations, une certaine mélancolie et un sérieux qui contrastaient avec les banalités ordinaires des sourires et des propos de salons. L'été, il passait d'habitude deux mois au bord de la mer, à Sainte-Adresse, où Varhély bien souvent le venait rejoindre et, du haut de la terrasse aux tamaris verts de la villa du prince, les deux amis reprenaient leurs causeries éternelles en regardant le soleil s'enfoncer dans la mer.

Andras n'avait jamais songé à se marier. Il se sentait, tout d'abord, comme voué à une mort prochaine, épiant, au temps jadis, le moment de recommencer la lutte avec l'Autriche et de remonter à cheval. Son avenir, c'était, croyait-il alors, celui de son père: une balle au front et un fossé. Puis, sans y penser, il avait atteint et dépassé la quarantaine.

Maintenant il est trop tard, disait-il gaiement. Le moment psychologique est déjà loin! Nous finirons l'un et l'autre vieux garçons, mon bon Varhély, en jouant en tête à tête au jacquet, cette petite guerre des vieilles gens.

— Oui, moi, cela m'est permis. Je n'ai pas de nom bien fameux à faire durer. Mais les Zilah ne doivent pas finir avec vous. Il me faut quelque hardi hussard à qui j'apprenne à monter en selle et qui m'appelle aussi son vieux Yanski.

Alors le prince se mettait à sourire et parlait d'autre chose, ou bien encore, devenant grave, presque triste:

— J'ai bien peur qu'on ne puisse aimer deux choses à la fois, le cœur n'est pas élastique, croyez-le bien. J'avais pris notre pauvre Hongrie pour fiancée. Je suis à peu près veuf, voilà tout.

Avec la vie sévère et toute préoccupée de pensées hautes qu'il avait menée, Andras conservait cependant une sorte d'élasticité juvénile. Des hommes de trente ans gardaient moins que lui cette souplesse et cette grâce corporelles dont une espèce de virginité d'âme, de naïveté d'impressions survivant à la jeunesse même, décuplaient la puissance. Il est des êtres qui meurent enfants, comme ils ont vécu. L'âpreté même des existences les plus rudes ne leur peut enlever cette candeur souriante qui est comme le rayonnement d'eux-mêmes. Déçus, trompés, déchirés durement par la vie, ils conservent encore cette pulpe de fruit non touché des heures d'ignorance et d'éveil. Très mâles et héroïques, au besoin, devant le péril, ils sont, par nature, d'avance exposés, comme promis aux déchirements de la vie dont les trahisons et les déceptions les étonnent sans les corriger. Puisqu'il faut qu'avec le temps l'homme se brise ou se bronze, le héros en eux est de fer; mais, en revanche, l'homme serait broyé facilement par la main cruelle d'une femme ou la main étourdie d'un enfant.

Andras Zilah n'avait pas encore aimé profondément et comme un tel homme devait aimer. Des caprices plus ou moins passagers n'étaient pas faits pour étancher la soif de passion vraie qu'il y avait au fond de ce cœur. Mais, encore une fois, il ne le cherchait pas, cet amour. Il l'avait trouvé. Il adorait sa Hongrie comme il eût aimé une femme, et il gardait toujours, dans l'amer ressouvenir de la défaite, l'impression d'un amour écroulé ou d'une trahison saignante.

Yanski, tout compte fait, ne s'acharnait

point à démontrer mathématiquement ou philosophiquement qu'il lui fallait, comme il disait, un *vrai hussard*. On ne force pas les gens à se marier malgré eux, et le prince, après tout, était bien libre de laisser avec lui finir le nom des Zilah.

— Pour ce que vaut la vie en somme, maugréait le vieux Varhély. Il n'est peut-être pas nécessaire de mettre au monde de pauvres petits êtres qui ne demandent pas à y venir.

Puis, s'interrompant dans son pessimisme, il lui semblait voir, tel que jadis le prince Andras, un Zilah jeune, beau, passant à cheval devant le front de ses hussards, et alors, l'ancien soldat faisant claquer sa langue contre son palais :

— Ah! Andras!... C'est pourtant dommage! disait-il.

Les décisions des hommes tiennent plus souvent au hasard qu'à leur volonté. Le prince Andras reçut, un jour, de la petite baronne Dinati, qu'il aimait beaucoup, et dont le mari, le patriote Orso Dinati, un des défenseurs de Venise au temps de Manin, avait été son ami intime, une invitation à dîner. La maison de la baronne était des plus curieuses; le reporter Jacquemin, qui y faisait la pluie et le beau temps, jugeant les vins, rédigeant les menus, eût ajouté : « des plus bizarres ». La baronne y accueillait un peu tout le monde et tous les mondes. Elle se plaisait aux excentricités et les excentriques ne lui déplaisaient pas. Très honnête, très spirituelle et excellente, elle donnait des soirées où l'on représentait ses opéras et dont les chroniqueurs, qui venaient égratigner ses sorbets et boire son punch à la romaine, se moquaient dans leurs échos, avant même que le souper qu'elle leur avait fait servir fût digéré.

Le prince aimait beaucoup la baronne, et d'une espèce d'affection de frère aîné. Il lui pardonnait ses petits enfantillages et même ses petits ridicules pour ses grandes qualités.

— Mon cher prince, lui disait-elle un jour, savez-vous que je me jetterais au feu pour vous?

— J'en suis certain, mais vous n'y auriez pas grand mérite.

— Et pourquoi, je vous prie?

— Parce que vous ne courez pas le risque de vous brûler. Il faut bien qu'il en soit ainsi, puisque vous recevez chez vous un tas de gens parfois suspects, et que personne ne vous a jamais soupçonnée vous-même. Vous êtes une petite salamandre, la

plus jolie salamandre que j'aie rencontrée. Vous vivez dans le feu, et vous n'avez ni à votre visage ni à votre réputation la plus petite brûlure.

— Ainsi vous trouvez mes invités?...

— Charmants. Seulement il y en a de deux sortes ; ceux que j'estime et qui ne m'amusent pas... fréquemment, et ceux qui m'amusent et que je n'estime pas toujours.

— Alors vous ne viendrez plus rue Murillo?

— Si fait!... Pour vous!

Et c'était en effet pour elle que le prince allait, et même avec plaisir, chez la baronne Dinati, où les mélancolies de son caractère se heurtaient à tant de folies, de sottises mondaines et d'extravagances exotiques. La baronne avait comme un secret pour choisir les hôtes improbables : Péruviens extraordinaires, anciens dictateurs devenus courtiers d'assurances ou généraux transformés en représentants de commerce pour les liqueurs des îles ; chefs cubains à demi fusillés par les Espagnols; Crétois exilés par les Turcs; grands personnages de Constantinople échappés au cordon de soie du sultan et promenant noblement leurs fez rouges à Paris, où l'Opérateur permettait de continuer leurs habitudes de polygamie; Américains, dont les mines d'or ou de pétrole faisaient des billionnaires pendant tout un hiver, et, se tarissant, des affamés durant tout un été;

DES HÔTES IMPROBABLES...

hommes politiques au pinacle; réformateurs en disponibilité; compositeurs inédits; poètes incompris, peintres de l'avenir; bref la plupart des invités du prince sur le bateau, la baronne Dinati ayant plaidé pour ses amis et leur ayant obtenu des cartes d'invitation. Une sorte de ragoût de véritables gloires et de renommées hasardeuses, de gens en vue et de gens à ne pas voir, le tout s'agitant et tourbillonnant avec un véritable besoin de s'étourdir; tout un monde bruyant, amusant, sorte de bohème cosmopolite, élégante, et cela papillonnant dans l'encadrement coquet de l'hôtel de la rue Murillo, le plus agréablement meublé du Parc Monceau. Le prince Andras se rappelait y avoir dîné entre le chef d'état-major de l'armée de Garibaldi et le nonce du pape.

La petite baronne, certain soir, avait très

OFFRIR LE BRAS POUR PASSER...

vivement insisté pour que le prince ne refusât pas son invitation nouvelle.

— Je vous ménage une surprise, disait-elle. J'ai à dîner...

— Qui cela? Le mikado? Le Shah de Perse?

— Mieux que le mikado. Une charmante jeune fille qui vous admire profondément, car elle sait par cœur toute l'histoire de vos batailles de 49. Elle a lu Georgei, Klapka, et elle est si profondément Hongroise de cœur, d'âme et de race qu'on l'appelle tout uniment *la Tzigane*.

— La Tzigane?

Il y avait pour le prince Andras tout un monde étincelant de souvenirs dans ce simple mot qui résonnait comme des cymbales. Tous les refrains de la patrie chantaient dans ce nom du pays. *Huzzad czigany!* L'en-avant de ces musiciens errants de la puszta avait pour lui quelque chose de ces chers accents des cloches lointaines du pays natal.

— Ah! vraiment oui, fit-il; voilà, ma chère voisine, une charmante surprise! Je ne vous demande pas si votre Tzigane est jolie; elles sont toutes adorables, les Tziganes de mon pays!

Le prince ne croyait pas avoir si bien dit.

Cette Tzigane, c'était Marsa à qui la baronne l'invita à offrir le bras pour passer dans la salle à manger, Marsa toute pâle dans une de ces toilettes sombres qu'elle semblait affectionner, Marsa Laszlo, dont le teint mat, les grands yeux arabes, la chevelure puissante incarnaient, pour Andras, dans un type supérieur, admirable et fier, plus affiné et plus élégant encore, la beauté ardente, souple et nerveuse des jolies filles de sa patrie.

Il fut surpris et étrangement séduit, attiré par le mélange un peu disparate d'un extrême parisianisme et d'une sorte de sauvagerie hautaine qu'il rencontrait chez cette Marsa. Tout à l'heure il avait remarqué combien elle demeurait silencieuse, presque roide, hautaine, dans le fauteuil où elle était assise. Maintenant ce même visage glacé s'animait étrangement, brusquement éclairé par une joie émue, et ses yeux étaient comme traversés d'une flamme heureuse en se fixant sur les prunelles bleues d'Andras.

Pendant tout le repas, d'ailleurs, le reste

de la salle à manger avait complétement disparu pour le prince. Il ne voyait que cette
jolie fille. Les bougies des candélabres, les
éclairs des glaces, n'étaient là que pour
former une auréole étincelante à ce beau
front pâle.

— Savez-vous, prince, lui disait Marsa
doucement, d'une chaude voix de contralto
qui enveloppait comme une caresse, savez-
vous que vous êtes, parmi tous ceux qui ont
combattu pour notre pays, une des admira-
tions de ma vie?

Il essayait de sourire, lui citant des noms
plus illustres.

— Non, non, répondait-elle, ce ne sont pas
ceux-là que j'aime, c'est le vôtre. Je vous
dirai tout à l'heure pourquoi.

Et elle continuait, en lui racontant avec
une émotion qui faisait vibrer sa voix tout
ce que le prince Zilah Sandor et son fils
avaient tenté, plus de vingt ans auparavant,
pour la liberté de la Hongrie. Elle avait présente encore, et comme saignante, toute cette
histoire. Son âge lui eût permis d'avoir
assisté à ces batailles qu'elle ne les eût pas
racontées avec plus de fièvre.

— Je sais parfaitement comment, à la tête
de vos hussards, vous avez enlevé aux soldats de Jellachich le premier étendard
arraché par les Hongrois aux combattants de
l'Autriche. Voulez-vous que je vous dise exactement la date?... et le jour?... C'était un
jeudi!

Toute cette histoire ignorée, oubliée,
perdue dans la fumée de guerres plus
récentes, cette étrange fille, au regard noir,
la savait ainsi, journée par journée; et là,
dans cette salle à manger de Paris, au
milieu de tout ce monde, de ces causeries où
le mot de la veille, la nouvelle scandaleuse,
le propos aiguisé, les jugements sur l'opérette
nouvelle, sautaient par-dessus la table comme
le volant sur les raquettes, Andras, volontairement isolé, revoyait, vivant et fier, tout son
passé héroïque se dresser devant lui, dans
une résurrection de féerie.

— Mais comment me connaissez-vous si
bien? demandait-il en enveloppant de son beau
regard clair
tour Marsa Laszlo de son beau regard clair.
Votre père était-il de mes soldats?

— Mon père était Russe, dit brusquement
Marsa, dont la voix devint tout à coup très
sèche et brutalement coupante.

— Russe?

— Oui, Russe, dit-elle en appuyant avec
une sorte de colère. Ma mère seule était
Tzigane, et la beauté de ma mère a été un
butin pour ceux qui ont écrasé vos soldats.

Elle ne pouvait guère, dans le brouhaha
des causeries qui montaient et se faisaient

plus bruyantes avec le dessert, lui dire tout
ce que sa vie jusque-là contenait de douleurs, et pourtant, lui, devinant il ne savait
quel drame dans l'existence de cette jeune
fille, la pressait, la priait au moins par le
ton même de la voix, la suppliait presque de
parler, et s'arrêtait juste à la limite où la
sympathie pouvait se changer en indiscrétion.

— Je vous demande pardon, dit-il, comme
elle se taisait, fronçant ses sourcils épais
sur ses yeux devenus durs. Je n'ai de raison
de vous connaître que parce que vous me
connaissez si bien moi-même.

— Oh! vous!... fit-elle le sourire triste,
votre vie est de l'histoire, la mienne est du
drame, et du drame caché!... Voilà la diffé-
rence!

— Je n'insiste pas, dit Andras.

— Oh! je vous conterai volontiers toute ma
vie, si l'existence d'une inutile comme moi
peut vous intéresser; mais ici, dans le
fracas de cette fin de repas... non!

Elle ajouta sur un autre ton :

— Il ne faut pas mêler les larmes avec
le champagne. Tout à l'heure... Tout à
l'heure...

Elle essayait visiblement de paraître gaie,
de ressembler à quelques-unes de ces jolies
femmes qui étaient là et que le prince
Andras trouvait parfaitement insignifiantes,
malgré leur beauté. Elle ne parvenait pas à
chasser ce nuage de tristesse dont le reflet
donnait d'ailleurs un charme à son beau
visage mat, sévère et pur. Et le prince
entendait encore cette voix devenue âpre
disant d'un ton bref, presque révolté :

— Oui, Russe!... Mon père était Russe!

VI

Andras se sentait gagné peu à peu par un
trouble doux, une chaleur qui glissait en lui
comme un cordial. Cette sorte de mystère
dont s'enveloppait Marsa, l'éclair de colère
qu'elle avait eu en parlant de ce Russe qui
était son père, tout attirait ce prince vers
elle, et il éprouvait un sentiment délicieusement inquiet, comme si le secret eût
importé maintenant à sa vie.

Elle ne voulut pas d'ailleurs lui faire
croire qu'elle tenait à garder ce secret. Dès
cette première entrevue, pendant les causeries multiples qui suivirent le repas, et
l'exhibition, toujours fort longue chez la
baronne, des musiciens extraordinaires, aux
cheveux de brenns gaulois, Marsa, se livrant
avec une sorte de joie à celui qu'elle regar-

dait comme un de ses héros, dit au prince Andras toutes les souffrance de sa vie.

Elle lui racontait l'assaut donné par les soldats de Paskiewich au petit village hongrois où son aïeul et son père, quittant leurs violons et leurs czimbalom, avaient fait, contre les Russes, le coup de feu dans les rangs des honvéds. Combat ou plutôt tuerie dans l'unique rue du bourg. Un des derniers massacres de la campagne. Les Russes avaient tout détruit, fusillant les hommes prisonniers, brûlant les pauvres maisons basses. Il y avait des femmes parmi les Hongrois et les Tziganes. Elle avaient ramassé et chargé les fusils des blessés, soigné les mourants, vengé les morts. Beaucoup furent tuées. L'une d'elles, la plus jeune, la plus jolie, une Bohémienne, avait été tout simplement emmenée par l'officier russe, et à la paix, conduite par lui en Russie, comme du bétail.

C'était Tisza Laszlo, la mère de Marsa. Cet officier, grand seigneur russe, joli garçon, extrêmement riche, l'aimait vraiment, avec passion, comme un fou. En faisant d'elle sa maîtresse, là-bas, odieusement, par contrainte, comme il l'eût mise à la torture dans son château des environs de Moscou, il lui obéissait pourtant comme un esclave, essayant de se faire pardonner la brutalité de cet amour qu'il lui imposait, la gardant à demi captive et pourtant l'implorant, lui offrant, comme expiation, non seulement sa fortune, mais son nom, ce titre de prince dont les Tchéréteff, ses aïeux, étaient si fiers, et que la fille des Tziganes errants refusait avec une haine mêlée de dégoût. Princesse? Elle, la bohémienne! Princesse russe? Ce titre lui eût paru comme un nouveau stigmate, plus abhorré encore. Elle suppliait; elle méprisait. Existence bizarre, tragique tête à-tête de ces deux êtres perdus dans l'immense château d'où la Tisza apercevait les coupoles vertes ou dorées de Moscou, la ville superbe où elle ne voulait jamais, jamais mettre le pied, préférant son refuge, ce palais triste comme un cachot, sa chambre dont elle avait fait sa tanière. Seule au monde, survivant à tous ceux de sa tribu massacrée là-bas, pour elle les Russes étaient les bourreaux des siens, les assassins de ces libres musiciens au profil d'aigle

qu'elle suivait, jouant les *czardas*, à travers les villages.

Ce prince Tchéréteff, noble, beau, généreux, charmant, qui l'aimait, qui tremblait devant elle après l'avoir emportée comme la brebis arrachée au troupeau, elle le revoyait toujours, l'épée au poing, entrant dans le village hongrois incendié, le visage rougi par les flammes comme les baïonnettes de ses soldats étaient rouges de sang. Elle le haïssait, ce grand jeune homme élégant, à moustaches blondes, la casquette d'uniforme coquettement posée sur le front, la taille si bien prise dans son ceinturon, la tunique collante, les mains de blanc gantées. C'était, pour la Tzigane prisonnière, le conquérant vainqueur et le meurtrier.

Et pourtant de lui elle avait une fille. Farouche, elle s'était bien défendue, avec des cris de tigresse, et, épuisée, elle avait voulu ensuite mourir, mourir de faim, puisque, enfermée, elle ne pouvait se jeter sur une arme ou se lancer à l'eau. Mais,

ELLE LE HAÏSSAIT,
CE GRAND JEUNE HOMME...

soit faiblesse, soit pressentiment d'un dédoublement de son être, elle avait vécu, et bientôt c'était pour sa fille qu'elle se résignait à vivre. Cette enfant qui naissait, c'était tout pour la Tisza. *Marsa* trait pour

trait lui ressemblait, et chose étrange! les
filles ressemblant plus souvent au père,
n'avait rien du Tchéréteff, rien du russe;
au contraire, elle était toute Tzigane, Tzigane par la couleur bistrée de sa peau,
Tzigane par le velours de ses yeux, par sa
longue chevelure noire ondulée, à reflets
étrangement bronzés, dans laquelle, avec
des frissons de volupté, la mère enfonçait
ses doigts maigres.

Sa beauté fière, dévorée par la douleur
lente, la Tisza la retrouvait dans cette enfant,
vraie fille de Hongrie comme elle, et à
qui, Marsa grandissant, elle apprenait les
légendes, les souvenirs, les chansons, les
héroïsmes, les martyres de la Hongrie,
faisant apparaître devant l'enfant la grande
plaine herbeuse, la libre puszta, peuplée
d'hommes au fier langage dans lequel le
mot honneur revient toujours.

Marsa avait vécu ainsi dans le château
moscovite, n'aimant que sa mère au monde
et regardant avec effroi cette sorte d'étranger blond qui la prenait parfois sur ses
genoux et la contemplait avec des yeux
tristes. Elle se sentait comme en présence
d'un ennemi devant cet homme qui était
son père. La Tisza ne sortant jamais, Marsa
quittait rarement le château. Elle avait hâte,
lorsqu'elle allait à Moscou, de retourner auprès de sa mère. Les gaietés mêmes de cette
ville broiraient lui serraient le cœur. Elle
se souvenait toujours des récits de guerre
de la Tzigane. Peut-être y avait-il, parmi
ces passants, ces moujicks qui riaient ou
saluaient les saintes icones, oui, peut-être
y avait-il des misérables qui avaient fusillé
son aïeul, le vieux Mihal.

La Tzigane entretenait ainsi, avec une
sorte de passion, l'amour de la lointaine
patrie, la haine profonde du maître dans
l'esprit ardent de sa fille. Un proverbe serbe
dit que, dès qu'une Valaque est entrée,
toute la maison devient valaque. La Tisza
ne voulait pas que la maison devint tzigane,
mais que, du moins, jusqu'aux ongles, la
créature sortie de ses flancs fût et demeurât
tzigane.

Les serviteurs du prince Tchéréteff n'appelaient jamais la maîtresse que la Tzigane.
Ce fut le nom que voulut porter Marsa. Il
lui faisait l'effet d'un titre.

Et les années passaient sans que la Tzigane pardonnât au prince, et sans que
Marsa eût encore appelé le Russe : mon
père.

Au nom de leur enfant, le prince demanda, un jour, solennellement à Tisza
Laszlo d'accepter de devenir sa femme. Il
était orphelin depuis longtemps, libre de sa
destinée.

La mère refusa.
— Et notre fille? dit le prince.
— Ma fille?... Elle portera le nom de sa
mère. Ce n'est pas du moins un nom russe.
Il s'avoua vaincu.

Marsa grandissant, le séjour de Moscou
déplaisait au prince. Il faisait élever sa fille
comme si elle eût dû devenir tzarine. Professeurs de musique, de chant, institutrice
française et anglaise, professeur d'allemand,
professeur de dessin, il appelait au château
tout un clan enseignant, et avec la prodi-
gieuse facilité d'assimilation de ceux de sa
race, la jeune fille apprenait tout, aimant
le savoir pour l'oubli qu'il donne, attirée
par l'inconnu, la nouveauté, l'inédit, l'histoire, mais cependant toujours profondément secouée par les souvenirs de ce pays
inconnu qui était celui des siens, et le sien
même, la patrie de son cœur et de son
âme : la Hongrie. Elle en connaissait, par
sa mère, tous les héros, Klapka, Gorgei,
Dembinski, Bem, le vainqueur de Bude,
Kossuth, le rêveur d'une sorte de liberté
féodale, et ces chevaleresques princes Zilah,
le père et le fils, le martyr tombé et le
héros vivant.

Le prince Tchéréteff, très Français d'éducation et de sentiment, voulut faire connaître la France à cette enfant qui ne portait
pas son nom, mais qu'il adorait. La France
exerçait aussi un prestige considérable sur
l'imagination de Marsa. Elle partit joyeuse
pour Paris, et la Tzigane, sa mère, la suivit, comme une prisonnière qu'on délivre.
Quitter la terre russe lui était déjà comme
une consolation. Qui sait? Elle reverrait
peut-être un jour la patrie.

La Tisza, en effet, respira plus à l'aise en
France, répétant cependant, comme un
refrain lugubre, le proverbe de son pays :
Hors de la Hongrie, la vie n'est point la vie.
Le prince avait acheté, à Maisons-Laffitte,
une maison entourée d'un jardin immense,
dans le Parc, à quelques mètres de la forêt
de Saint-Germain. Une large grille, en
forme de porte d'isba, ouvrait sur un vaste
parterre et, là devant, à travers les branches
des arbres, au bout des pelouses et des
épais massifs on apercevait les murs blancs
de la villa au fronton de laquelle apparaissait, encastrée et se détachant sur un fond
d'or byzantin, une sainte icone : la figure
maigre d'un Christ roux et émacié.

Et, comme autrefois à Moscou, la Tisza et
le prince Tchéréteff vivaient là, face à face,
dans une sorte d'isolement luxueux mais
farouche, la Tzigane, acharnée à son res-
sentiment, refusant âprement tout pardon
au Russe, entretenant toujours Marsa dans
la haine de ce qui était moscovite; le

prince, désolé, malade d'ailleurs, assombri,
découragé entre cette femme qu'il avait
adorée et dont il n'avait possédé que le
corps, et cette enfant, si admirablement
belle, le vivant portrait de sa mère et qui le
traitait avec le froid respect qu'on a pour
l'étranger.

Une maladie lente, maladie de nerfs et
de cœur, emporta ce père.

Il avait fait appeler à son lit de mort la
Tzigane et sa fille, et ce gentilhomme,
ce soldat, dans une sorte de confession
suprême, avait demandé à son enfant tout
haut, devant la mère, l'absolution de sa
naissance.

— Marsa, lui dit-il lentement, votre naissance qui pouvait faire la joie de mon exis-
tance est le remords de toute ma vie... Mais
je meurs de cet amour qui m'échappe...
Voulez-vous m'embrasser comme pour me
dire que vous avez pardonné?

Pour la première fois peut-être, les lèvres
de Marsa avaient alors touché, tremblantes
d'émotion, le front du prince.

Mais, avant de l'embrasser, son regard
avait cherché celui de sa mère.

La Tzigane avait répondu :

— Va!

— Et vous, murmura le prince mourant,
me pardonnez-vous, Tisza?

La Tisza revoyait encore son village en
flammes, son père égorgé, ses frères morts,
et cet homme maigre, étendu là maintenant, sa tête osseuse et blanche enfoncée
dans l'oreiller, debout, là-bas, le sabre
haut, criant : « Chargez! allez! En avant!
courage! »

Puis, elle se voyait elle-même emportée,
traînée presque à la queue d'un cheval, jetée
dans un fourgon, la corde aux poignets,
menée à la suite de l'armée comme un
bagage ou une proie, enfermée dans les
murailles russes. Elle sentait sur ses lèvres
pâlies la morsure de fer chaud du premier
baiser de cet homme, dont l'amour suppliant et châtié avait commencé par être
hideux.

Elle fit deux pas vers le moribond, comme
pour se contraindre à lui dire aussi, tout
bas :

— Je vous pardonne!

Mais toutes les colères, toutes les souffrances de sa vie lui remontèrent au cœur,
l'étouffant presque.

Et elle s'arrêta, toute brusque, n'allant
pas plus loin, regardant de ses prunelles
hagardes ce mourant dont les yeux implo-
raient, et qui, après avoir relevé sa tête
blême où les tempes faisaient deux trous
noirs, la laissait retomber tristement avec
un long soupir lassé.

VII

En mourant, le prince Tchéréteff laissait
toute sa fortune à Marsa Laszlo et la recom-
mandait à son oncle Vogotzine, un vieux
général ruiné, dont le tzar avait confisqué
les biens, et qui vivait à Paris, à demi abêti
par la peur ou par la médiocrité de sa vie
nouvelle, et devenu timide, tremblant comme
un enfant depuis qu'il avait côtoyé la Sibérie, on ne savait trop pour quelle faute
exactement.

Il avait fallu d'ailleurs l'intervention souveraine du tzar, de ce tzar dont la volonté
seule est la loi, une loi au-dessus des lois,
pour permettre au prince Tchéréteff de
donner ses biens à une étrangère, à une
fille qui n'était point de sa famille. L'État,
les hôpitaux, se fussent volontiers emparés
de la fortune, le prince n'ayant d'autre
parent qu'un proscrit. Le tzar permit,
donna sa signature : Marsa héritait.

Le vieux général Vogotzine était, en effet,
le seul parent vivant du prince Tchéréteff.

LE GÉNÉRAL VOGOTZINE...

En échange d'une rente qu'il constituait en
faveur de son oncle, le prince le chargea de
veiller sur Marsa et de songer à l'établissement futur de la jeune fille. Riche, Marsa ne
devait pas manquer de soupirants et de

partis, mais ce n'était point la Tisza, la Tzigane toujours à demi sauvage, qui pouvait guider et sauvegarder une héritière étrangère à Paris. Le prince croyait le général Vogotzine moins vieilli et plus Parisien qu'il ne l'était. Cette recommandation suprême, cette sorte de legs moral, était comme une consolation pour le père.

La Tisza ne lui survécut pas longtemps. Elle mourait dans cette maison russe dont elle haïssait la forme même et jusqu'à l'image du Christ moscovite que sa foi l'empêchait cependant de faire arracher; elle mourait en faisant jurer à sa fille que ce dernier sommeil qui venait, la berçant doucement après tant de souffrances, elle le dormirait en terre hongroise; et la Tzigane morte, cette jeune fille de vingt ans, seule avec Vogotzine qui l'accompagnait avec un déplaisir visible dans ce lugubre voyage traversait la France, allait à Vienne, cherchait dans la plaine hongroise la place où quelques masures dégradées, des pans de murs écroulés et dont le salpêtre s'émiettait, marquaient seuls l'emplacement du village incendié jadis par les soldats de Tchéréteff; et là, dans la terre de Hongrie, à deux pas de la place où les aïeux de la tribu étaient tombés fusillés sous les balles, elle enterrait la Tzigane dont elle se sentait si éperdument la fille qu'en respirant l'air de la *puszta*, elle retrouvait dans ce cher pays, dont il lui semblait que le sang coulait seul en ses veines, quelque chose de déjà vu, comme le souvenir vivant d'une existence antérieure.

Pourtant, sur la tombe de la martyre, Marsa pria aussi pour le bourreau.

Elle songeait que celui qu'elle avait conduit, là-bas, au cimetière du Père-Lachaise et qui reposait sous une tombe dont la forme s'élançait en bulbe comme une coupole russe, était son père, comme la Tzigane enterrée là était sa mère. Et sa prière demanda que ces deux êtres désunis par la vie se pardonnassent au fond de l'inconnu, dans l'obscur fourmillement des âmes.

Et Marsa Laszlo était seule. Elle revint, habituée à la France, et l'aimant, s'enfermer dans la villa de Maisons-Laffitte, laissant le vieux Vogotzine s'installer là comme une sorte de Mentor, plus obéissant qu'un domestique et aussi muet qu'une taupe, et pourvu que cet étrange tuteur qui avait autrefois, vers Tiflis, fait le coup de feu avec Schamyl et égorgé des Circassiens avec le sang-froid d'un garçon de basse-cour qui coupe le cou à un canard, et qui maintenant n'osait plus parler presque, comme si la police tout entière du tzar eût encore eu l'œil sur lui; pourvu que ce soldat, que les privations n'effrayaient guère autrefois, eût

son chocolat le matin et son kümmel avec son café au déjeuner, son carafon d'eau-de-vie sur sa table pendant l'après-midi, avec du caviar ou du kalebjaka en manière d'encas, et, le soir encore, des alcools dans son gloria, Marsa était libre de penser, d'agir, de venir, de sortir, de remplir la maison de sa pétulance et de son mouvement.

Elle avait accepté la succession du prince, mais, avec cette restriction mentale et cette condition que la colonie hongroise de Paris en reçût la moitié. Il lui semblait que l'expiation du père, le rachat de sa mémoire, c'était cet argent versé pour secourir les compatriotes de sa mère. Elle avait donc attendu l'âge de sa majorité, puis elle avait envoyé cette somme énorme au comité de secours hongrois, en déclarant que la donatrice tenait à ce que l'on prélevât sur cette somme l'argent nécessaire à la reconstruction du village brûlé, en Transylvanie, plus de vingt ans auparavant, par les troupes russes.

Comme on lui demandait à quel nom on devait porter un don si princier, Marsa répondait :

— Toujours le même. Celui de ma mère. Le mien : *Czigany*.

La Tzigane! Plus que jamais elle tenait à ce fier surnom.

— Et, disait-elle à Zilah en lui rappelant ces souffrances d'autrefois, ces drames inconnus, j'y tiens d'autant plus, que c'est parce que je m'appelle ainsi que j'ai le droit de vous parler de vous-même et que vous perdez votre temps à m'entendre.

Le prince Andras écoutait avec une sorte de fièvre passionnée la belle fille évoquant ainsi, pour lui, tout ce passé, confiante et comme heureuse même de parler, de se faire connaître à cet homme dont elle savait si bien la vie d'héroïque dévouement.

Il ne s'étonnait pas de cette franchise soudaine, de ces confidences si tôt faites, là, à une première rencontre; et il lui semblait que, lui aussi, il connaissait cette Tzigane dont pourtant il ignorait le nom quelques heures auparavant. Cela lui paraissait tout simple que Marsa se confiât à lui, comme il eût raconté de même son existence entière si la jeune fille le lui eût demandé en le regardant de ses prunelles noires. Il lui semblait qu'il arrivait maintenant à une des dates décisives de sa vie. Il éprouvait un trouble délicieux, comme le frisson d'un premier tête-à-tête, aux jours timides de la jeunesse. Marsa évoquait des visions entrevues aux heures d'antan, ces ébauches d'amour brusquement effacées comme d'un geste par l'âpre main de la guerre. Il se revoyait, rajeuni, écoutant dans quelque *czárda* de son pays les vieilles chansons, les airs qui lui tenaient au cœur, les rires des brunes filles de Buda-Pesth, l'écho lointain des sourds murmures des belles nuits, sous les étoiles.

— Prince, dit tout à coup Marsa Laszlo, savez-vous que je vous ai bien longtemps cherché, et qu'en me présentant à vous la baronne Dinati a réellement satisfait un de mes vœux?

— Moi, mademoiselle, vous me cherchiez?

— Oui, vous. La Tisza, dont je vous parlais, la Tzigane, ma mère, qui portait le nom du fleuve béni de votre patrie, m'avait appris à répéter votre nom. Elle vous connaissait pour vous avoir rencontré dans la circonstance la plus triste de votre vie.

— Votre mère? fit Andras, en attendant, avec une sorte d'angoisse, la fin de cette confidence de Marsa.

— Oui, ma mère!

Elle écarta ses mains, des mains fines, allongées et pourtant petites, qu'elle tenait croisées; et, montrant la boucle servant d'agrafe à la ceinture qui serrait l'élégante minceur de sa taille :

— Voyez, dit-elle.

Andras ressentit au cœur une sorte de coup brusque, une douloureuse pression qui n'était point sans charme, et son regard remonta presque anxieux, de la ceinture de Marsa au visage de la jeune fille.

Souriante, de ses belles lèvres muettes, Marsa Laszlo paraissait lui dire :

« Eh bien! oui, c'est l'agrafe que vous détachiez, un jour, de votre pelisse de soldat et que votre main tendait à une Tzigane inconnue, devant la fosse où dormait votre père! »

L'agrafe d'argent, les opales incrustées, rappelaient brusquement au prince Zilah la nuit triste de janvier où il avait enseveli, là-bas, le guerrier mort. Il revoyait la place sombre, les sapins neigeux, la fosse noire et ces grands reflets rouges des torches qui, vacillant sur le cadavre, semblaient ranimer ce visage froid, au front troué.

Et cette enfant des musiciens nomades qui jouaient, comme on sonnerait un glas, ou plutôt un coup de clairon vengeur, comme un chant de résurrection et de délivrance, l'hymne de la patrie au bord de la fosse ouverte, cette fille brune à qui il disait : « Rapporte-moi ce bijou et viens vivre en paix chez les Zilah », c'était la mère de cette belle créature, si étrangement séduisante, dont la parole depuis le commencement du repas, depuis des heures, l'enveloppait comme d'un souffle de parfum et de fièvre. Et cette inconnue, cette Marsa, se trouvait ainsi mêlée déjà à sa vie!

— Alors, dit-il lentement, avec un sourire triste, le talisman de votre mère valait mieux que le mien!... J'ai gardé les cailloux du lac qu'elle me tendait, et, en effet, la mort n'a pas voulu de moi. Mais les opales de l'agrafe n'ont point porté bonheur à votre mère. On dit que ces pierres ont le mauvais sort. Êtes-vous superstitieuse?

— Je ne serais point la fille de la Tisza si je ne croyais pas un peu à tout ce qui est romanesque, fantastique, improbable, impossible. Les opales sont d'ailleurs toutes pardonnées maintenant. Elles m'ont permis de vous montrer que vous n'étiez pas un inconnu pour moi, prince, et, vous le voyez, je la porte partout, je la porte presque toujours, cette chère agrafe. Elle a pour moi une valeur double, puisqu'elle me rappelle le souvenir de ma pauvre mère et le nom d'un héros.

Elle laissait tomber gravement, mais avec un naturel charmant, un sourire d'une grâce un peu sauvage, ces paroles qui semblaient plus harmonieuses au prince Andras que toute la musique du concert de la baronne Dinati.

Il devinait qu'à lui parler Marsa Laszlo trouvait autant de plaisir qu'il en avait à l'entendre.

Cette âme ardente de femme, éprise de tout ce qui est chez l'homme le grand prestige et l'irrésistible force, l'héroïsme, la bravoure chevaleresque, l'irréductibilité dans la foi, rencontrait toutes ces vertus fières, un peu âpres, dans Andras et corrigées encore, ou plutôt décuplées par cette bonté devinée, sentie dès les premiers mots échangés dans l'électricité du premier regard.

Alors, le visage un peu pâle, presque chagrin, d'une mélancolie hautaine, Marsa prenait une animation singulière, des éclats de teint inaccoutumés, le sang rose montant aux lobes délicats de ses oreilles, venant à fleur de peau à sa joue, légèrement enfiévrée maintenant.

Et la baronne Dinati, accourant à elle tout à coup, de son petit air évaporé, et se contraignant pour être sévère, lui faisait des reproches sur l'abandon dans lequel elle laissait les malheureux pianistes, frappant, là-bas, sur les touches d'ivoire pour traduire Rubinstein; puis elle s'arrêta brusquement pour lui dire :

— Ah! mais vraiment, vous êtes cent fois plus jolie ce soir que jamais, ma chère Marsa! Qu'avez-vous donc?

— Moi! répondit Marsa, c'est que je suis très heureuse!

— Ah! cher prince (et la petite baronne

éclatait de rire), c'est vous qui faites ce miracle? Toujours des conquêtes alors?...

Mais, au même moment, comme si elle se fût vraiment trop hâtée de crier tout haut la joie éprouvée, la Tzigane fronçait ses sourcils, devenus soudainement très durs, sur ses yeux noirs; et ses joues se marbraient aussitôt comme de plaques blanches, tandis que son regard se fixait sur un grand jeune homme élégant qui traversait le salon et venait à elle.

Instinctivement Andras Zilah suivit la direction du regard de Marsa.

C'était Michel Menko qui, souriant, s'avançait pour saluer Marsa Laszlo et prendre, avec un respect affectueux, la main que lui tendait Andras, toute large

Marsa avait d'ailleurs rendu froidement à Michel (le prince le remarqua) le salut profond que lui donnait le jeune homme, et, comme un peu désorienté, Menko s'éloignait, pendant que Zilah demandait à la Tzigane si elle connaissait ce jeune homme :

— Beaucoup, dit-elle, d'un ton bizarre.

— Il serait difficile de le deviner à la façon dont vous l'accueillez, fit Andras avec gaieté. Ce pauvre Michel! Avez-vous quelque reproche à lui faire?

— Aucun.

— Moi, je l'aime vraiment, ajoutait Andras. C'est un garçon charmant et son père fut un de mes compagnons de guerre. J'ai presque servi de tuteur à son fils. Nous sommes un peu cousins... Quand le jeune comte est entré dans la diplomatie, il m'a demandé mon avis, hésitant à servir l'Autriche. Je lui ai répondu qu'après avoir combattu l'Autriche par l'épée, notre tâche était de l'absorber par nos talents et notre dévouement. N'avais-je pas raison? Elle est aujourd'hui la cadette de la Hongrie et lorsque Vienne agit, Vienne regarde du côté de Pesth pour savoir si les Magyars ne sont point mécontents. Michel Menko a donc bien servi son pays. Je ne sais pourquoi il a quitté la diplomatie. Il m'inquiète, Menko... Il me paraît un peu, comme tous les jeunes hommes de sa génération, hésitant sur le but à suivre, le devoir à remplir.

« Il est troublé, irrésolu, ne sachant à quoi se décider... Nous étions plus malheureux, mais plus résolus. Nous allions droit devant nous, sans ce fardeau de pessimisme dont les nouveaux venus se sont accablés. Je regrette que Michel ait abandonné son poste. La carrière lui gardait un bel avenir. Il eût fait un bon politique.

— Trop bon, peut-être, interrompit Marsa, d'un ton sec.

— Oh! décidément, vous n'aimez pas mon pauvre Menko!

Et il essayait de sourire.

— Il m'est indifférent, dit-elle, et dans la façon, avec laquelle elle prononçait ce mot, il y avait une terrible condamnation pour Michel Menko. D'ailleurs, ajouta la Tzigane, lui-même m'a conté jadis tout ce que vous me dites de lui. Il vous aime en effet et vous vénère profondément. Quoi d'étonnant? Des hommes comme vous sont pour des hommes comme lui des exemples et...

Elle s'arrêta brusquement comme si la parole fût tout près de dépasser la pensée.

— Et?... demanda le prince.

— Rien. Des exemples. Oui, des exemples. Je ne trouve pas d'autre mot.

Elle secoua sa jolie tête comme si elle eût voulu parler d'autre chose et, après être demeuré un moment songeur devant cette réticence singulière de Marsa, Andras ne pensa plus qu'à s'enivrer davantage du charme, du sourire, de la grâce vivante de cette jeune fille, jusqu'au moment où la Tzigane lui tendait la main à l'anglaise, prenait congé de lui et le priait de lui faire l'honneur de ne pas oublier qu'elle serait bien heureuse et très fière de le recevoir.

— Mais au fait, dit-elle en riant d'un rire qui découvrait ses dents blanches, très aiguës, ce n'est pas moi qui dois vous inviter. Je commets là une inconvenance! Général!...

Elle appelait, attirait à elle dans la foule des invités le vieux général Vogotzine, que Zilah n'avait même point remarqué depuis le commencement de la soirée, et elle l'amena par la main devant le prince, lui disant assez haut, Vogotzine étant sans doute un peu sourd :

— Le prince Andras Zilah, qui doit, mon oncle, nous faire l'honneur d'être des nôtres, à Maisons...

— Ah! ah! Heureux... enchanté... très flatté, prince, balbutiait dans sa grosse moustache blanche le général, qui inclinait sa tête rase, charnue par derrière, et roulait des yeux ronds sous des sourcils durs comme des brosses à dents... Andras Zilah!... Ah! 1848!... Rude époque!... Quelles estafilades!... Ah! ah!... C'est fini... Fini... On ne se déteste plus maintenant.

Il tendait à Andras sa main énorme, aux phalanges grasses ornées de superbes touffes de poils, et répétait en serrant la main du prince :

— Enchanté... heureux... Le prince Zilah! Comment donc!

Puis, pour Andras, le souvenir de cette soirée tourbillonnait comme une vision, avec des fièvres charmées de beaux rêves.

Il rentrait chez lui à pied, par la nuit

claire, renvoyant son coupé, ayant besoin du grand silence et de l'air de la nuit, et il s'étonnait en frappant du talon les trottoirs des Champs-Élysées, de retrouver au fond de son être toute cette ivresse de jeunesse qui lui montait joyeusement au cœur et au front comme par bouffées printanières.

VIII

Il y avait comme une coquetterie de femme, mêlée à l'amour profond du sol où reposait la martyre qui avait été sa mère, dans le soin que prenait Marsa Laszlo de porter, au lieu de son nom, ce surnom : *la Tzigane*. A son esprit, aussi aiguisé que celui d'une Parisienne, ce surnom alerte résonnant et cuivré comme les czimbalom des musiciens hongrois, ajoutait un charme bizarre, une originalité pimpante, quelque chose comme une aigrette.

La Tzigane!...

Dans les allées du Parc, à Maisons-Laffitte, lorsqu'on l'apercevait, à cheval sur son angée noir, pur sang, ou conduisant sa victoria, attelée d'une paire rohan de la race Kisber, on ne la désignait jamais autrement. Devant ses chevaux, allongeant leurs corps souples ou sautant hardiment après les roues, deux grands lévriers danois, superbes, d'un noir gris lustré, la poitrine et les pattes blanches, leurs yeux aux prunelles d'un bleu étrange, bordés de jaune, brillant entre deux oreilles mobiles, sans cesse baissées et redressées, droites et aiguës, couraient, retenus par la voix de Marsa qui les appelait de temps à autre par leurs noms hongrois :

— Ici, *Duna!*... Ici, *Bundas!*

Duna et *Bundas* (Danube et Velu).

Avec un énorme chien de l'Himalaya, terrible dans sa toison jaune touffue, pareil à une grosse boule menaçante, et ses dents longues, bête quasi féroce portant le nom d'*Ortog* (Diable), ces lévriers étaient les compagnons de promenade de Marsa et ces sauts intrépides des chiens soumis à cette jeune fille qu'ils eussent renversée d'un coup de patte et déchirée d'un coup de dent, donnaient à la Tzigane un renom d'excentricité. Elle ne s'en vantait ni ne s'en irritait, l'opinion de la foule lui étant parfaitement indifférente.

Elle habitait toujours, près de la forêt, au delà des allées élégantes, la villa, ornée de la sainte icone moscovite, qu'avait fait bâtir le prince Tchéréteff, et elle y restait obstinément seule, dans le tête-à-tête écœurant du vieux Vogotzine, qui la regardait avec respect de ses gros yeux éternellement humides de kwass ou de cognac.

Aussi, fuyant le logis, avide d'espace et d'air, vraie fille de Hongrie, Marsa aimait à s'échapper à travers le beau parc silencieux à se lancer dans les longues avenues presque désertes, ouvertes à perte de vue jusqu'à un horizon bleuâtre, lointainement aperçu au bout de la voûte sombre formée par les arbres. Des oiseaux, pinsons ou passereaux, s'enlevaient de la route, effrayés par le bruit du cheval, et, éperonnant sa monture, Marsa s'enfuyait dans une envolée de galop jusqu'aux sentiers perdus, aux petites chênaies presque inconnues, avec des fourrés pleins de genêts aux fleurs d'or et de bruyères roses, où des bûcherons travaillaient comme à demi enfoncés dans l'herbe haute, criblée de fleurettes à clochettes bleues ou à pétales jaunes.

Ou bien encore, suivie de *Duna* et de *Bundas* qui s'allongeaient devant elle dans une course folle, disparaissaient, revenaient, bondissant avec des jappements de joie, Marsa aimait à s'enfoncer, marchant toute seule, sous les grands tilleuls de l'avenue Albine, de l'ombre sur sa tête, du silence autour d'elle; et lentement alors, par la petite allée bordée de hauts peupliers, frémissant au moindre vent, à gagner la lisière de la forêt de Saint-Germain.

Ouvrant la grille de la forêt, tout à coup, elle se trouvait en dix pas plongée dans une solitude chère et comme dans un bain de verdure, d'ombre et d'oubli. C'était un silence doux qui l'entourait, l'apaisait. Elle s'entendait marcher sous les grands arbres aux pieds baignés dans l'herbe épaisse. Les troncs rugueux des chênes paraissaient, dans cette lumière du plein air, violacés ou marquetés de mousse verte. Des oronges fausses montraient leurs têtes jaunes parmi les gramens. Au loin, point de bruit, jamais un passant. Un point rapide traversant parfois la route : quelque chose de vif et de roux qui grimpait le long des arbres : un écureuil peureux, effrayé par les bonds des chiens danois, s'allant blottir bien haut entre la fourche de deux branchages. C'était tout.

Et Marsa, heureuse ainsi, se plongeait dans l'anéantissement que donnent les choses, le front baigné d'air, les yeux reposés sur le vert profond qui cachait le ciel, enivrée de cette atmosphère de paix qui tombait des arbres.

Puis, elle se levait, appelait ses chiens disparus et courant dans la profondeur des taillis. Elle reprenait le chemin du Parc, entrait, près du château, dans la ferme nouvelle bâtie là et s'asseyant sous les mûriers, elle attendait que la fermière, envoyant chercher les vaches à la prairie, lui apportât une écuelle de lait chaud. Et, semant autour d'elle les miettes de son pain, la Tzigane demeurait là, envahie par les poules, les canards, les grandes oies avides, toute la basse-cour accourue et qu'elle nourrissait en égrenant ce pain bis de ses doigts blancs tout autour d'elle, *Duna* et *Bundas* couchés à ses pieds, dressant leurs oreilles et regardant de leurs yeux bizarres ces volatiles que Marsa leur défendait de toucher.

Ensuite, lentement, la tzigane reprenait le chemin de la villa. Elle rentrait, s'asseyait devant son piano et jouait avec d'ineffables douceurs, comme des ressouvenirs d'une autre vie, de la vie errante et libre de sa mère, les airs hongrois de Jean de Németh, la triste *Chanson de Plevna*, l'air piquant de la *Petite brune de Buda-Pesth* et cette romance amère, mélancolique : *Il n'y a qu'une belle fille au monde*, andante morne et désespéré qu'elle préférait à toutes les autres mélodies, parce qu'il répondait avec ses accents navrés à un état particulier de son âme.

Une souffrance évidemment se cachait au fond de ce cœur de femme. Amertume de ses premiers souvenirs? Peut-être. Douleur physique? Qui sait? Marsa, malade, avait dû passer un hiver à Pau quelques années auparavant. Mais plutôt c'était l'être moral qui éprouvait, en Marsa Laszlo, une inquiétude ou une torture et qui avait besoin de ce grand silence dans cette sorte de retraite voulue.

Les journées passaient ainsi, en cette villa de Maisons-Laffitte où la Tisza était morte. Bien souvent, le soir, Marsa s'enfermait dans la solitude de cette chambre mortuaire, demeurée telle que sa mère l'avait laissée. En bas, le général Vogotzine, fumant sa pipe, restait en tête à tête avec un carafon d'alcool. En haut, Marsa priait.

Elle sortait encore quelquefois, malgré la nuit, et, à travers les allées sombres, dans la lumière grise des soirs de clair de lune ou l'épaisseur même des ténèbres, elle allait jusqu'au petit couvent de l'avenue Eglé où des Sœurs Bleues étaient alors établies, ces sœurs qu'elle rencontrait souvent dans le Parc, avec leurs grandes robes de drap bleu, leur voile blanc, une médaille et un crucifix d'argent sur leur poitrine, un chapelet aux grains de bois pendu à leur ceinture, rendant un petit bruit d'osselets quand elles marchaient.

La petite maison de la communauté était close, la grille fermée. La chapelle seule avec ses vitraux éclairés par une lumière intérieure semblait vivante.

Et Marsa, immobile, s'arrêtait là, appuyant son front fiévreux contre les barreaux froids et regardant d'un air égaré, avec d'âpres tentations de mortification, d'ensevelissement rapide, en pleine vie, des appétits ardents de suicide, et se disant :

« Qui sait? L'oubli profond est peut-être là. »

L'oubli! Marsa avait donc à oublier?

Quelle torture secrète donnait à son beau visage ce rictus souvent amer, parfois terrible aussi, qui contrastait alors si étrangement avec son habituelle expression d'enthousiasme et de foi passionnée?

Elle restait debout devant le vitrail de la chapelle. Des bruits de prières, de versets marmottés et de répons, s'en échappaient comme des bourdonnements, comme le bruit d'ailes invisibles. Les sœurs bleues faisaient, derrière ces murailles, les prières du soir.

Est-ce que la prière chassait l'angoisse et les cuisants souvenirs?

Marsa était catholique, de par sa mère appartenant à la minorité des Tziganes roumains, dont la plupart sont grecs orthodoxes, une fraction assez considérable professant le calvinisme. La fille de la Tisza pouvait donc enterrer sa jeunesse, l'ardeur de ses vingt ans, dans le couvent des sœurs bleues.

Ce murmure sourd des versets, ces prières qui s'éteignaient, recommençaient, mouraient dans la nuit comme des soupirs, l'attiraient et lui donnaient, comme les arbres de la forêt, l'impression de cette paix, de ce grand repos qui était le rêve même de cette âme altérée de calme éternel.

Puis, brusquement, la Tzigane détachait ses regards de la fenêtre gothique, aux vitraux rougis, et elle s'éloignait disant tout haut dans la nuit :

— Non, le repos n'est pas là! Et le repos d'ailleurs, où est-il?... Il est en nous! On ne le trouve nulle part quand on ne l'a point dans le cœur!

Alors, après ces ardeurs de solitude, ces appétits de cloître, ces soifs d'anéantissement, de disparition et d'oubli, tout à coup Marsa éprouvait le besoin de l'existence fouettée, fausse et entraînante, de la vie de Paris. Elle quittait Maisons, emmenait avec elle une femme de chambre ou même le vieux Vogotzine, assez ennuyé, et elle descendait dans quelque hôtel immense, louait un appartement au *Continental* ou au *Grand Hôtel* absolument comme une étrangère, dînant à la table d'hôte, au restaurant, cherchant le brouhaha, le tapage, l'antithèse de cette vie d'ombre et de silence qu'elle menait dans les grandes allées de son parc.

Elle se montrait partout, se saturait de choses inédites, de théâtre, de soirées, comme lorsqu'elle acceptait l'invitation de la baronne Dinati, et lorsqu'elle avait la nausée de tout le factice, de l'apprêté, du convenu, de la vie mondaine, ardemment, fiévreusement elle retournait à ses bois, à ses chiens, à sa solitude et, fût-ce l'hiver, elle s'enfermait durant de longs mois dans son logis désert, en pleine neige. Et cette existence n'était-elle point douce et clémente, comparée à celle qu'avait menée la Tisza dans le vieux château farouche des environs de Moscou?

C'était dans cette solitude, dans la villa de Maisons Laffitte, que le prince Andras Zilah devait revoir Marsa Laszlo. Il s'y pré-

BRUSQUEMENT, ELLE S'ÉLOIGNAIT...

senta et il y revint. C'était peut-être, depuis la mort du prince, le seul homme que le général Vogotzine eût salué chez sa nièce. Marsa était toujours profondément heureuse lorsque Andras voulait bien se rendre chez elle.

— Mademoiselle devient coquette lorsque le prince Zilah vient à Maisons, lui disait, un matin, sa femme de chambre.

— C'est que le prince Andras n'est pas un homme comme un autre. C'est un héros et c'est mon héros! Il n'y a pas, au pays de ma mère, de nom plus populaire que le sien.

— J'en avais déjà entendu parler à mademoiselle par monsieur le comte Menko.

La femme de chambre eût voulu enlever à sa maîtresse tout éclair joyeux dans le regard qu'elle y eût brusquement réussi.

A ce nom de Menko, l'expression du visage devint menaçante et mauvaise. Ses yeux se cernèrent brusquement d'un cercle bleuâtre et dans le froncement de ses sourcils il y avait comme le mouvement d'un arc tendu, d'une flèche signe prête à partir.

Le prince Andras avait remarqué ce même changement de visage lorsqu'il parlait à Marsa chez la baronne Dinati. n'avait rien oublié de cette chère soirée, de cet entretien plein de fièvre charmée. L'amour du Prince Andras pour la Tzigane était né de cette rencontre et avait grandi de jour en jour, depuis ce soir-là.

Chez cet homme, qui ne songeait plus guère qu'à finir dans la paix de l'oubli une vie depuis longtemps attristée par la défaite et par l'exil, il s'était produit un ardent réveil des espoirs heureux, des appétits de foyer, de famille et de joie. Il était riche, indépendant et seul. Il pouvait librement choisir la femme qu'il ferait princesse. Nul préjugé nobiliaire ne l'empêchait de donner son titre à la fille de la Tisza. Jadis, ce n'avait pas été pour l'étrange rêve de liberté féodalisée que les Zilah avaient pris les armes. Voulant affranchir leur pays, eux-mêmes s'étaient affranchis de tout préjugé, fiers mais non pas vains, et ne ressemblant guère à ces Magyars dont Szechenyi, le grand comte, mort fou de douleur en 1849, disait. *Mon peuple périra par l'orgueil.*

L'orgueil du dernier des Zilah ne se trouvait pas humilié d'aimer une Tzigane et de la faire entrer dans sa famille. Franchement, avec l'accent de l'amour le plus profond et du dévouement le plus sincère, Andras avait demandé à Marsa Laszlo si elle consentirait à devenir sa femme.

Mais il avait été effrayé alors de l'expression d'égarement qui, tout à coup, passait sur le visage blafard de la jeune fille.

Marsa, princesse Zilah!

Comme sa mère, elle eût refusé d'un Tchérételf, ce titre de princesse qu'Andras lui apportait, lui offrait avec une tendresse passionnée.

Mais princesse Zilah!

Elle regardait avec des yeux de folle le prince, qui se tenait droit devant elle, timide, la lèvre tremblante, et qui attendait.

Comme elle ne répondait pas, il lui prit les mains. Anxieux, il lui dit, il cria presque :

« Qu'avez-vous? » car les doigts de Marsa étaient de glace.

Il fallut à la jeune fille un terrible effort sur elle-même pour ne pas s'évanouir, tomber là toute raidie.

— Mais enfin, répétait Andras, voulez-vous, Marsa? Voulez-vous?

Il y avait six mois qu'il l'aimait, et une effroyable terreur s'emparait maintenant de cet homme, qui ne savait pas ce que c'est que la peur.

Et si Marsa ne l'aimait point!...

Il avait cru, sans doute, trouver en elle une sorte de tendresse dévouée qui lui donnant le courage de lui demander si elle voulait être sa femme. Mais s'il s'était trompé?... Si c'était le soldat seul qui, en lui, plaisait à Marsa? Allait-il se heurter à quelque déception nouvelle? Ah! quelle folie d'aimer et d'aimer, à quarante ans passés, une jeune fille, une belle fille comme cette Marsa!

C'est qu'elle ne répondait pas. Elle demeurait là, devant lui, presque inerte : une statue.

Pâle, ses yeux profonds regardaient d'un air farouche.

Puis, comme il la pressait de parler, lui, des larmes dans la voix, elle, toujours muette, sa langue comme paralysée, l'être tout entier de la jeune femme se tendit pour trouver une réponse qui tomba cruelle, comme une sentence sur le cœur du héros :

— Jamais!

Andras restait alors là, devant elle, dans une immobilité tellement effroyable, qu'elle avait des envies de se précipiter à ses pieds et de lui crier :

— Je vous aime pourtant! Je vous aime!... Mais jamais!...

Elle l'aimait? Oui, follement. Mieux que

IL LA PRESSAIT DE PARLER...

cela, d'une passion profonde, éternelle, elle le sentait bien, de cette passion solidement ancrée dans l'admiration, le respect, l'estime, les vertus invincibles; d'une passion qui se doublait pour elle du réveil d'une déception, d'un élan éperdu vers ce

qui, pour cette âme troublée, représentait
l'honneur sans une tache, la parfaite bonté
dans le parfait courage, l'immolation d'une
existence au devoir, tout cela incarné dans
un homme, éclatant dans un nom illustre :
Zilah.

Et il devinait bien, oui, il sentait aussi, le
prince Andras, que cette Marsa, malgré son
énigmatique refus, avait pour lui une sympathie vraie, plus que de l'amitié. Il croyait,
du moins, l'avoir vu, mieux que cela : il en
était certain. Alors, pourquoi lui ordonnait-
elle donc ainsi, d'un seul mot, de déses-
pérer?

Jamais! Elle n'était donc pas libre?

Une question, dont il lui demandait tout
aussitôt pardon du geste, s'échappa, comme
un appel de noyé, de la poitrine du pauvre
homme :

— Vous aimez quelqu'un, Marsa?

Elle poussa un cri

— Je vous jure que non!

Il la pressait alors de lui expliquer pourquoi ce refus, cette sorte d'effroi qu'elle
laissait tout à l'heure paraître ; et, dans une
espèce de crise nerveuse qu'elle dominait
pourtant, au milieu de l'étouffement des
sanglots, elle lui dit que si elle pouvait
jamais consentir à unir sa vie à quelqu'un
au monde, c'était à lui, à lui seul, à ce
héros de son pays, à ce rêve vivant de
dévouement chevaleresque, à lui qu'elle
admirait, quelque temps auparavant sans le
connaître, et que maintenant...

Elle s'arrêta devant un mot qui était un
aveu.

— Ah! maintenant... maintenant? demanda
Andras, suppliant, attendant la fin de cet
aveu que les nerfs maladivement irrités
forçaient presque Marsa à laisser échapper...
Maintenant...?

Mais elle ne le disait point ce mot, que
Zilah réclamait, appelait avec des frissons
d'espoir heureux.

Elle s'arracha à cet entretien qui la tuait,
demandant d'une voix brisée au prince qu'il
voulût bien l'excuser, lui pardonner, qu'elle
se sentait réellement malade, atteinte au
fond de l'être.

— Mais si vous souffrez, je ne veux pas, je
ne veux pas vous quitter...

— Je vous en supplie. C'est la solitude
qu'il me faut...

— Au moins me permettez-vous de
revenir demain, Marsa, et de vous demander
alors votre réponse?

— Ma réponse? Je vous l'ai donnée.

— Non! non! ce n'est pas vrai! Non, je
n'accepte pas ce refus Non, non. Il y a en
vous je ne sais quel combat et quelle fièvre!
Mais je vous jure, Marsa, que sans vous la

vie m'est impossible! Oui, je vous le dis
dans la sincérité de mon âme : à cette
heure, toute mon existence comprimée va
vers vous comme vers le bonheur rêvé.
Vous réfléchirez. Il y avait dans votre voix
un trouble qui me laisse une espérance. A
demain, n'est-ce pas, Marsa? Je reviendrai
demain!... Ce que vous m'avez dit aujour-
d'hui ne compte pas!... A demain, à demain!
Et songez que je vous adore!

Et elle, frissonnante aux accents de cette
voix, troublée, brisée, n'osant pas répondre
non, jeter un *adieu* à cet homme et ne voulant pas lui dire *à demain*, le laissait partir
confiant, malgré ce mutisme qu'elle gardait
obstinément, désespérément, puis, Andras
parti, accablée, à bout de forces, fondant en
larmes, elle se jeta d'un élan, comme
affolée, sur le divan où tout à l'heure elle
était assise.

Une fois seule, elle portait à ses yeux ses
poings fermés, et, secouée par une crise
atroce, des sanglots terribles entrecoupés
de cris, de redressements subits, de regards
farouches fixés sur l'invisible, elle demeurait là, seule, laissant tomber de ses lèvres
de fièvre de tragiques questions, qu'elle se
faisait à elle-même :

— C'est la vie pourtant qu'il m'apporte,
c'est le bonheur qu'il m'offre! Est-ce que je
n'ai pas le droit d'être heureuse, moi?...
Être la femme d'un tel homme! L'aimer, se
dévouer, lui faire de son existence à soi une
suite de joies, de sacrifices, de tendresses!
Être son esclave et sa chose! Si je l'épou-
sais?...

Et, tout aussitôt, brusquement :

— Si je me tuais?...

Elle songeait, les yeux égarés, devant
cette épouvante :

— Me tuer! Oui. Ça vaudrait mieux, ça!

Puis, avec un rire fou, des larmes nouvelles, un déchirement, un spasme :

— Certainement, parbleu! Oui. C'est
même le seul parti à prendre. Mais voilà : je
suis lâche maintenant que je l'aime!...
Lâche! Lâche! Misérable!... Malheureuse,
va!

Et tout ce beau corps féminin s'écroulait
dans un désespoir féroce comme si, dans
cet écrasement, la vie ou la raison allait s'en
échapper à jamais.

IX

Peut-être s'était-il fait, après cette crise,
un travail de réflexion dans l'esprit de
Marsa, car Zilah la trouva plus calme, le
lendemain, lorsqu'il revint.

Il ne lui demanda rien d'abord, inquiet seulement de sa santé.

— Oh! je suis bien! lui répondit-elle en souriant d'un air un peu triste.

Puis, comme elle s'était mise au piano, jouant une romance qu'elle aimait :

— N'est-ce pas de Németh Janos, cela? demanda le prince.

— Oui, de Jean de Németh... J'aime beaucoup sa musique, elle est vraiment hongroise, celle-là!

Et les notes tombaient, s'égrenaient comme des soupirs, comme de lointains sons de cloche tintant un glas, que soulignait une plainte tendre, un lamento poétique, morne, désespéré, profond et pourtant très doux. Puis les soupirs reprenaient pour aboutir à un *forte* funèbre comme la pelletée de terre suprême dans l'ensevelissement d'un mort.

— Comment appelez-vous cela, Marsa? dit Andras.

Elle ne répondit pas.

Il se leva, regarda le titre, écrit en hongrois et en français ; puis, doucement, se penchant à l'oreille de la Tzigane que le souffle de ses lèvres effleura :

— Jean de Németh a raison, dit-il. *Il n'y a qu'une belle au monde.*

Elle devint très pâle, sourit, se leva, et lui tendit la main :

— C'est presque un madrigal, mon cher prince, et, entre nous, nous n'en sommes plus là. Vous m'aimez, je le sais. Moi aussi, je vous aime! Voulez-vous me donner un mois pour réfléchir?... Tout un mois?...

— Ma vie entière vous appartient maintenant, dit le prince. Faites-en ce que vous voudrez.

— Eh bien! alors dans un mois! dit-elle fermement avec un accent de résolution absolue.

— Seulement, fit Andras en souriant d'un sourire fier dans sa barbe blonde, songez que j'avais autrefois pris pour moi d'ordre les vers de Petœfi... Vous savez bien, ces beaux vers de notre puszta :

La liberté, l'amour!
Il me faut ces deux choses.
Pour mon amour je donnerais
          Ma vie,
Et pour la liberté,
          L'amour!

— Eh bien! ajouta le prince, dites-vous qu'à cette heure, l'Andras Zilah de 1848 donnerait presque la liberté, cette passion de toute sa vie, pour votre amour, Marsa, ma chère et bien-aimée Marsa qui êtes pour moi comme la patrie vivante.

Elle se sentait remuée jusqu'à l'âme en écoutant un tel homme lui parler ainsi. L'idéal altier de la Tzigane, comme de la plupart des femmes, c'était la loyauté dans la force. Eût-elle jamais, dans ses rêves les plus fous, songé à entendre un des héros de la guerre de l'indépendance, un Zilah Andras, la supplier de porter son nom?

Elle connaissait Yanski. Le prince l'avait présenté à Marsa et à Vogotzine, à Maisons-Laffitte. Elle savait que le comte Varhély connaissait les plus secrètes pensées du prince; elle était certaine qu'Andras avait tout confié, ses espoirs et ses craintes, à son vieil ami.

— Que pensez-vous que devienne le prince si je ne l'épouse pas? lui demanda-t-elle un jour, presque brusquement.

— Voilà une question à brûle-pourpoint à laquelle je ne m'attendais guère, dit Yanski avec ses manières assez farouches et regardant, étonné, Marsa Laszlo. Vous ne voulez donc pas devenir une Zilah?

Et il lui semblait que l'hésitation même était insultante et comme sacrilège.

— Je ne vous dis pas cela, fit la Tzigane, je vous demande ce que le prince deviendrait si, pour un motif ou pour un autre...

— Chose bien simple, répondit Varhély. Le prince, il a dû vous le dire, est de ceux qui aiment une fois dans leur existence. Ma parole d'honneur, je crois que si vous le refusiez, il ferait quelque maladie ou quelque sottise... de celles dont on meurt.

— Ah! dit simplement Marsa, qui se sentit devenir toute froide, les mains glacées.

— C'est mon avis, reprit Yanski rudement. Il est touché. Reste à savoir si vous voulez que la balle soit mortelle.

La réponse de Varhély avait dû peser d'un immense poids dans les réflexions pleines de fièvre, d'angoisses, de révoltes, de désespoirs et de folies de Marsa Laszlo pendant les journées tragiques précédant le jour où elle devait dire au prince Andras si elle consentait à devenir sa femme, oui ou non.

Ce fut un *oui* qui tomba enfin, presque aussi net et effrayant qu'un refus nouveau, de la bouche de la Tzigane.

Mais le prince n'avait pas le sang-froid d'analyser une intonation.

Il se sentit comme enveloppé de joie.

— Ah! dit-il, j'ai eu bien des angoisses pendant ces semaines de doute, mais je suis heureux, bien heureux!

— Savez-vous ce que m'a dit Varhély? lui demanda Marsa.

— Oui, je le sais!...

— Eh bien, puisque les Zilah traitent leurs

3

amours comme leurs duels, et qu'ils y risquent leur existence entière, soit, j'accepte. Votre existence pour la mienne! Don pour don!... Je ne veux pas que vous mouriez!

Il n'essayait pas de comprendre. Il prenait entre ses mains les mains brûlantes de Marsa et les couvrait de baisers ardents et de larmes chaudes. Et elle, un frémissement sur la lèvre, regardait à travers ses longs cils baissés ce vaillant courbé devant elle et qui lui disait maintenant :

— Je t'aime!

Alors dans cette minute d'infini bonheur, au seuil de la vie nouvelle qui s'ouvrait là, devant elle, avec des perspectives de joies, elle oubliait tout pour ne songer qu'à cette réalité, bonne comme une caresse : les larmes heureuses d'un héros dont elle serait la femme.

« Sa femme! »

Puis, comme dans l'entraînement d'un rêve, sans songer, sans résister, s'abandonnant au doux courant qui l'emportait, n'essayant pas de se rendre compte du temps, de l'heure de l'avenir, aimant et se laissant aimer, vivant dans une sorte de somnambulisme charmé, la Tzigane assistait, comme s'il ne se fût pas agi d'elle-même, aux préparatifs de ce mariage futur qui était le sien.

Le prince avec une impatience de fiancé de vingt ans pressait cette union qui faisait sa joie. Il l'avait annoncée à ce tout-Paris à la fois Parisien et exotique dont il faisait partie, et c'était un événement dans le high-life étranger que ce mariage du Magyar avec la Tzigane. Il y avait là comme un parfum de roman chevaleresque dont on louait beaucoup le prince Andras, assez riche et assez indépendant pour épouser, s'il l'eût voulu, une bergère, comme les rois des contes de fées.

— Eh! bien, est-ce assez gentil? Est-ce assez charmant?... répétait la petite baronne Dinati enthousiasmée. Jacquemin, mon cher ami, je vous donnerai encore tous les détails de la première rencontre... Vous ferez avec cela une *journée parisienne* délicieuse... délicieuse!...

La petite baronne Dinati était presque aussi vivement que le prince enchantée de l'aventure. A la bonne heure, ce Zilah! Voilà un homme! Il apportait en dot à la Tzigane les plus beaux diamants du monde, ces diamants des Zilah que le prince Josef mettait parfois dédaigneusement à son uniforme de hussards lorsqu'il chargeait les cuirassiers prussiens de Ziethen, certain d'éviter les coups de sabre et de ne pas perdre une seule de ses pierres durant le combat. On racontait au surplus que Marsa, fort riche aussi, ne voulait accepter du prince aucun joyau. C'était sa coquetterie! Les opales de l'agrafe d'argent lui suffisaient.

— Vous savez bien, Jacquemin? .. Les fameuses opales de la Tzigane! Notez, notez tout ça!

— Oui, ça a assez de *chic*! répondait Jacquemin. C'est un peu romance... mais ça a du panache! Ça en a même un peu de trop! Les boulevardiers n'y croiront pas!... N'importe, je note, je note!

Le reporter n'avait, du reste, rien à « noter ». L'histoire, très connue du monde parisien, avait déjà couru les chroniques. On avait annoncé la partie de bateau comme une *première* à sensation.

Cette fête des fiançailles donnée par le prince à bord du vapeur, sur la Seine, avec les musiciens tziganes jouant leurs airs nationaux, ajoutait décidément au prestige romanesque d'Andras Zilah. Il n'y avait pas une jeune fille à marier qui n'en fût éprise quelque peu. Les mères le regrettaient, enviant cette chance inattendue de la Tzigane.

« C'est étonnant comme les mamans sont jalouses! disait gaiement la baronne Dinati. On me fera payer cher d'avoir été *la marieuse*. Mais j'en suis fière, très fière! J'ai bon goût, Zilah, voilà tout... Et quant à lui, j'en aurais été folle, absolument folle, si je n'avais pas à m'occuper de mes invités! Un salon, c'est aussi absorbant qu'un mari! »

Sur le bateau, depuis que la petite baronne lui avait conté le roman de la Tzigane et de Zilah, Paul Jacquemin ne quittait pas la *marieuse*. Il la suivait, de l'avant à l'arrière, marchant presque sur sa traîne. Il lui fallait encore la description des toilettes de la mariée, celle de la baronne, la généalogie de l'oncle Vogotzine, les prénoms de l'ami Varhély.

— Je mettrai de la couleur dans mon article... Ça se sauvera par la couleur!

Et il ajoutait :

— Où se fera-t-il, le mariage?

— A Maisons-Laffitte!... Oh! complet, mon cher Jacquemin, complet! Un opéra-comique! Un opéra-comique! Une idylle! L'Amour au Village! Ce sera exquis... tout à fait exquis! Je voudrais seulement que vous fussiez chargé du buffet!

Jacquemin, en effet, régisseur général des fêtes à l'hôtel de la rue Murillo, chez la petite baronne, n'admettait point, en pareil cas, les hérésies ni les plus petites fautes d'orthographe. Tudieu! il vous dégustait les margaux avec des attitudes de connaisseur, tenant entre ses doigts le rebord du pied de son verre, se recueillant, tandis que le romanée ou le richebourg lui caressait le palais, et, fermant à demi les yeux comme interrogeant ses souvenirs et feuilletant son dictionnaire vinicole :

« Pomard! » laissait-il tomber lente-

IL LA SUIVAIT...

ment de ses lèvres de fin connaisseur. Ou :

« Musigny acceptable! » Petite-tour-blanche qui se laisse boire! Très agréable, ce volnay! »

Et le lendemain, dans les comptes rendus qu'il rédigeait lui-même, sous divers pseudonymes, Jacquemin écrivait :

« Nos compliments à notre ami Jacquemin s'il a été pour quelque chose dans la rédaction de la carte des vins comme dans les répétitions de l'opéra de la baronne dont il

avait très habilement réglé la mise en scène. Il a tous les talents, Jacquemin. Il tire parti de tout. A bon moulin, dit le proverbe, tout fait farine. »

Paul Jacquemin avait déjà donné, sur le bateau, un coup d'œil au menu, et l'avait déclaré très bien compris, très *correct*, très *pur*.

Le steamer, maintenant, était du reste complet, et le prince Zilah avait fait les honneurs de son bord à tous ses hôtes. On allait se mettre en marche, et le bateau quittait la rive, ses drapeaux se déployant avec une sorte de coquetterie pleine de bravoure, tandis que les musiciens tziganes redoublaient de vivacité ardente pour jeter au vent les notes vibrantes, précipitées et colères, de la *Marche de Rakoczy*, cet air de triomphe qui, pour Zilah, saluait ses fiançailles comme il avait salué les funérailles de son père.

X

— On part!... On est parti ! criait gaiement la petite baronne.

— Pourvu que nous ne fassions pas naufrage! disait Jacquemin.

Et il inventait, fort drôlement, toute une série d'aventures possibles, des drôleries d'ateliers, où des ours blancs, des banquises, des bouffonneries de rapin amusaient la galerie :

— En sujet de nouvelle pour le *Journal des Voyages* : le *Naufrage des Fiancés* !

Et à mesure qu'on s'enfonçait loin de Paris, dépassant les quais de Passy, les guinguettes du Point-du-Jour, un mouvement de fourmilière se faisait sur le bateau où Chevet surveillait le couvert rapidement installé, les tables plantées en fer à cheval, la blancheur crue des nappes répondant nettement au bleu clair du ciel.

Le pilote, debout à l'arrière, son uniforme sombre se détachant sur les trois couleurs du drapeau, regardait ce gai branle-bas, sous la tente de toile verte qui jetait ses reflets aux linges et aux verres. On

LE BATEAU QUITTAIT LA RIVE...

disposait, autour des tables, une longue couverture de drap sur lequel allaient s'asseoir les hôtes du prince; et, autour de la nappe blanche où les fruits jetaient leurs notes d'or ou d'émeraudes, chacun s'asseyait, le prince Andras plaçant à ses côtés la belle Marsa, et la petite baronne Dinati, mourant de faim. Michel Menko, éloigné d'eux, semblait chercher le regard de Marsa Laszlo.

Alors, parmi ces élégants, en rupture de Paris, ces jolies femmes en toilettes claires, c'était une fête de gaieté et de rires dans le plein air du fleuve. Et tandis que le vent faisait claquer joyeusement les rideaux et les stores, le bateau s'enfonçait dans le paysage, rasant l'eau glauque où le soleil reflétait les ombres allongées des trembles, la chevelure des saules de la rive, les nuages blancs flottant dans le ciel clair.

De temps à autre, une voix poussait quelque petit cri d'admiration devant le panorama déroulé, le coin de rivage aperçu, la montée de Suresnes, les usines noires de Saint-Denis avec leurs cheminées hautes, les longs toits plats des hangars sombres, les villas et les bouchons d'Asnières, les coteaux de Marly, ponctués de maisonnettes blanches

apparaissant dans un tas de vert que dominait le grand aqueduc gris.

— Ah! que c'est joli! Mais c'est charmant!...

— Non, ça devient laid!

— Est-ce drôle! Nous ne connaissions pas tout ça! Si nous *inventions* les environs de Paris?

— Mesdames et messieurs, criait par-dessus les autres voix Jacquemin, que Zilah ne connaissait pas et à qui la petite baronne avait fait donner une des premières invitations, nous entrons maintenant dans les pays sauvages! C'est l'Odéon ou le Kamschatka, je ne sais pas au juste! Mais il doit y avoir des anthropophages!...

Ces bords parisiens, d'une coquetterie exquise, avec des coins poudreux parfois, des aspects presque maladifs mais attirants, de l'herbe brûlée, des gazons semés de débris de repas ou d'écorces de pétards noircies et vides, ces champs où apparaissent, avec leurs pantalons rouges, des soldats flâneurs qui laissaient pendre leurs godillots au-dessus de l'eau et taillaient lentement des baguettes, ces tableautins de la banlieue de Paris qui leur rappelaient les tableaux du Salon, amusant ces curieuses, habituées au fracas poudreux de la ville, aux boulevards, aux *bars* à la mode, aux tables d'hôte et aux *premières*.

Placée entre le prince et le Japonais en veston, en face de Varhély et du général Vogotzine, la petite baronne Dinati ne perdait ni une bouchée ni une gorgée du déjeuner. Le prince Andras n'avait pas épargné le *tokaï*, le vin de sucre et de feu dont les Hongrois disent fièrement : « Il a la couleur et le prix de l'or. » Et le tokaï disparaissait sous les moustaches du général russe comme dans un entonnoir.

Tout en y trempant ses saines lèvres rouges, la petite baronne, avide d'augmenter ses connaissances culinaires, interrogeait son voisin, le Japonais, et lui demandait la recette de certains mets que le petit homme en bronze lui avait fait goûter, dans un dîner donné à l'ambassade.

— Envoyez-moi donc cela, Yamada !.. Je donnerai la formule à mon cuisinier. Rien ne m'amuse comme d'offrir à mes convives une cuisine exotique. Ça leur emporte la bouche quelquefois. C'est très gai... Je vous donnerai la recette aussi, Jacquemin ! Oh ! un drôle de plat ! On a la sensation d'être empoisonné !

— Comme dans *Lucrèce Borgia*, dit le Japonais de Paris en tant de son rire de figurine de bronze.

— Vous connaissez *Lucrèce Borgia* ?

— On l'a jouée à Yokohama. Oh ! nous ne sommes plus des sauvages, baronne, plus du tout ! Si vous voulez des ignorants adressez-vous aux Chinois !

Le petit Japonais était fier de paraître aussi profondément au courant des choses d'Europe. Ses yeux en vrille cherchaient malicieusement, là-bas, l'approbation du regard de Paul Jacquemin ou de Michel Menko. Mais le Hongrois n'écoutait ni ne regardait Yamada. Il était tout entier absorbé par Marsa, et, la bouche un peu crispée, il jetait de temps à autre des coups d'œil bizarres sur la belle jeune fille vers qui se penchait Andras, et qui, très calme, presque grave, mais évidemment heureuse, flattée de l'amour d'un tel homme, répondait au prince par un sourire doux qui éclairait rapidement ses beaux traits réguliers.

Une sorte de grâce orientale enveloppait cette Marsa, souple comme une liane hindoue, avec un sourire d'Arabe dans ses yeux noirs, les paupières longues, comparables à une frange ou à un voile, s'abaissant, lentes, sur le velours du regard, et leur double ligne dispersée donnait à ces prunelles calmes une ombre et un soulignement inquiétants.

Toute cette beauté, Michel Menko la détaillait et l'admirait et, ne voyait que Marsa sur ce bateau, le jeune homme, évidemment, souffrait, souffrait cruellement les yeux invinciblement attirés pourtant par cette femme. Il fermait les yeux quelquefois, et voyait

passer dans cette ombre soudaine, sur un fond rouge, des visions mauvaises.

Au milieu de ces femmes vêtues à la dernière mode ou à la prochaine, dans le chatoiement de ces robes aux reflets changeants, de ces coquetteries friponnes, de ces étoffes aux tons assoupis ou multicolores, dans cette élégance de séduisante mascarade qui suivait hardiment le goût du jour, Marsa, le teint mat, dans une robe de dentelle noire, ressemblait à une étrangère au milieu d'un bal paré, Michel la suivait du regard, épiait ses mouvements ; mais elle, droite, immobile, comme un peu gênée, parlait peu, répondait à Yanski Varhely ou au prince Andras, ses voisins, et lorsque ses prunelles d'Orientale rencontraient les yeux de Michel Menko, elle se détournait doucement, fuyant évidemment ces échanges de regards avec autant de soin que le jeune homme les cherchait.

La fin du déjeuner arrivait tout juste en même temps qu'une halte dans le trajet de Paris à Maisons-Laffitte où Marsa devait s'arrêter. On s'était levé de table, le café pris, les hommes allumant les cigares, les coquetteries féminines cherchant en bas des miroirs pour réparer les échevelements qu'avait amenés la brise.

SON VOISIN LE JAPONAIS...

Le prince, un moment, quittait Marsa, et le bateau s'arrêtait en face de Marly, en attendant que les éclusiers eussent mis à niveau l'eau du fleuve.

Bien des passagers, avec une avidité

presque enfantine de mouvement, un besoin nerveux de marcher dans l'herbe fraîche, sautaient alors gaiement sur le rivage.

Marsa restait seule, évidemment heureuse de ce grand silence qui, soudain, tombait sur le steamer, tout à l'heure si bruyant.

Et pendant que les rires lointains de la rive se mêlaient au sourd murmure de l'eau passant, blanche d'écume, à travers l'écluse ouverte, elle, accoudée, ses beaux yeux noirs plongeant dans l'eau glauque, regardait fixement devant elle, tandis que le vent soulevait ses cheveux qu'il ébouriffait sur son front, enroulant parfois autour du cou de la jeune fille une de ces longues tresses noires dénouées, et qui flottaient comme les crinières aux étendards d'un pacha.

Michel Menko cherchait évidemment à se rapprocher d'elle, et il faisait quelques pas vers la Tzigane lorsqu'il sentit une main brusque se poser sur son épaule.

Il se retourna, croyant que c'était le prince.

C'était Varhély qui disait au jeune homme :

— Eh bien! mon cher comte, vous avez eu bien raison de venir de Londres pour cette fête! Sans compter que Zilah est enchanté de vous voir. C'est assez curieux, n'est-ce pas? la composition hétéroclite de ces invités. La baronne Dinati nous a fourni une *olla-podrida* qui eût fait plaisir à son mari. Il y a un peu de tout. Ça ne vous étonne point?

— Non, dit Michel. C'est le monde nouveau, ce monde hybride. A Nice, j'ai rencontré la plupart de ces visages-là... On les retrouve partout.

— Pour moi, dit de sa voix rude Yanski, ces gens-là sont des phénomènes!

— Des phénomènes? Pas du tout. La vie actuelle est si compliquée que les événements et les êtres les plus inattendus y trouvent leur place. Vous n'avez pas vécu, Varhély, ou vous n'avez vécu que pour votre idéal, la patrie, et tout vous stupéfie, vous! Si vous aviez, comme moi, promené votre curiosité à travers le monde, vous ne vous étonneriez plus de rien... quoique, à dire vrai, et la voix du jeune homme devenait amère, saccadée et comme méchante, il suffit de vieillir pour rencontrer bien des surprises déchirantes, mauvaises...

Il regardait, involontairement peut-être, Marsa Laszlo accoudée, là-bas.

— Oh! ne parlez pas de vieillesse avant d'avoir passé par les épreuves que nous avons subies, dit Varhély. A dix-huit ans, Andras Zilah pouvait dire : « Je suis vieux ». Il portait en même temps le deuil de tous les siens et celui de notre pays. Mais vous!... Vous avez grandi, mon cher, dans des temps heureux. L'Autriche, desserrant sa serre, vous permettait d'aimer librement et de servir notre cause, tout à votre aise. Vous êtes né riche, vous aviez épousé la plus charmante des femmes...

Michel Menko fronça le sourcil.

— C'est, il est vrai, fit Varhély, le deuil de votre vie. Il me semble que c'est hier que vous avez perdu la pauvre enfant?

— Il y a pourtant deux ans déjà, dit Michel, assombri tout à coup, en dépit de l'excitation fébrile qu'il essayait de se donner pour paraître gai. Deux ans!... le temps passe!

— Elle était si charmante, reprenait le vieux Yanski, ne s'apercevant point de l'expression d'ennui mêlée de tristesse qui passait sur le visage du jeune homme. Je l'avais connue toute petite, votre chère femme, chez son père qui me donna, un moment, asile à Prague, après la capitulation signée par Georgei. Quoique je fusse Hongrois et lui Bohême, son père m'aimait beaucoup.

— Oui, fit rapidement Michel, elle me parlait souvent de vous, mon cher Varhély. On lui avait appris aussi à vous aimer.

Et cherchant évidemment à détourner la conversation, à fuir un souvenir qui lui était pénible.

— Ah! dit-il... Georgei!... les batailles!... Notre génération n'a pas connu vos belles espérances, et vos deuils, voyez-vous, avaient plus de joies que nos ennuis. Nous sommes des inutiles, nous!... Ma parole, il me semble même que nous sommes un peu des détraqués, des énervés, n'aimant rien et aimant tout, prêts à commettre ce que nous prenons pour des folies, et ce qui n'est, après tout, que des niaiseries, en ce temps de réalisme!... Je vous envie ces journées de luttes, les belles folies de 48, de 49. Combattre ainsi, c'était vivre!

Et pendant qu'il parlait, son maigre visage devenait plus mélancolique, ses yeux cherchant encore instinctivement la fiancée du prince Andras.

Il quitta Varhély, après avoir laissé tomber la conversation peu à peu et s'approcha de Marsa lentement, suivant de son regard le regard de cette femme qui, encore seule, le menton dans la main, la prunelle perdue, semblait attirée par les remous du fleuve.

Très ému, mordillant sa moustache, en regardant avec une sorte d'inquiétude farouche du côté du rivage où la haute silhouette du prince donnant le bras à la baronne Dinati apparaissait, Michel Menko s'arrêta avant d'adresser la parole à Marsa, qui ne l'avait point vu et se laissait évidemment emporter bien loin par quelque rêve...

Doucement, à voix basse, avec un accent

étranglé et hésitant, il laissa alors tomber
ce nom :

« Marsa ! »

La jeune fille tressaillit ; tout son corps
convulsé, comme par une secousse électrique, et la tête à demi masquée par la
chevelure que le vent lui fouettait au visage,
elle se retourna, très brusque, enfonçant
son regard noir dans les yeux suppliants du
jeune homme.

— Marsa ! répéta Michel sur le ton humble
de la prière.

— Que me voulez-vous ? dit-elle. Pourquoi me parlez-vous ? Vous avez dû pourtant remarquer quel soin je mets à vous
éviter.

— Et c'est ce qui me navre. Vous me
rendrez fou. Si vous saviez ce que je souffre !

Il parlait rapidement, toujours très bas et
comme s'il sentait que les secondes valaient
des siècles.

Elle, la voix brève, coupante et sans pitié,
lui répondait d'un ton sec, plus dur encore
que ce regard implacable qu'elle laissait
tomber sur lui.

— Vous souffrez ? La vie est donc juste !
C'est un prêté pour un rendu.

Le ton, comme les paroles, était volontairement presque vulgaire, et faisait tressaillir Michel Menko comme si chaque syl-
labe de ces mots rapides l'eût souffleté.

— Marsa ! dit-il, essayant de mettre dans
ce nom une supplication éloquente faite
pour désarmer. Marsa !...

— Je m'appelle Marsa Laszlo, je m'appel-
lerai dans quelques jours la princesse Zilah,
répondit la jeune fille passant fièrement
devant Michel, et je vous saurai gré de ne
point me contraindre à vous en faire souvenir.

Elle lui avait jeté cet ordre avec un tel
accent hautain, résolu, presque méprisant,
un tel pli de lèvres soulignant le jaillissement d'un double éclair sous la raie sombre des sourcils froncés, que Menko, courbant la tête instinctivement, murmura :

— Pardon !...

Mais il s'enfonçait dans la paume de la
main les ongles de ses doigts serrés en la
voyant quitter ce coin du bateau pour aller
s'accouder plus loin, plus loin de lui, comme
si la présence du jeune comte lui eût été
une insulte.

Des larmes refoulées brusquement, avec
une fierté farouche, des larmes de rage,
montaient aux prunelles de cet homme
pendant qu'il la regardait ; elle, le corps à
demi penché, svelte, adorable, reprenant
au-dessus de l'eau sa pose accoudée et son
rêve, son rêve triste ou son beau rêve inter-
rompu...

XI

Il y avait, côte à côte, avec le bateau du
comte, attendant aussi le moment d'être
éclusé, un de ces grands chalands qui,
transportant du bois ou du charbon, tout,
de tous côtés et jusqu'à Saint-Denis, le service de la Seine.

Toute une famille vit, comme à fleur
d'eau, à bord de ces gros bâtiments lourds.
La fumée de la cuisine sort, comme une
baleine, de cette sorte de cachalot de bois
où des tas d'êtres respirent, mangent, dor-
ment, naissent et meurent parfois comme
loin des terres. Des pots de géraniums ou de
bégonias mettent, à côté de ces planches
goudronnées, leurs notes roses et rouges,
comparables à un sourire. Cela s'en va lentement le long du fleuve, emportant les cris
joyeux des petits et les efforts des mariniers
aux mains posées sur les rames immenses
dont l'ombre court sur la traînée du fleuve.

Et c'était ce grand chaland immobile que
Marsa regardait maintenant.

Une lumière crue, tombant d'aplomb sur
ce large bateau, en faisait étinceler les planches teintes de brun comme les élytres
luisantes de quelque scarabée gigantesque ;
et, sur ce bois radoubé, peint et repeint,
cuit par le soleil, six ou sept enfants bronzés,
filles et garçons, les cheveux en brous-
saille, demi nus, jouaient aux pieds d'un
paquet de chair brune et de vêtements usés
qui était une femme, une mère, une jeune
mère, vieille pourtant et usée, allaitant un
nouveau-né dans ce plein air où, de toute sa
peau tannée, son beau sein gonflé qu'aspirait le nourrisson paraissait seul un peu
blanc, le reste étant âprement noirci de la
bise et du chaud soleil.

Un peu plus loin, deux hommes, l'un,
rude et fort, un homme de trente ans, dont
le labeur avait fait un homme de quarante ;
l'autre, un vieux, ridé, blanchi, les cheveux
ras, pareils à de la neige sur une peau
semblable à du cuir : le père et le fils sans
doute, l'aïeul de toute cette marmaille qui
traînait, là-bas, ses culottes sur le bois
brûlant, mangeait, sur le pouce, un peu
de fromage coupé sur une miche de pain,
et se passait, l'un à l'autre, une bouteille
de vin qu'on buvait par le goulot.

Cette halte, qui était pour les amis du
prince un ennui, était pour ces pauvres gens
un repos.

Ils prenaient des forces. Et Marsa, les
regardant de ses beaux yeux fixes, semblait,
dans ces errants du fleuve, apercevoir, comme
en une vision, ces autres errants du désert

hongrois, ses aïeux, les misérables Tziganes campés dans la *puszta*, la plaine sans limites, et accroupis, comme perdus dans les hautes herbes, dans le parfum des lavandes, dans la fleur d'or des genêts, et jouant, comme ils eussent soupiré, leurs airs éternels, sous les étoiles.

Elle revoyait les feux lointains du bivouac, les Tziganes inconnus dont elle était la fille, du moins par cette mère bien-aimée dont elle avait ramené le corps au pays. Elle semblait respirer à nouveau l'air de cette patrie qu'elle n'avait vue qu'une fois, lors du pèlerinage lugubre. Et, devant cette pauvre batelière, à la peau bistrée par le hâle, elle songeait à la morte, la chère morte, la Tisza!

Ce n'était qu'un surnom, la Tisza! On avait sans doute donné à la bohémienne le nom de la rivière au bord de laquelle elle était née, auprès de laquelle, enfant perdue, on l'avait ramassée peut-être. On appelait la mère « la Tisza » en Hongrie, comme, à Paris, on disait de la fille : *la Tzigane*. Et Marsa était fière de s'entendre appeler ainsi. Elle les aimait, ces Tziganes, dont le sang coulait dans ses veines, fils de l'Inde peut-être, descendus jusqu'à la vallée du Danube et qui, depuis des siècles, vivaient libres par les chemins, élisant leurs chefs, leurs juges, avec un voïvode que le Palatin désignait et qui, commandant à des menhants et à des misérables, prenait pourtant le nom de *Magnifique*; tribus indestructibles, républiques itinérantes, musiciens promenant les vieux airs nationaux malgré le sabre turc et la police autrichienne agents de patriotisme, et de liberté, gardiens du vieil honneur hongrois, rapsodes des antiques gloires!

Et c'était ce spectre même de sa race qui lui apparaissait dans ces pauvres gens passant leur vie sur le fleuve comme les Tziganes dans les pâturages, à travers l'espace, avec les buffles et les cigognes.

Mieux que les joueurs de violon en vestes brodées, ces bohémiens de la Seine, ces pauvres gens prisonniers du chaland solitaire, lui rappelaient la grande famille proscrite, la tribu en marche, les aïeux!

Alors elle appela à elle les petits, ces petits débraillés qui se traînaient sur le bois du bateau chauffé du soleil brûlant, et comme écaillé de squammes goudronneuses, puis doucement :

— Tendez vos tabliers!

Ils obéirent, levant vers elle leurs petites menottes brunies, leurs jupons troués et leurs chemises :

— Tenez! cria-t-elle.

Ils n'en pouvaient croire leurs yeux.

Du haut du steamer elle leur jetait des mandarines, des grappes de raisin, des figues mûres, des abricots jaunes, des amandes vertes, veloutées, une pluie de primeurs qui eussent étonné les gourmets à l'étalage d'un restaurant; et, farouches, émus, joyeux et peureux à la fois, les pauvres petits se demandaient si cette dame était une fée qui faisait pleuvoir ainsi des fruits si bons, des oranges fraîches et des pommes d'or, comme dans les contes.

La mère, en vêtements d'amadou, s'était alors levée lentement, allant vers Marsa, pour la remercier, sa peau brûlée devenant toute rouge, d'un bonheur confus.

Et la pauvre femme avec des larmes dans ses yeux fatigués, un gros rire muet et bestial élargissant ses lèvres gercées et faisant monter une joie à son front, sous le fichu de couleur enroulé en marmote qui cachait des cheveux que Marsa devinait être très beaux, la mère, touchée, heureuse du bonheur des petits, murmurait, balbutiait, surprise :

— Ah! madame... madame, que vous êtes bonne! vous êtes trop bonne, madame.

— Il faut bien partager, dit Marsa qui souriait. Sont-ils heureux, mais sont-ils heureux, ces enfants!

— Bien heureux, madame, oh! je vous promets... Concevez donc, ils n'y sont pas habitués! Voyons, vous, dites merci à la belle dame. Dis donc merci, Jean, tu es le plus grand... Dis comme ça : Mer-ci, ma-da-me!

— Merci, madame, balbutia l'aîné, levant vers Marsa ces grands yeux timides des petits êtres qui ne comprennent jamais pourquoi des inconnus leur voudraient du mal ou leur font du bien.

Et d'autres petites voix douces, d'un ton très bas, répétaient, comme en chantonnant : Merci, madame.

Les deux hommes, debout, stupéfaits, leur poitrine de bronze apparaissant nue et maigre, remerciant à leur tour, venaient derrière les enfants et regardaient Marsa, silencieux.

— Et votre nourrisson, madame? demanda la Tzigane en regardant l'enfant endormi, tenant encore le bout du sein dans ses lèvres roses, et les agitant parfois très doucement, comme s'il rêvait. Il est gentil, gentil, le pauvre amour. Me permettez-vous de lui offrir sa robe de baptême?

— Sa robe de baptême?... dit la mère.

— Oh! madame!... faisait le père en tournant sa casquette entre ses doigts.

— Ou une pelisse, comme vous voudrez! ajouta Marsa.

Les pauvres gens, debout sur le chaland, ne répondaient pas, et, confus, se regardaient l'un l'autre, avec des yeux éblouis, n'osant rien dire.

— C'est une petite fille? demanda la Tzigane.

— Non, madame, non, répondit la mère. Un garçon!

Les gens du chaland croyaient rêver, bouche bée, et tandis que les plus petits mordaient encore les fruits jaunes, l'aîné ravi, criait :

— Maman, vois donc, maman! Maman! maman!

Et le marinier, le plus jeune, disait alors à Marsa :

— Madame, je vous en prie, madame, non, nous ne pouvons pas accepter... C'est beaucoup trop... Vous êtes trop bonne... Rends-moi ça, Jean!

« TENDEZ VOS TABLIERS... »

— Approche-toi, Jean, dit Marsa à l'aîné. Oui, viens, mon petit homme!

Jean fit quelques pas en regardant sa mère, comme pour savoir s'il devait obéir.

— Tiens, Jean, dit la jeune fille, pour ton petit frère!

Et dans les petites mains, réunies en conque, de l'enfant, Marsa laissait tomber une bourse à mailles d'argent au travers desquelles, piquées d'éclairs jaunes, luisaient des pièces d'or dans le soleil.

— C'est vrai, madame, balbutiait la femme, c'est impossible... C'est trop...

— Vous me feriez beaucoup de peine, dit Marsa. Le hasard nous a réunis un moment, et je suis superstitieuse. Eh bien! je voudrais que ces petits anges-là apprissent à souhaiter que ceux que j'aime...

Elle s'arrêta et reprit plus grave encore :

— Que celui que j'aime... soit heureux.

Et elle regardait, de ses grands yeux

orientaux, le prince Andras qui, revenant à
bord du bateau, s'avançait vers elle.

L'éclusage terminé mettait maintenant à
hauteur du fleuve le steamer et le lourd
chaland. — En route! cria le capitaine.

La pauvre femme, debout sur le large
bateau éblouissant de soleil, noir de goudron,
mais égayé par les oranges mises en tas sur
ses planches par les petits, chercha à
atteindre la main de Marsa pour l'embrasser.

— Soyez heureuse, madame, dit alors la
mère, et merci bien de tout votre cœur pour
les petits et pour les grands!

Les deux bateliers, rouges sous leur hâle,
saluaient, très émus. Toute la couvée de
petits envoyait des baisers à la belle dame
en robe noire que la vapeur emportait
déjà.

— Au moins votre nom, que nous ne
l'oublions jamais.

Le sourire pâle que Marsa Laszlo avait eu
pendant le déjeuner revint sur son visage,
et, comme un adieu, avec un accent presque
mélancolique :

— Mon nom...? cria-t-elle entre deux
sifflements de la vapeur.

Elle attendit et le jeta fièrement :

— La Tzigane!

Et, comme s'ils eussent souligné cet adieu,
les musiciens du bord, tout à coup, au
moment où le bateau se remettait en marche, reprenaient joyeusement un de leurs
airs hongrois.

Alors, comme une vision en fuite, les
pauvres mariniers voyaient s'éloigner le
bateau dont la fumée jetait au ciel son
panache.

Et, tandis que Jacquemin, entendant un
de ces airs bizarres, qui font, là-bas, sonner
les molettes des éperons, tandis que les
vestes brodées et les passementeries d'or
emportées par la danse voltigent au vent
et que retentissent, frappés l'un contre
l'autre les talons, cerclés de cuivre, disait :

— Tiens, au fait! Un quadrille! Si nous
dansions un quadrille?.. Quadrille hongrois! En avant!

Les pauvres gens écoutaient se perdre au
loin cette musique. Et ils auraient cru
avoir rêvé si cette bourse n'eût pas été là,
une fortune pour eux, et ces fruits qui
barbouillaient les joues des petits; et ce
nom, mystérieux, que la mère répétait
comme sans comprendre :

— La Tzigane!

Et Marsa regardait aussi, l'oreille bercée
par les *czardas* des musiciens. Le grand
chaland disparaissait au loin, dans une
brume lumineuse, dans un poudroiement
de soleil. La Tzigane apercevait encore

vaguement les gestes des petits juchés sur
les épaules des mariniers, pour être vus de
plus loin, et qui agitaient, en signe d'adieu,
quelque mouchoir que leur avait donné la
mère.

Marsa se sentait envahie d'une sorte de
torpeur heureuse et pendant que les hôtes
de la baronne Dinati, le Japonais Yamada,
les misses anglaises, les jeunes attachés
d'ambassade, tous ces Parisiens exotiques,
poussés par Jacquemin, roi des plaisirs,
organisaient sur le pont une salle de bal,
demandant aux Tziganes des polkas de
Fahrbach et des valses de Strauss, la jeune
fille entendit Andras qui, venant à elle, son
souffle effleurant sa joue, lui disait tout
bas :

— Ah! que je vous aime! Et vous, m'aimez-
vous, Marsa?

— Je suis heureuse! répondait-elle alors
sans bouger, fermant maintenant les yeux
à demi; et s'il fallait donner pour vous ma
vie, je la donnerais avec joie! Vous me
croyez, n'est-ce pas?... Vous me croyez
bien?...

A l'arrière du bateau, Michel Menko,
immobile, regardait, sans les voir peut-être,
filer les paysages, les maisons du Pecq, les
villas de Saint-Germain, la longue terrasse
ourlant la sombre masse des arbres, la
grande plaine du côté de Paris avec le mont
Valérien se dressant au fond, et les deux
tours du Trocadéro, dont la coupole d'or
étincelait au soleil, et la buée d'un bleu noir
qui montait, là-bas, comme l'haleine épaisse
de la Ville.

Le bateau marchait lentement, lentement,
comme si le prince Andras eût donné l'ordre
de retarder le plus possible l'arrivée à
Maisons-Laffitte, où tout devait finir pour
lui de cette fête puisque Marsa débarquerait
là.

On apercevait déjà, à l'horizon, le vieux
moulin, debout, avec son large toit d'ardoises sur sa forte assise de pierre. Le
clocher de Sartrouville dressait sa flèche en
pierre au-dessus des toits rouges étagés le
long de la rive, sur ce coteau, surmonté
comme d'une dentelle de peupliers qui
continuait, le long du fleuve, jusqu'à Cormeilles.

Une lumière bleue, pareille à une fine
nuée, enveloppait maintenant au loin ce
paysage. Des trains passaient, en grondant
à toute vapeur, sur le pont du chemin de
fer dont ils faisaient trembler la fonte.

— Allons!... voilà un rêve qui s'en va,
dit Marsa.

— Le plus beau commencera bientôt,
murmura Andras Zilah, et celui-là, qui sera
une réalité, c'est celui que j'ai appelé toute

ma vie, de toute mon âme et que je n'avais
jamais rencontré : l'amour!... Je n'ose pas
trop prononcer le mot que je n'ai pas dit à
vingt ans.

Marsa enveloppa le comte d'un regard
d'admiration dévouée, de passion profonde,
qui disait à cet homme combien il avait
raison de parler d'amour et de se croire aimé.

Autour d'eux, la valse finissait, pour recommencer en quadrille.

Le petit Japonais, avec son rire éternel,
pareil à ceux qu'on voit sur les bonshommes
des *netzkes* d'ivoire de son pays, demandait
à une jeune anglaise préraphaélite pourquoi
elle ne dansait pas.

— Parce que je digère! répondait la
poétique miss d'une voix mourante. Mais
vous dansez pour deux, *sir*!

— S'il y avait des *accessoires*, répliquait le
Japonais, montrant ses dents, je conduirais
le cotillon!

Le bateau stoppa à Maisons-Laffitte. Les
grands arbres du parc formaient à quelques
mètres de la rive une masse profonde où
les toits des pavillons du château apparaissaient, devinés plutôt qu'aperçus. Des bate-
lets et des canots de pêche dormaient
amarrés.

— Quel dommage que tout finisse! disait
la petite baronne Dinati, rouge de plaisir,
appétissante comme une cerise. Au moins
nous recommencerons ça. Maisons-Laffitte
c'est trop près! Nous irons à Rouen la
prochaine fois! Ou plutôt je vous invite tous
à Paris, à une fête de jour, une partie de
polo, un lunch, un *garden party*, à ce que
vous voudrez! Je rédigerai le programme
avec Yamada et Jacquemin!

— Volontiers, répondit le petit bronze,
saluant du front, des genoux, des épaules,
correctement. Une collaboration avec monsieur Jacquemin!... Ça sera très amusant!

Au moment où Marsa Laszlo mettait le
pied à terre, lestement, sans prendre la
main que, la regardant bien en face, lui
tendait Michel Menko, qui s'était mis là,
sans nul doute, pour la guetter au passage,
le jeune homme s'approcha d'elle rapidement et, dans le brouhaha du débarque-
ment, sans que personne entendît, il jeta
d'un ton bref ces mots à l'oreille de la
jeune fille :

— Chez vous, ce soir. Il le faut.

Elle le regarda, devenue glacée.

Les yeux de Michel Menko étaient à la
fois pleins de larmes et de flammes.

— Je le veux, dit-il fermement.

Elle ne répondit pas, et allant vers Andras
Zilah, elle prit hardiment le bras du prince
pendant que Michel, comme s'il n'eût rien
vu, s'inclinait.

Le général Vogotzine, rubicond, marchait
derrière, murmurant sous sa moustache,
dans un sourire baigné d'éructations :

— Belle journée, allons!... Belle journée!... Un rude soleil, par exemple!...
Migraine!... Rude soleil!... Mais de rudes
vins!...

XII

Au moment où la Tzigane, débarquant du
bateau au bras du prince, rentrait au logis,
avec Vogotzine, dans le coupé que son
cocher avait amené là, attendant tout près
de la rive, Marsa envoya à Andras un salut
passionné, où il y avait, dans un seul geste,
tout un monde de troubles, de tristesse et
d'amour.

Le prince remonta alors auprès de ses
hôtes et le bateau que Marsa regardait
encore par une vitre s'éloigna emportant
« ce rêve », comme elle avait dit à Andras.

Jusqu'à son logis, la jeune fille ne dit pas
un mot. A ses côtés le général digérait et se
plaignait du soleil qui lui avait, le tokai
aidant, frappé sur la tête.

Puis quand, descendue de voiture, Marsa
se retrouva seule dans sa chambre, le cri
qui sortit de sa poitrine fut un cri de
douleur, de colère désespérée.

— Ah! quand je pense... quand je pense
qu'on m'envie!

Elle regrettait d'avoir laissé partir Andras
sans lui avoir livré, là, sur-le-champ, le
secret de son existence. Elle ne le reverrait
que le lendemain. Que c'était long ces heures
qu'il fallait vivre!

Et Marsa, que la femme de chambre
venait de déshabiller, restait à sa fenêtre,
songeant, regardant machinalement devant
elle et entendant encore la voix de Michel
Menko s'enfoncer dans son oreille comme
une vrille.

Qu'avait-il donc dit, ce Michel?

Elle n'osait pas le croire. *Je le veux!* Il
avait dit : « Je le veux! »

Qui sait? Quelqu'un, à côté de Marsa,
l'avait entendu peut-être?

— Je le veux!

Le soir venait. Au-dessus des larges masses
sombres des marronniers, les hautes crêtes
des peupliers, avec le fourmillement de leurs
feuilles, s'agitaient comme les panaches de
la forêt, leurs cimes avivées par le soleil
couchant sur un ciel d'un bleu tendre, tandis
que la teinte du crépuscule s'étendait, s'allongeait sur la campagne et sur le parc, où,
à travers les haies et les branches, des traînées de lumière jaune, comme des fumées

d'or ou de cuivre, laissaient encore deviner
le soleil.

Vaguement Marsa, le cœur plein d'une
mélancolie que ce crépuscule commençant
augmentait, se rappelait, se répétait toujours, avec des tressaillements de rage et

— Le misérable! dit-elle entre ses dents
serrées.

C'était Michel Menko

Il avait dû s'arrêter avant Paris et venir
à Maisons-Laffitte en hâte.

L'unique pensée de Marsa, dans le pre-

DANS LE COUPÉ...

mier mouvement de colère, fut de refuser
sa porte au jeune homme.

— Je n'y suis pas! cria-t-elle à tout hasard.
Je n'y suis pas!...

Puis brusquement son idée changea.

Il était plus courageux et plus digne d'elle
de braver le danger en face.

Elle sonna.

— Vous ferez entrer monsieur le comte
Menko au petit salon, dit-elle à un domestique accouru.

— Nous allons bien voir! fit alors la
Tzigane, après s'être regardée dans la glace
comme pour mesurer sa résolution, savoir
si elle paraissait troubler devant un ennemi
et un péril.

Le petit salon dans lequel le jeune comte
était introduit occupait l'aile gauche du logis,
et Marsa aimait à s'y tenir d'ordinaire parce
qu'on y était bien seul. Elle l'avait fait meu-
bler avec un goût rare, semi-hindou et semi-
byzantin, un long divan courant le long de la
muraille tendue d'étoffe grise relevée de
filets grenat, avec des tapis de Kaschmyr
jetés là comme au hasard, des tableaux de

de dégoût, ces mots brefs de Michel Menko,
tout bas jetés comme une menace :

— Je le veux!

Et elle demeurait là, depuis des heures, la
pensée perdue, comme hypnotisée par un
point fixe regardé dans le vide.

Elle entendit tout à coup, dans le jardin,
les chiens aboyer et tenus en laisse par un
domestique, elle vit, à travers les massifs de
fleurs et les yucas, Duna et Bundas allonger
leurs grands corps noirs vers la grille, où
un homme apparaissait, qu'en se penchant
au balcon Marsa reconnut bien vite.

Petenkofen, fermes hongroises ou scènes de bataille, sentinelles perdues dans la neige, deux consoles chargées de livres, de revues, de brochures et une table ronde à incrustations égyptiennes recouverte d'un tapis persan sur lequel des bronzes d'art de Fanceray et de petits poignards ciselés couraient.

Ce salon communiquait avec un salon beaucoup plus grand où, d'ordinaire, le général Vogotzine faisait sa sieste ou s'allongeait, envoyant aux tentures la fumée de son tabac. Marsa laissait là son oncle, très libre, préférant pour elle l'espèce de petit pavillon, ouvert sur le jardin aux touffes de fleurs et sur la perspective lointaine des verdures, sapins et chênes sertis de lierre dont l'ombre verte tombait sur les pelouses.

Michel Menko le connaissait, ce petit salon, pour y avoir plus d'une fois, jadis, entendu Marsa jouant ses airs favoris, là, devant ce piano encore ouvert, et le tabouret relevant à demi le tapis de Smyrne où elle avait posé ses pieds.

Il la revoyait, il la cherchait et la retrouvait à cette place même, et debout, nerveux, tordant ses moustaches, il avait hâte qu'elle apparût; il tendait l'oreille pour saisir, de l'autre côté de la portière tombée qui séparait les deux salons, le bruit de la robe de Marsa, et il n'entendait que le son régulier des lèvres du vieux Vogotzine humant le bout d'ambre de sa pipe.

Le général, tout à l'heure, s'était levé à demi de son fauteuil, avait fait un geste de la main à Michel, et lui avait dit de sa voix grasse :

— Vous venez saluer Marsa? Eh bien! vous en avez donc eu assez de cette partie de bateau? Très jolie, mais le diable emporte le soleil... J'ai le crâne dans un état... Ce sont peut-être des rhumatismes... Mais c'est bien fait pour moi... Au lieu de rester chez soi très tranquille!... très tranquille!

Et il s'était remis à fumer, le dos bien entré dans les ressorts doux du fauteuil, puis, brusquement Menko l'avait vu soulever sa lourde personne et le général était allé dans le jardin.

— J'aime autant fumer à l'air, je me congestionne ici!

Marsa, qui vit passer Vogotzine, le laissa partir, satisfaite qu'il fût loin du tête-à-tête avec Michel Menko et elle entra hardiment

dans le petit salon où le comte, l'ayant entendue, se tenait droit comme s'il se fût agi d'une attaque à soutenir.

Avant de se dire un mot, Marsa ayant refermé la porte derrière elle, ces deux êtres se regardèrent un moment bien en face, comme s'ils eussent voulu mesurer le degré de hardiesse qu'ils avaient l'un et

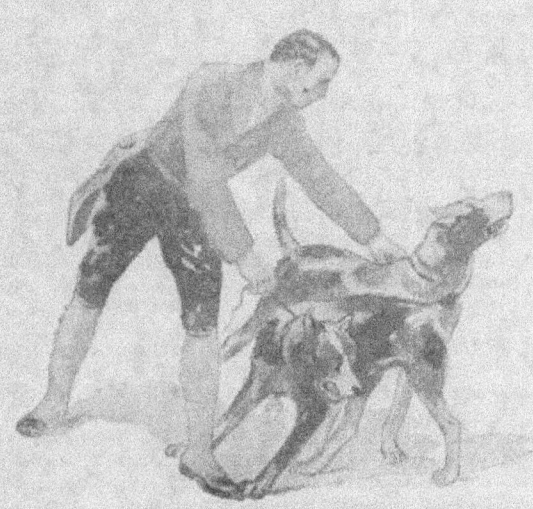

ELLE ENTENDIT LES CHIENS TENUS EN LAISSE.

l'autre, puis Marsa, ouvrant le feu la première, croisa les bras et dit bravement, d'un ton bref :

— Eh bien, vous avez voulu me voir. Me voici! Que me voulez-vous?

— Vous demander nettement si cela est vrai, Marsa, que vous allez épouser le prince Zilah.

Elle essaya de rire.

Ce rire nerveux se brisa, mais elle dit pourtant, avec ironie :

— Ah!... C'est pour cela que vous êtes ici?

— Oui.

— Il était alors parfaitement inutile de vous déranger. Vous me demandez une chose que vous savez bien, que tout le monde sait et que tout le monde a dû vous dire puisque vous avez eu l'audace d'assister à cette fête de fiançailles!

— C'est vrai, dit Michel froidement, mais cela, je ne l'ai appris que par le hasard, vous ne me l'avez dit que par aventure et je voulais vous l'entendre répéter.

— Est-ce que je vous dois compte de ma conduite? demanda Marsa avec une hauteur méprisante.

Il se tut un moment, fit quelque pas dans le salon, posa son chapeau sur la petite table ronde et, du ton de la prière, suppliant tout à coup, devenant humble, non pas dans l'attitude, mais dans la voix :

— Écoutez, Marsa, dit-il, vous avez cent fois raison de me haïr, je vous ai trompée. J'ai menti. Je me suis conduit d'une manière indigne de vous, indigne de moi! Mais pour racheter cette faute, ce crime, si vous voulez, je suis prêt à faire ce que vous m'ordonnerez, à être votre misérable esclave pour obtenir ce pardon que je viens vous demander et que je vous demanderai à genoux, si vous l'ordonnez!

L'habituel froncement de sourcils de la Tzigane marquait son front de sa barre noire.

— Je n'ai rien à vous pardonner, je n'ai rien à vous ordonner, dit-elle d'un air plus ennuyé que sévère, humiliant et dédaigneux. J'ai à vous demander de me laisser libre et de ne reparaître jamais dans ma vie!

— Alors, je vois que vous ne me comprenez pas!... fit Michel avec une brusquerie soudaine.

— Non, je l'avoue, pas du tout.

— En vous demandant si vous allez épouser le prince Andras, je vous demandais aussi, n'avez-vous pas deviné, cette autre chose : « Voulez-vous m'épouser, moi, Michel Menko? »

— Vous? s'écria la jeune fille.

Il y avait dans ce cri, dans ce vous! jeté avec un mouvement rapide de recul, une stupéfaction faite d'effroi, de mépris et de colère.

Menko en fut comme souffleté.

— Vous? dit-elle encore.

Et il sentait gronder dans ce mot tout un amas de rancœurs cruelles, de haines étouffées qui, brusquement, faisaient explosion, menaçantes.

— Oui, moi, dit Michel, supportant le choc en se roidissant contre l'injure de ce cri, de ce mouvement méprisant, contre l'expression même du visage de Marsa. Moi qui vous aime, moi à qui vous avez appartenu, moi que vous avez aimé!

— Ah! ne dites pas cela, vous! s'écria-t-elle en bondissant sur la petite table où les armes traînaient parmi les objets d'art. Ne soyez pas assez vil pour me parler d'un passé dont il ne me reste rien que le dégoût! Que pas un mot qui me le rappelle ne monte à vos lèvres, pas un, vous entendez, ou je vous tue comme un insulteur et comme un lâche!

— À la bonne heure, Marsa! dit-il avec une expression de passion folle. Je mourrais de votre main et vous n'épouseriez pas cet homme!

Elle était tombée, se faisant peur à elle-même, écartant sa vue de ces poignards qui brillaient, sur le tapis du divan, courbée, les deux mains serrées entre les genoux et elle suivait du regard, un regard de fauve, ce Michel qui lui disait maintenant, s'exaltant follement à cette idée de mourir par elle :

— Vous devez bien savoir, Marsa, que ce n'est pas la mort qui peut effrayer un homme comme moi! Ce qui me fait peur, c'est, vous ayant perdue un moment, de vous perdre tout à fait : c'est de savoir qu'un autre sera votre mari, vous aimera, recevra vos caresses et vos baisers! Voyez-vous, à cette idée que cela est possible, il me passe des visions de folie devant les yeux. Je me sens capable de tout pour vous ressaisir, Marsa! Marsa! Mais vous m'avez aimé pourtant, moi!

— J'aime l'honneur, la vérité, la droiture, dit Marsa de sa voix qui devenait sèche, implacable. J'ai cru vous aimer. Je ne vous aimais pas!

— Vous ne m'aimiez pas? dit-il.

Ce coup droit, en plein cœur, dans ses souvenirs, dans son passé, dans ce qui était le remords et le charme cruel de sa vie, lui faisait l'effet d'une lame rouge entrant dans sa chair.

— Non, non, non, je ne vous aimais pas. J'ai cru vous aimer, je vous le répète. Savais-je ce que c'était que la vie même quand vous êtes venu? J'étais souffrante, malade, condamnée, croyant mourir, n'ayant jamais entendu un mot de pitié tomber d'autres lèvres que les vôtres... J'ai pu croire que vous étiez un homme d'honneur. Vous n'étiez qu'un misérable. Vous vous êtes donné à moi comme libre. Vous étiez marié. Faible, malgré cette énergie qui me ferait aujourd'hui me tuer sur l'heure, oh! me déchirer de mes ongles plutôt que de vous appartenir une fois encore, je vous ai écouté; j'ai pris pour de l'amour le ramage banal que vous avez dû répéter à vos bonnes fortunes adultères ou à vos filles perdues; moitié par violence et moitié par ruse, comme toujours, vous êtes devenu mon amant, je ne sais comment, je ne sais plus quand, je tâche d'oublier ce mauvais rêve; et lorsque, aveuglée par vous, croyant que j'avais pour vous de l'amour, car je le croyais, soit, je me figurais m'être donnée pour la vie à un homme digne du dévouement profond, ardent que je sentais prêt en moi, à tous les sacrifices; lorsque je me suis livrée, lorsque je vous appartins, oui, moi à vous, quelle horreur!

lorsque vous m'avez prise corps et âme,
j'apprends par qui? par une conversation
banale, par un hasard, dans un bal, que ce
Michel Menko dont je dois porter le nom,
qui sera mon mari, vous me le répétiez

— Tout ce que vous dites est la vérité,
Marsa, mais ma vie, toute ma vie pour
expier ce mensonge!

— Il y a des infamies qu'on n'efface jamais.
Point de pardon à qui n'a pas d'excuse

— AH! NE DITES PAS CELA, VOUS!
S'ÉCRIA-T-ELLE.

dans vos mensonges, ce comte Menko, cet
homme d'honneur, celui en qui je croyais
niaisement, est marié, marié à Vienne et a
déjà donné ce nom dont il trafique comme
d'un instrument de séduction et comme
d'un moyen de plaisir!... Ah! pouah! c'est
hideux cela, tenez, dit la Tzigane dont le
corps tout entier frissonnait de dégoût et qui
instinctivement se reculait sur le divan comme à l'approche de quelque contact détesté.

Michel, le visage convulsé, fort pâle, écoutait, baissant le front.

— Une excuse? Si, Marsa, j'en ai une!
J'en ai une : je vous aimais!

— Et parce que vous m'aimiez, il fallait
me trahir, me mentir et me perdre?

— Est-ce que je savais que je vous per-
drais? Je vous avais vue, je n'aimais point la
femme que j'avais épousée; je voulais,
espérant je ne savais quelle impossibilité
future, me rapprocher de vous, et, pour me
faire aimer, je n'osais dire que je n'étais pas

libre. Mais si je mentais, c'est que je trem-
blais de n'avoir pas le droit de vous entourer
de mon dévouement; c'est que j'avais peur
de ne pouvoir être aimé, et que cette passion
que j'avais pour vous emplissait chaque
jour davantage ma vie! Ah! cela sur tout ce
qu'il y a de sacré, je vous le jure! Je vous
le jure!

Il lui rappelait alors, tandis qu'elle relevait avec une expression méprisante sa
belle lèvre fière, il évoquait devant elle leurs
premières rencontres, cette soirée chez lady
Brolway, à Pau, où il l'avait vue pour la
première fois, leurs causeries, l'impression
ineffaçable produite sur lui par sa beauté, et
cette saison d'hiver, ces promenades pleines
de féeries qu'ils avaient faites, là-bas, dans
l'enivrement de cette saison tiède, sous les
arbres dont pas un souffle de vent ne
faisait osciller les feuilles et ces excursions
par les vallées aux tons d'or, de pourpre ou
de vert sombre avec l'horizon des Pyrénées
et la neige blanche comme couronne, au
loin, dans le soleil. Elle ne se rappelait donc
pas les lentes causeries sur la terrasse, les
soirées qui sentaient le printemps, et ce
jour où, près du Gave, elle avait failli
mourir, emportée par le cheval qu'il avait
saisi aux naseaux, se laissant secouer et
traîner sur le sable pour la sauver? Oui, il
l'avait aimée, bien aimée, et c'est parce que,
tenant à portée de sa main cet amour qui
l'enfiévrait, il redoutait comme une mort de
se voir chassé de ce paradis, qu'il avait
caché à Marsa la vérité sur sa vie. Et, sans
doute, en interrogeant un de ces Hongrois
ou de ces Viennois qui habitaient Pau, elle
eût pu savoir que le comte Menko, premier
secrétaire d'ambassade de l'Autriche-Hongrie
à Paris, avait épousé l'héritière d'une des
familles les plus considérables de Prague,
jolie fille, mais intelligente et hautaine, ne
comprenant guère le caractère plein de con-
trastes de son mari, détestant Vienne où il la
conduisait, Paris où il la voulait présenter, et
exigeant peu à peu de Menko qu'il vécût au
pied du Hhraschin, dans cette vieille ville de
Bohême où, avec ses instincts de mondain
et ses ambitions de diplomate, il étouffait
littéralement. Alors, soutenue dans cette
sorte de duel avec son mari par sa famille,
la jeune femme dictait presque à Michel
Menko ses conditions. Elle entendait vivre à
Prague, auprès des siens, dont les vieilles
idées, les préjugés, l'âpre amour de l'argent
et les habitudes déplaisaient au jeune
Hongrois. Libre donc à lui de choisir. Sa
femme abandonnerait volontiers une partie
de sa dot pour reconquérir son indépendance.

« Il était juste, disait-elle insolemment,
que, s'étant trompée sur les goûts de
l'homme qu'elle épousait par raison plutôt
que par inclination, elle payât son étour-
derie. »

Payer! Le mot avait fait monter le sang
au front de Menko. N'eût-il pas été riche,
comme il l'était, eût-il eu besoin de gagner
son pain heure par heure pour vivre, qu'il
n'eût pas souffert qu'on osât lui parler ainsi,
d'une telle façon brutale. Il s'était irrité,
emporté, secouant le joug que voulait lui
imposer la fille entêtée du vieux gentilhomme tchèque; et il partait, rompant
brusquement une union où l'époux et la
femme s'apercevaient si cruellement de leur
erreur.

Cette sorte de divorce librement consenti,
sans scandale et sans bruit, Marsa eût pu
savoir qu'il existait de fait si elle eût douté,
un moment, de la parole de Menko. Mais
lorsqu'il s'était présenté à elle, avec toutes
les allures d'un prétendant et les timidités
d'un fiancé, comment eût-elle supposé que
cet homme pouvait mentir ou taire un tel
secret? Elle ne connaissait, d'ailleurs, presque personne à Pau où les médecins l'envoyaient craignant pour sa poitrine, toutes
les émotions dernières, la mort du père, le
lugubre voyage au village tzigane ayant
anémié, épuisé la jeune fille. Au pied des
Pyrénées, Marsa vivait comme à Maisons-
Laffitte dans une sauvagerie avide de solitaire espace, et Michel Menko avait été
pendant cet hiver, saison heureuse qu'il
rappelait maintenant à Marsa en en parlant
comme d'un Eden perdu, le seul compagnon,
le seul hôte de la maison qu'elle habitait avec Vogotzine dans les environs du
Château.

La pauvre Marsa, enthousiaste, illuminée,
âme dès longtemps éprise de l'audace chevaleresque, du courage, de toutes les vertus
mâles qui étaient celles de sa Hongrie elle-
même; Marsa, exaltée dès son enfance par
les récits presque fantastiques des légendes
de la guerre de l'indépendance, et, plus tard
par ses lectures, ses causeries, ses réflexions
et ses comparaisons mentales. Marsa, s'enivrant elle-même de cette espèce de poussière d'héroïsme que dégageait ce passé
comme une fleur son pollen, devait appartenir, au moins par l'imagination, au premier être qui, passant dans sa vie, incar-
nerait pour elle le charme même et la bravoure de sa race.

C'est ainsi que, rencontrant un jour, sur
son chemin, le cavalier élégant, l'homme
séduisant et d'aspect fier qu'était Michel
Menko, elle s'était sentie invinciblement
attirée vers lui par ce quelque chose d'altier,
de brave et de chevaleresque qui était le

caractère même de la beauté mâle et souple du jeune Hongrois. Elle avait vingt ans alors, et fort ignorante, elle débutait, à Pau comme à Paris, avec des timidités de pensionnaire et des sauvageries d'étrangère, ses grands yeux d'Orientale ne voyant rien de la réalité féroce, mais leur douceur ayant pour correctif une sorte de fermeté moscovite qui se retrouvait dans le pli net de sa lèvre dessinée d'un trait. La douleur avait beau avoir, de bonne heure, fait de cette enfant une femme, Marsa restait encore ignorante, sans autre guide que Vogotzine, et, souffrante, alanguie, sentant la vie lui échapper, elle était comme vouée fatalement au premier mensonge qui, caressant son oreille, lui ferait battre le cœur, lui ferait passer sur la peau le premier frisson de fièvre. Dès ces premiers pas, elle avait donc aimé Michel, elle avait, comme elle le disait, les l'aimer d'un amour qui ne finirait jamais, très confiante, n'ayant ni les rouéries spirituelles d'une échappée de couvent, ni la science aiguisée d'une Parisienne qui, tout devine, et que le théâtre, le journal mondain, les faits divers et le courrier des tribunaux ont dès longtemps instruite. Michel pouvait, à son gré, donner à cet esprit vierge et malléable le pli, l'accent qui lui paraîtrait le meilleur. Cette Marsa, d'une droiture si noble, candide comme cette neige qui attirait ses yeux noirs et hardie comme ses héros préférés, lui appartenait sans résistance, ignorante, virginalement confiante, n'étant point capable de deviner une trahison et de soupçonner un mensonge.

Michel Menko, au surplus, l'aimait follement, de cet amour irrésistible où l'on croit sentir qu'une existence entière se dévoue. Et il ne songea qu'à autre chose qu'à se faire aimer de cette incomparable fille, exquise et douce dans sa fierté. La folie de l'amour, la fièvre de la possession montèrent au cerveau de cet homme comme une irrésistible griserie, une ivresse qu'il communiquait à la pauvre enfant, toute à lui comme s'il eût été pour elle la foi vivante. Et dans l'exaltation de cette crise passionnée, Michel commit, sans être un lâche, la lâcheté de séduire et de mentir.

Lâche, certes non, il ne l'était pas. C'était une de ces natures nerveuses, aussi promptes à l'espoir qu'au découragement, allant d'une heure à l'autre à tous les extrêmes, gaies par moments jusqu'à la folie, et tout aussitôt sombres et désolées, comme les âmes hamlétiques. Il y avait des jours où Michel eût donné sa vie pour quatre sous et se demandait sérieusement si le suicide n'était pas le moyen le plus simple pour arriver au dénouement, et

d'autres fois, au moindre rayon, il se sentait emporté par la chimère vers ses espérances impossibles. D'une témérité à toute épreuve, il eût volontiers affronté pour rien, pour le plaisir de la bravade, la gueule d'un canon chargé à mitraille, et, ironique, il disait bientôt : A quoi bon?

Il appelait, parfois, l'héroïsme une duperie, et pourtant, dans la vie, il n'estimait guère que les dupes. Affamé de mouvement, d'activité, dévorant la vie, il comptait cependant parmi ses plus chers bonheurs les journées de rêves inactifs, de contemplations perdues. Étrange composé de qualités et de défauts disparates : sans vices, mais toutes ses vertus capables d'être annihilées par la passion, la colère, la jalousie, l'affolement de la douleur ou de la rage. Avec cette âme orageuse tout était possible : les sublimités du dévouement et les chutes en pleine infamie. Il disait souvent, en s'étudiant lui-même : — Je me fais peur!

Il sentait, à de certaines heures fiévreuses, la tête lui tourner, les tentations éperdues l'assaillir, et, devant sa volonté vacillante, il se demandait ce que sont donc les misérables et les cœurs vils, si lui, qui se sentait l'âme haut placée, éprouvait de telles tentations. Bref, sa vaillance était bâtie sur l'argile. Tout, en un jour, pouvait crouler. Violent comme les faibles, Michel Menko admirait surtout les forts.

— Si j'avais à choisir l'homme que je voudrais être, disait-il parfois, je voudrais être le prince Andras Zilah, parce qu'il ne connaît ni mes désespoirs inutiles, à propos de tout et de rien, ni mes joies d'enfant, ni mes hésitations, ni ma confiance qui va parfois jusqu'à la niaiserie, comme ma misanthropie va jusqu'à l'injustice; et parce que, pour moi, la vertu suprême chez un homme est la fermeté.

Les Zilah tenaient un peu par les liens du sang à ces Menko. Quant à Michel, c'était surtout par l'affection qu'il tenait au prince. Zilah aimait ce jeune homme qui promettait à la Hongrie un de ces diplomates capables de tenir à la fois la plume et l'épée, et qui, en cas de guerre, avant de rédiger un protocole, eussent pris soin de le dicter le sabre à la main. Michel, fort bien noté de de ses chefs immédiats, à l'ambassade, fort recherché dans les salons, avait fait, à Paris, tourner bien des têtes. Il n'avait eu, à vrai dire, jusqu'au jour où il rencontrait Marsa, à Pau, que des amourettes. Les chutes qu'il avait provoquées étaient de celles qui n'entraînent pas à conséquence : des mondaines habituées à tomber avec grâce et de jolies filles qui ne tenaient même pas à se relever.

4

Le diplomate, d'ailleurs, pas plus dans les Pyrénées qu'au quai d'Orsay, ne parlait jamais de sa femme. Elle vivait là-bas, à Prague, dans la vieille ville de Bohême et n'inquiétait pas plus Michel que si elle n'eût jamais existé. Peut-être avait-il oublié, réellement oublié, avec cette faculté de détachement qu'ont les imaginatifs, qu'il était marié, lorsqu'il faisait sa maîtresse de cette Marsa, de cette vierge qui ne lui demandait point de devenir sa femme, qui ne réfléchissait pas, ne calculait pas, ne savait pas, mais croyait du moins avoir rencontré un homme d'honneur.

Aussi, quelle révolte soudaine, quel déchirement, quel écroulement, et quelle haine chez la pauvre confiante fille, lorsqu'elle apprenait que celui en qui elle croyait comme en son Dieu avait menti! Menti! Il était marié. Il l'avait prise, elle, comme un jouet, un caprice, une danseuse d'opéra ou une fille de plaisir. Il ne l'avait peut-être jamais aimée! Il l'avait désirée seulement, il l'avait voulue de ce désir bestial du débauché. A cette pensée, elle frissonnait toute. Elle avait envie de se tuer, ou de le frapper, lui; sa tête s'exaltait, Malheureuse! Malheureuse et misérable, elle était perdue, atrocement perdue!

Certes jamais elle ne s'était demandé où la conduirait cet amour qu'elle avait pour Michel. Qu'elle restât la maîtresse du Hongrois, comme la Tisza avait été celle du soldat russe, ou qu'elle portât un jour son nom, elle n'y songeait pas, elle était toute à lui. Est-ce qu'elle savait? Est-ce qu'elle calculait? A demi mourante, dans la tiédeur de l'hiver, à Pau, elle se laissait aller à croire que c'était pour toujours maintenant qu'il l'aimait et qu'elle aimait.

Elle ne croyait pas avoir longtemps à vivre. Il lui semblait que son existence n'était plus qu'un souffle. Pourquoi n'était-elle pas morte avant de savoir que ce Menko avait menti?

Tout mensonge semblait, en effet, hideux à Marsa Laszlo. Il produisait sur elle l'effet de dégoût de certaines plaies physiques. Une lèpre de l'âme. Et cette hideur elle la rencontrait, comme une sanie sous un linge soulevé, chez l'homme à qui elle s'était livrée,

croyant à l'éternité comme à la loyauté de son amour.

Dans un bal, tout à coup, au retour de Pau, au bal de l'ambassade d'Angleterre, pendant qu'elle souriait, qu'elle s'éventait, heureuse, charmée, regardée, se sentant, dans cette foule, enveloppée de la sympathie de tous et sûre de l'amour d'un seul, le plus élégant et le plus fier, elle entendait, entre deux inconnus, des Viennois, elle ne savait qui, ce court dialogue qui lui enfonçait autant de coups de couteau dans la chair :

« Charmant, ce Menko! — Beau cavalier, joli danseur. — Est-ce que sa femme est bossue ou affreuse, ou est-il jaloux comme Othello! On ne la voit jamais! — Sa femme! Il est donc marié? — Comment, mais il a épousé une Blavka, la fille d'Angel Blavka, de Prague. Vous ne saviez pas? »

« Marié! »

Elle se sentait devenir folle, Marsa, en

ELLE ENTENDAIT,
ENTRE DEUX INCONNUS...

écoutant la banalité, tragique pour elle, de cette causerie jetée là entre deux valses. Ceux qui parlaient et qu'elle regarda tout à coup, de ses yeux agrandis, demeurèrent muets un moment, presque effrayés.

Le lendemain, Michel Menko se présentant à l'hôtel qu'elle habitait à Paris, elle le congédiait brutalement, n'admettant pas qu'il s'expliquât, qu'il s'excusât, lui demandant :

— Est-ce vrai? Est-ce vrai? Vous êtes marié? Eh bien! vous êtes un misérable! allez-vous-en!

Qu'il revînt, qu'il essayât de la revoir, qu'il suppliât, qu'il se traînât à ses genoux, elle ne l'admettait pas.

— Allez-vous-en! allez-vous-en!

— Mais notre amour, Marsa, car je t'aime et tu m'aimes...

— Je vous méprise et je vous hais! Mon amour est mort. Vous me l'aviez volé, ou je vous en avais fait l'aumône. Tout est fini. Partez! Et que je ne sache plus qu'il existe un Michel Menko au monde! Jamais! Jamais! Jamais!

Elle le chassait. Il emportait d'ailleurs le sentiment de sa lâcheté et de sa honte. Il disparaissait, en effet, n'osant plus revoir cette femme, dont l'amour le hantait, et qui s'enfermait plus étroitement encore, plus obstinément, dans son ombre. Elle quittait alors Paris, retrouvait la solitude de Maisons-Laffitte, devenait comme une recluse, et Michel essayant d'oublier les inoubliables étreintes, les souvenirs mordants et infinis de cette passion brisée. Quant à Marsa, elle espérait bien mourir, disparaître, emporter avec elle le secret de sa déception. Mais non : la science encore une fois s'était trompée. La pauvre fille était née pour vivre. En dépit de la douleur, sa langueur s'effaçait, sa beauté s'épanouissait dans l'ombre et elle débordait de vie, de charme, la Tzigane, et elle semblait chaque jour plus belle tandis que son âme devenait plus triste et son désespoir plus amer.

Puis la mort, qui ne voulait pas de Marsa, brutalement venait permettre à Menko de tout réparer et de tout effacer. Il apprenait que sa femme mourait à Prague d'une maladie de cœur, subitement. Cette mort, qui l'affranchissait, lui causait une impression étrange, non sans remords. Pauvre femme! Elle avait dignement porté son nom, après tout. Intelligente, froide et entichée de sa fortune, elle ne l'avait point compris, elle l'avait blessé, outragé. Il aurait pu pardonner peut-être. Qui sait si la morte n'était pas faite pour corriger par sa raison un peu sèche les enthousiasmes et les troubles du comte?

Mais non, la compagne aimée, c'était Marsa, Marsa l'inoubliée de cet inassouvi qui songeait toujours à ces nuits criblées d'étoiles où, dans le pavillon à peine éclairé, la

LE GRAND JARDIN MYSTÉRIEUX...

Tzigane l'attendait, là-bas, le guidant à travers le grand jardin mystérieux de Pau, le sable criant sous leurs pas, et les arbres demeurant immobiles dans leur silence ensommeillé, sur leurs têtes.

Libre, il écrivit de Paris à Marsa, une

lettre où, lui disant qu'il était maître de sa
destinée, il la suppliait de lui pardonner, et
il lui offrait non pas même son amour,
puisqu'elle le repoussait, mais son nom,
puisqu'il le lui devait. Dette d'honneur et de
passion qu'il eût voulu acquitter de sa vie.

Marsa lui répondait alors ces simples
mots :

— *Je ne porterai jamais le nom d'un homme
que je méprise !*

Elle était demeurée très saignante au cœur
de la jeune fille, la blessure faite par le
mensonge. Blessure inguérissable. Marsa ne
pardonnerait pas. Il essayait bien encore de
la revoir, certain que, s'il se retrouvait face
à face avec elle, il aurait de ces accents qui
remuent le passé et le font revivre. Marsa
lui défendait obstinément sa porte, et, ne se
montrant point dans le monde, ne le rencontrait jamais. Alors il s'enfonçait, avec
une âpre frénésie, dans la vie de Paris,
voulant oublier, oublier à tout prix, acharné
au plaisir du jeu, à toutes les fièvres, haras-
sant son corps et son âme, donnant sa
démission de diplomate, rêvant des aventures
impossibles, allant, un moment, dans les
Balkans, commander des Tcherkesses contre
les Russes, revenant ennuyé comme il était
parti, et toujours et invinciblement et éternellement hanté par l'image de cette Marsa,
image triste comme un amour perdu et
sévère comme un remords.

XIII

Et c'était ce passé, cet odieux passé, dont
Michel Menko osait venir parler à la Tzigane! Tout à l'heure, Marsa avait bondi
comme sous une injure; maintenant, par un
soudain sentiment contraire, elle éprouvait
à l'entendre évoquer ces journées haïes
une impression d'amertume qui lui causait
comme la sensation d'un châtiment cruel,
lui retournait le bistouri dans la plaie saignante.

Était-ce donc vrai que cela avait existé?
Était-ce possible seulement?

L'homme qui avait été son amant lui
parlait; il lui parlait de son amour et, si
l'atroce douleur du souvenir ne lui eût
tordu le cœur, elle se serait demandé si
vraiment cette sorte d'étranger qui était là,
lui avait même jamais effleuré la main de
son souffle.

Elle attendait, comme avec une curiosité
de spectatrice qui n'eût, par aucun lien,
tenu au drame, la fin de ce raisonnement
odieux de Menko :

« J'ai menti parce que j'aimais ! »

Lui revenait toujours, en effet, croyant
que les femmes pardonnent aisément les
lâchetés qu'elles font commettre, à cette
excuse spécieuse, et Marsa se demandait,
stupéfaite, quelle était l'aberration de cet
homme qui prétendait même expliquer
ainsi son infamie.

— Et voilà, demanda-t-elle enfin, tout ce
que vous avez à me dire? Le voleur n'a qu'à
répondre : « Qu'est-ce que vous voulez?
J'aimais cet argent, voilà pourquoi je l'ai
volé! » Allons, dit-elle (et elle s'était brusquement levée) voilà un entretien qui a
trop duré. Je vous salue!

Elle fit un pas, sa robe frôlant le divan,
jusqu'à la porte du salon, mais Michel tournant rapidement autour du guéridon, lui
barra le chemin, parlant toujours de ce ton
suppliant où il y avait une menace cachée.

— Marsa, s'écria-t-il d'un accent désespéré, appelant à son aide cette femme elle-
même, Marsa, je vous en conjure, n'épousez
pas le prince Andras? Ne l'épousez pas si
vous ne voulez point qu'il y ait entre nous
quelque malheur épouvantable!

— Vraiment? dit-elle. Est-ce que c'est
vous par hasard qui maintenant menaceriez
de me tuer?

— Je ne menace pas puisque je prie,
Marsa. Mais vous savez tout ce qu'il y a
en moi parfois de folie et de fureur. Je ne
réponds pas de moi. . Je suis un fou, vous
le savez bien !... Ayez pitié. Dites-vous que
je vous aime comme on n'aime pas, que
je ne vis que par vous et que si vous vous
donniez à un autre...

— Ah! en vérité, dit-elle en l'interrompant
d'un ton bref et relevant la tête, vous me
parlez là comme si vous aviez des droits sur
ma vie! Je vous ai fait l'aumône de mon
oubli après celui de mon amour. C'est assez,
je pense. Laissez-moi!

— Marsa !

— Il y a longtemps que j'espérais être
délivrée de votre présence. Je vous avais
commandé de disparaître. Pourquoi êtes-
vous revenu?

— Parce qu'après vous avoir revue un soir,
chez la baronne Dinati, vous en souvenez-
vous? vous parliez au prince pour la première fois, ce soir-là, j'ai appris à Londres
ce mariage, et que si je consentais à vivre
loin de vous, autrefois, vous n'étant plus à
moi, mais n'étant du moins à personne, je
ne veux pas... pardon, je ne peux pas...
supporter cette idée que cette beauté, ce
charme, ces lèvres, ces cheveux, seront à un
autre! Mais pensez donc au courage que j'ai
eu!... Vivant à Paris, je n'avais cependant
point tenté de vous revoir, Marsa, depuis que
vous m'aviez chassé; si je vous ai revue chez

la baronne une fois, c'est par hasard; mais maintenant...

— Maintenant, c'est une autre femme que vous avez devant vous. C'est une femme qui ignore qu'elle a écouté vos supplications, cédé à vos prières, qu'elle a été votre maîtresse. C'est une femme qui vous a oublié, qui ne sait même pas qu'un misérable a abusé d'elle, de son ignorance et de sa confiance, et qui aime, qui aime comme on aime pour la première fois, purement, saintement, vraiment, l'homme dont elle va porter le nom!

— Celui-là, dit Michel, je le respecte comme l'honneur vivant. A tout autre, j'eusse déjà craché au visage. Mais vous qui m'accusez d'avoir menti, est-ce que vous allez lui mentir, à lui?

Marsa Laszlo était livide, et ses yeux, devenus caves comme ceux d'une malade, flamboyaient dans le cercle noir qui les entourait.

— Je n'ai pas à répondre à qui n'a point le droit de m'interroger, dit-elle. Mais dussé-je payer de ma vie la minute de joie que j'éprouverai à mettre ma main dans la main loyale d'un héros, cette minute je l'aurai à moi!

— Alors, s'écria Menko, vous voulez me pousser à bout? Je vous ai dit pourtant qu'à de certaines heures de fièvre folle je pouvais commettre un crime.

— Je n'en doute pas, répondit froidement la jeune fille. Mais, à vrai dire, c'est déjà fait. Il n'y a pas de crime plus bas que la trahison.

— Il y en a un plus terrible, dit Michel Menko. Je vous ai dit que je vous aimais. Je vous aime cent fois plus qu'auparavant à l'heure où je vais vous perdre. Jalousie, colère, sentiments que vous voudrez, l'idée qu'un mari vous emportera comme une proie, me fait passer du feu dans le sang. Je vous revois, quand j'y pense, telle que vous étiez, quand vous étiez à moi; j'entends vos soupirs, vos sanglots; je vois sous mes baisers votre tête renversée et pâle. Je vous aime follement, ardemment. Flamme assoupie, rallumée brusquement. Comprenez-vous, Marsa? Comprends-tu? dit-il en se rapprochant d'elle, en tendant vers la Tzigane, secouée par un frisson de colère indignée, des mains qui suppliaient avec des avidités de caresses. Oui, comprends-tu? Je t'aime encore! J'ai été ton amant... ton amant, entends-tu?... et je veux... je veux, au prix de ma vie à moi, le redevenir.

— Ah! misérable lâche! fit Marsa cherchant du regard ces armes devant lesquelles se tenait Menko, empêchant la jeune fille d'avancer et la regardant avec des yeux brûlant d'une passion douloureuse, éperdue, où le saignement de l'amour-propre, la torture de l'amour jaloux, tenaient plus de place que ce désir brutal, ignoblement jeté à la face de cette femme.

— Oui, lâche, dit-elle, lâche, lâche, qui ose se targuer de l'infamie passée pour une infamie à venir.

— Je t'aime, répétait Menko, farouche, et je consens presque à te perdre; mais qu'une dernière fois encore j'aie ton amour et ta beauté, et que je meure ensuite de folie ou de douleur!

— Va-t'en, dit Marsa qui, redressée devant lui, implacable, le foudroyait de son geste et de son regard. Va-t'en! Je te chasse, laquais! Sors d'ici!... Je ferai laver la place où ton pied se sera posé!

Toute la flamme des filles de la puszta, l'âpre colère du sang hongrois, flambaient et bouillonnaient, avec la férocité russe, dans cette belle fille sculpturale, et, chassé par elle, Menko, captivé, la contemplait encore, magnifique, irrésistiblement superbe.

— Oui, je m'en vais aujourd'hui, dit-il, mais demain, mais cette nuit, mais quand je voudrai, je reviendrai, Marsa! Comme un trésor qui vaut une vie, j'ai conservé la clef de cette porte que j'ai ouverte, une fois, au fond du parc, lorsque je me glissais vers toi qui m'attendais dans l'ombre. Tu l'as oublié, cela aussi?... Tu as tout oublié?... Mais, moi, ce souvenir, c'est mon existence même!

Et pendant qu'il parlait, elle revoyait, en effet, la longue allée qui derrière la villa, aboutissait à une petite porte furtive, dont Michel, au retour de Pau, un soir, la veille même de ce bal de l'ambassade d'Angleterre où elle avait tout appris, reçu la vérité comme un coup de couteau, franchissait le seuil, se glissant, comme il le disait, vers elle qui, toute tremblante, l'attendait...

C'était vrai. Oui, c'était vrai, cela! Il ne mentait pas, cette fois, ce Menko! Elle l'avait attendu ici... deux ans auparavant... ici... dans cette maison!... Avait-elle cru l'aimer à ce point? Malheureuse qu'elle était! Tout ce hideux amour elle le croyait gisant en terre, là-bas, dans le logis de Pau, comme dans une tombe.

— Écoutez bien, Marsa, reprit Menko en retrouvant brusquement un sang-froid factice, voulu; je vous ai dit que pour que vous soyez à moi, comme autrefois, une seule fois, une seule, pour retrouver dans l'odeur de vos cheveux le fantôme de notre amour, je serais capable de tout, oui, je le répète, de tout. Que m'importe! Eh bien! les lettres que vous m'écriviez, ces chères lettres portées à mes lèvres, trempées de mes larmes, ces lettres que j'ai gardées malgré vos prières et vos ordres, ces lettres qui sont ma consolation, ma joie secrète, que je vois, que je retrouve, que je touche comme si elles étaient vous-même, je vous les rapporterai lorsque vous me direz : « Venez! Mais je veux... ah! je suis fou et misérable, soit... Je veux qu'avant d'être à lui, vous entendez, vous consentiez à être à moi!

Impassible, ses grands yeux devenus fixes, un frémissement effrayant agitant sa lèvre, Marsa regardait et ne répondait pas.

— Vous m'avez bien entendu, Marsa? disait-il, suppliant et menaçant à la fois. Vous m'avez bien compris?

— Oui, dit-elle enfin.

Elle resta un moment silencieuse, puis un rire sec, soudain, brisé, s'échappant de sa poitrine :

— Ou mes lettres ou moi! c'est un marché tout simplement, fit-elle avec une ironie stridente. Pourquoi ne me proposez-vous pas tout de suite ce que je ne sais quel vil personnage offrit à une femme qui avait été sa maîtresse, comme j'ai eu la stupidité et le malheur d'être la vôtre? Une lettre par rendez-vous! Donnant, donnant. C'était plus net, plus simple et plus habile. Il paraît qu'à la troisième lettre la femme finit par le poison. Elle se tua. Moi, dès la première tentative d'une pareille honte j'agirais autrement, croyez-le!

Il y avait dans cette ironie glacée une menace qui fit plaisir à Michel Menko. A la bonne heure! Il devinait vaguement un danger.

— Ainsi? » dit-il.

— Ainsi vous ne reparaîtrez jamais devant moi. Vous fuirez, vous retournerez à Londres, en Amérique, je ne sais où. Vous serez mort pour celle que vous avez lâchement trahie. Vous brûlerez ou garderez ces lettres, peu m'importe, mais vous serez assez honnête homme encore pour ne pas vous en armer contre moi comme d'une menace. Cette entrevue, qui me pèse et me lasse plus encore qu'elle ne m'indigne, sera la dernière. Vous me laisserez à mes douleurs ou à mes joies, sans imaginer que vous puissiez avoir désormais rien de commun avec une femme qui vous méprise et dont toute la charité peut consister à vous oublier! Vous avez franchi aujourd'hui le seuil de cette maison pour la dernière fois. Ou sinon!... Ah! sinon... je vous jure bien que j'ai assez d'énergie et assez de résolution pour me défendre toute seule, et toute seule pour vous punir! A votre tour vous m'avez entendu, j'imagine.

— Certes, dit Michel. Mais vous êtes trop imprudente, Marsa. Ce ne sont pas des hommes comme moi qu'on fait reculer en leur parlant d'un danger. Par la porte que j'ouvrirai avec des battements de cœur, ou par-dessus la muraille, si la porte est barricadée et close, je vous jure bien que je parviendrai jusqu'à vous et qu'il faudra que vous m'écoutiez... que vous m'écoutiez comme autrefois.

Marsa le regardait, la lèvre crispée dédaigneuse.

— Je n'ai même pas pris soin de faire changer la serrure de cette porte et la grille même du jardin reste ouverte par ces nuits d'été. Vous voyez que vous n'avez qu'à venir. Mais je ne vous engage ni à ouvrir l'une ni à pousser l'autre. Ce n'est pas moi que vous trouveriez au rendez-vous.

— Eh! bien, je sais sûr pourtant que ce serait vous, Marsa, si je vous disais que demain à minuit je serai sous la fenêtre du pavillon au fond du jardin et que vous m'y attendrez pour recevoir de ma main vos lettres, toutes vos lettres, que je vous rapporterai.

— Croyez-vous? dit-elle.

— J'en suis certain.

— Certain? Pourquoi?

— Parce que vous réfléchirez.

— J'ai eu le temps de réfléchir. Donnez-moi une autre raison.

— La raison c'est que, vous ne pouvez laisser entre mes mains de telles preuves. Je vous assure ce serait folie de le faire, d'un homme qui mourrait volontiers pour vous, comme moi, un ennemi déclaré et implacable.

— J'entends. On meurt volontiers pour une femme et, en attendant, on l'outrage et on la menace, comme le plus vil des hommes, d'une mort plus cruelle que la mort véritable. Eh bien! peu m'importe à moi! Je ne serai pas dans le pavillon où vous m'avez parlé de votre amour et j'en ferai brûler les débris avant trois jours après avoir donné l'ordre qu'on le démolisse... Je ne vous attendrai pas. Je ne vous reverrai pas. Je ne vous crains pas. Et j'abandonne le soin de faire de ces lettres ce que vous voudrez, au dernier atome de probité qui reste en vous!

— Adieu, dit-elle, après l'avoir toisé une fois encore, comme mesurant le degré d'audace ou d'infamie auquel pouvait atteindre cet homme.

— Au revoir, répondit-il froidement, en donnant à ces simples mots un accent plein de sous-entendus tragiques.

Elle tendit sa jolie main effilée vers la soie d'un cordon de sonnette et, lorsqu'un valet accourut :

— Reconduisez monsieur, dit-elle très simplement.

XIV

Lorsque Marsa était, comme d'un mauvais rêve, sortie du roman d'amour où elle avait laissé sa foi, sa crédulité, et comme sa chair même, elle s'était dit :

— Maintenant ma vie est finie !

Que faire ? Expier ? Oublier ?

Elle songeait au cloître, à la vie de prière de ces Sœurs Bleues qu'elle apercevait, furtives, sous les arbres de Maisons-Laffitte. Elle vivait dans les solitudes du Parc, demeurant là, l'hiver, dans un tête-à-tête morne avec le vieux Vogotzine, à demi alcoolisé. Puis, la mort ne voulant pas d'elle, elle allait aspirer par bouffées un peu de cette existence de Paris qu'elle se reprenait peu à peu à aimer, oubliant, oubliant lentement le passé, et cette folie qu'elle avait prise pour de l'amour s'enveloppant d'une sorte de buée qui la dérobait presque à son souvenir. C'était comme l'assoupissement d'une souffrance ou plutôt comme la disparition d'un cauchemar à l'aurore joyeuse. Maintenant Marsa Laszlo qui, deux ans auparavant, se plaisait à des appétits d'anéantissement et de mort, trouvait parfois que la petite baronne Dinah avait raison lorsque, de sa jolie voix rieuse, elle lui disait :

— A quoi pensez-vous, chère enfant ? Est-ce que c'est à vingt ans qu'on s'enterre volontairement au fond d'un parc comme dans une prison ou une province ?

Elle allait alors avoir vingt-quatre ans. En si peu d'années, elle avait moralement vieilli de dix ans, mais son beau visage ovale aux yeux ardents avivés par la noirceur luisante de ses cheveux, était demeuré le même, d'une pureté de vierge byzantine.

Puis, la vie a de ces réveils, elle rencontrait le prince Andras : toutes ses admira-tions de jeune fille, ses vaillances de patriote, ses poésies d'héroïsme, s'enflammaient à nouveau ; son cœur, qu'elle croyait mort, battait joyeusement comme il n'avait jamais battu, au son de voix, au sourire de cet homme vraiment loyal, fort et doux qui était bien telle le devinait, la malheureuse ! l'être pour lequel elle était créée, et l'idéal de son rêve de femme !

Elle l'aimait silencieusement, mais d'une passion profonde et pour toujours. Elle l'aimait sans se dire qu'elle n'avait plus le droit d'aimer. Est-ce qu'elle pensait même à sa chute ? Est-ce qu'on songe à l'orage quand le vent a emporté la nuée lourde, grosse de pluie chaude comme des larmes, le tonnerre qui s'est tu, mourant au loin ? Elle n'avait jamais eu, lui semblait-il maintenant, qu'un nom au cœur et sur les lèvres : Zilah !

DANS UN TÊTE-A-TÊTE...

Et voilà que cet homme, ce héros, son héros, lui demandait sa main, lui disait :

« Je vous aime ! »

Andras l'aimait !

Avec quelles tortures lancinantes, quels

déchirements atroces, elle s'était posé la question redoutable :

« Ai-je le droit de mentir? Aurai-je le courage d'avouer? »

Quoi! elle tenait à portée de sa main le bonheur le plus complet qu'une femme pût espérer, le rêve de toute sa vie, et parce qu'un misérable l'avait trompée, parce qu'il y avait dans son passé des heures enfuies dont elle ne se souvenait que pour les maudire, pis que cela, encore une fois, dont elle ne se souvenait même pas, des heures effacées, des heures qui lui paraissaient maintenant n'avoir jamais sonné, il lui fallait se déchirer elle-même, se broyer le cœur, payer, elle, la victime, pour le lâche qui avait menti?

Est-ce que c'était juste? Est-ce que cela était humain? Est-ce qu'elle était à jamais scellée dans ce passé comme une morte dans son tombeau? Comment! elle n'avait plus le droit d'aimer? Elle n'avait plus le droit de vivre?

C'est qu'elle l'adorait, cet Andras! Ah! comme elle eût, avec une joie de folle, donné sa vie pour lui! Et il l'aimait aussi! Et comme il l'aimait!

Jusqu'alors il n'avait jamais éprouvé ce rajeunissement d'âme.

Il se sentait évidemment isolé, avec ses vieilles idées chevaleresques, dans un monde voué au culte des choses basses, des succès tangibles, des réalités profitables. Il se faisait à lui-même l'effet d'un anachronisme vivant au milieu d'une société qui n'ajoutait foi qu'aux brutalités triomphantes et marchait, écrasant de son poids de fer, les visions, les espoirs, les enthousiasmes des attardés. Il se rappelait encore ces crépuscules des soirs de bataille où, dans les bois rougis par le soleil couchant, son père et Varhély lui disaient : « Restons les derniers et protégeons la retraite! » Et il lui semblait que, parmi les bestialités du moment et les vulgarités du siècle, il protégeait encore la retraite des vertus méconnues et des généreuses ardeurs.

Est-ce qu'il aimerait encore? Est-ce qu'on l'aimerait? Est-ce qu'il pourrait encore être heureux?

Bah! Sa propre satisfaction lui suffisait, dans la cohue des égoïsmes et des appétits. Il lui plaisait d'être à l'arrière-garde de la chevalerie en déroute. Obstinément il s'enfonçait dans sa solitude comme Marsa dans son isolement. Et Zilah ne se trouvait d'ailleurs ni si ridicule, ni si absurde, ni si niaisement romantique lorsqu'il songeait que ses compatriotes, les Hongrois, étant le seul peuple peut-être qui, dans l'abaissement de toute l'Europe devant la brutalité du triomphe

et le pessimisme omnipotent, avait conservé des traditions d'idéalisme, de chevalerie et la foi au vieil honneur, la nationalité hongroise étant précisément aussi la seule qui eût vaincu son vainqueur par les vertus de sa race, par sa persistance dans ses espoirs, par son courage, par son mépris de la bassesse, par sa folie d'héroïsme et imposé, à la fin, sa loi à l'Autriche, la Hongrie emportant le vieil empire comme au galop de son cheval vers les vastes plaines de la liberté. L'idéal pouvait donc avoir ses revanches? Un peuple entier le prouvait à l'histoire.

— Que ce monde-ci se vautre, disait Andras, dans les délices de sa vilenie, dans tout ce qu'il y a de bas et de sale : il ne vaut la peine de vivre que si l'on porte la tête haute et si l'air qu'on respire est pur et libre! L'homme n'est pas le frère des pourceaux!

Et ces mêmes idées, cette même foi, ce même goût du rêve et de tout ce qu'il y a de généreux et d'ardent au monde, tout à la fois il le trouvait dans l'âme, le regard, le cœur, l'amour de Marsa!

Elle était pour lui toute une existence recommencée et heureuse. Oui, se disait-il, elle le rendrait heureux; elle le comprendrait, l'aiderait, l'entourerait du plus profond amour qu'un homme pût souhaiter. Et elle aussi, quand elle songeait à lui, se sentait portée à toutes les abnégations, à tous les sacrifices. Qui sait? Il y aurait peut-être une heure où il faudrait combattre encore. Alors elle le suivrait, placerait sa poitrine entre lui et les balles. Mourir en le sauvant, quelle ivresse! Mais non, non, vivre en l'aimant, en lui donnant toutes les joies profondes et vraies, c'était là le devoir maintenant. Et cette tâche que rêvait Marsa avec des appétits de sacrifices, il y fallait renoncer, parce que des baisers haïs avaient autrefois souillé sa lèvre! Allons donc!... Et pourtant! Pourtant l'honnêteté stricte répétait à Marsa qu'il fallait dire : « Non! » au prince. Il fallait rejeter Zilah à son isolement et à ses tristesses. Elle n'avait pas le droit d'être aimée de lui.

Mais si elle renonçait à Andras, le prince, Yanski Varhély l'avait dit, en mourrait! C'étaient donc deux êtres à la fois, Andras et elle, qu'elle tuait là d'un seul mot. Elle? Elle ne comptait pas! Mais lui! Et cependant il fallait parler. Et pourquoi parler? Est-ce que vraiment d'ailleurs elle avait aimé quelqu'un? Qui cela?

Celui qu'elle aimait, adorait, de toute son énergie, de toutes les fibres de son être, c'était Andras! Ah! l'aimer! celui-là, l'aimer de toutes les forces de son être! Se faire ensuite, un jour, pardonner de n'avoir rien dit par le dévouement le plus absolu qu'homme au monde eût jamais rencontré, voilà quels étaient maintenant la pensée et l'espoir de Marsa. Et roulant éternellement ces mêmes idées pleines d'angoisses, repoussant toujours au lendemain le souci de prendre une décision, de tout avouer au prince, de lui broyer le cœur en brisant sa propre vie, la Tzigane s'était laissée lentement, les jours passaient si vite! amener là, à ce jour inévitable, à cette fête de fiançailles, comme au bord d'un précipice.

Et voilà que, justement, le soir de cette journée même, Menko revenait, il se dressait, ce Michel Menko, devant elle, non pas suppliant, non pas tremblant, mais menaçant, mais lui proposant, osant lui proposer, à elle, ce marché encore plus infâme que toutes les vilenies d'autrefois.

Ce rêve traversé de musiques heureuses, de czardas évoquant la voix même du pays, cette féerie du bateau berçant ses fiançailles, aboutissait à cette réalité : — Menko disant « Tu as été à moi, tu seras à moi encore ou tu es perdue! »

Perdue! Et comment?

Avec une résolution froide, Marsa Laszlo se posait cette question, redoutable comme une question de vie ou de mort.

— Voyons, que ferait le prince si, moi sa femme, il apprenait la vérité?

— Ce qu'il ferait? Il me tuerait, se disait la Tzigane. Oui, il me tuerait. Tant mieux!

C'était comme un marché qu'elle se proposait à elle-même et que son amour éperdu dictait à sa droiture :

— Être à lui, et payer de ma vie cette minute de joie!

— Si je parlais, il me fuirait, disparaîtrait, et je l'aime. Eh bien! ce qui me reste d'existence, je le sacrifie pour avoir vécu, ivre en plein rêve, durant un éclair!

Et elle en venait à se dire qu'elle avait bien le droit de donner ainsi sa vie pour son amour. Oui, être à Andras, sentir ce cœur de héros battre sur sa poitrine, ces lèvres dont jadis, quand il passait au galop, enfant succédant à son père mort, des milliers d'hommes attendaient le signal de victoire, frémir sur ses lèvres juvéniles, et mourir ensuite, mourir en lui disant : « J'étais indigne de toi, mais je t'aimais... Tiens, frappe! »

Ou plutôt ne rien dire, être aimée, se verser de l'opium ou de la digitale, et s'endormir, s'endormir avec cette vision devant la pensée, cette suprême joie, cette ivresse dernière : « J'ai été à lui, et il m'aime, il m'a aimée!... »

Quelle puissance au monde l'empêcherait de réaliser son rêve? Elle donnait pour cela tout ce qui lui restait de jeunesse et de beauté. Ressemblait-elle à ce Michel en mentant ainsi? Non, puisque, victime de son amant, elle se sacrifiait tout aussitôt, sans hésitation, avec joie, à l'honneur de son mari!

— Oui, ma vie à moi contre son amour à lui! Je serai sa femme et je mourrai! Voilà!

Elle ne se disait pas qu'en sacrifiant sa vie, elle condamnait Zilah à mort. Ou plutôt, avec ces subterfuges dont l'être humain se paye lui-même, elle se disait :

— Il se consolera de ma mort s'il apprend jamais qui j'étais.

Mais pourquoi l'apprendrait-il? Elle saurait disparaître sans bruit, comme si un hasard mauvais avait pris sa vie.

La résolution de Marsa s'arrêtait à cette pensée : elle contractait une dette, elle la payait de son sang. C'était bien. Maintenant, peu lui importait Michel. Que ce misérable fit ce qu'il voudrait. L'espèce de supplica-

QUAND IL PASSAIT AU GALOP...

tion pleine de menaces du jeune homme : A minuit... demain... lui revenait, mais la laissait indifférente. Le rictus dur de sa lèvre semblait braver silencieusement Michel Menko.

Manifestation différente de sa double nature : dans l'exaltation de Marsa ivre de l'amour d'Andras et voulant devenir sa femme, le sang de la Tzigane, sa mère, parlait, le prince Tchéréteff, le russe, revivait, au contraire, dans cette bravade muette et froide.

Elle se coucha, fiévreuse encore, la tête pleine de ces combats, et ne s'endormit qu'au matin, brisée, pour s'éveiller calmée, alanguie, mais presque heureuse, comme si la résolution prise lui eût rafraîchi les veines.

Elle passa toute la journée qui suivit dans le jardin, se demandant parfois si l'apparition de Menko et son *demain* n'étaient pas une vision, un des cauchemars de cette nuit.

Demain?... C'était aujourd'hui.

Si pourtant Michel Menko venait la nuit prochaine? S'il osait?... Un scandale, en effet, pouvait servir les plans du comte. Mais non, il ne songeait même pas au scandale. Ce qui était plus affreux, il n'espérait que de l'amour, l'amour de Marsa, voulant revivre une heure de la vie maudite.

— Oui, oui, il viendra!... il est capable de venir!.

Elle le méprisait assez pour croire, en effet, qu'il oserait, cette fois, tenir parole.

Étendue dans son *rocking chair*, sous un chêne au tronc puissant, enserré de lierre, elle lisait ou songeait, laissant aller son corps au mouvement de la berceuse. Une ceinture russe, ruban d'argent tissé à boutons niellés, serrait autour de sa taille une longue robe blanche de mousseline de l'Inde, garnie de valenciennes, avivée d'une mince cravate rouge pareille à un filet sanglant sur la blancheur de son cou. Une trouée de soleil intense, traversant la voûte des sapins et des chênes, envoyait sur la robe blanche et la joue brune de la Tzigane comme de larges gouttes de lumière qui pleuvaient autour d'elle par plaques sur le sable d'un jaune rose de l'allée. En ce grand silence du jardin, coupé parfois par le sourd et lent murmure des arbres, elle se laissait baigner dans l'atmosphère chaude, attiédie par les arbres, et bercer à cette mélopée lointaine des feuilles froissées qui lui rappelait la mer.

Maintenant, et peu à peu, elle oubliait tout à fait Michel, ne pensait qu'à la journée heureuse, au bateau suivant la Seine, aux saules gris, comme poudrés d'argent, de la rive; à cette eau criblée de paillettes claires; à ces braves gens du chaland qui lui criaient de loin : « Soyez heureuse! heureuse! » à ces petits qui lui envoyaient, en riant, des baisers.

Un alanguissement doux enveloppait ce grand jardin criblé de rayons, où la double chaleur montait de la terre comme une haleine et tombait du ciel comme un incendie. Les gazons, les ifs taillés, les fleurs des massifs, les yuccas aux feuilles métalliques s'enveloppaient de soleil, de ce soleil ardent qui semblait illuminer intérieurement les feuilles, toutes vibrantes de clarté, et donnait aux murs blancs de la villa, aperçus à travers les arbres, une aveuglante crudité de ton. Et dans le sourd murmure de cette campagne, sous cette voûte verte traversée de gouttelettes lumineuses qui étaient des insectes se poursuivant sous le soleil, de papillons blancs ou couleur de feu, de fils de la Vierge flottant dans l'air chaud, Marsa doucement s'endormait presque dans la volupté profonde de l'oubli, dans un calme heureux, dans cette sorte d'anéantissement, de *nirvana* que donne l'été, sous les arbres verts.

Elle était loin du monde entier en ce coin de verdure, avec ces sapins noirs, aux troncs moussus, le bleu de ciel aperçu par morceaux, dans la découpure des arbres, et elle s'abandonnait, comme elle eût glissé sur un lac, aux espoirs, aux rêves et aux bercements de l'enfant, dans la joie de ce beau jour profond.

La journée passa vite.

La baronne Dinati, descendant de calèche en robe de foulard, une ombrelle rouge avivant encore son joli teint de Normande appétissante, et s'étant munie pour la campagne, simplement pour les montrer, de petits sabots d'ébène, des sabots de plage en temps de pluie, portant son chiffre en relief argenté sur le dessus du pied, vint faire visite à Marsa. Rapide visite. Babillage et papotage de Paris. L'article du petit Jacquemin sur le déjeuner nautique du prince Zilah avait fait fureur. Gentil tout plein, ce petit Jacquemin. Marsa le connaissait bien. Non? Vraiment? Comment, elle ne connaissait pas Jacquemin, de *l'Actualité*?... Oh! mais il fallait l'inviter au lunch du mariage! Il en parlerait. Il parlait de tout. La princesse l'aimait beaucoup. C'est vrai, Jacquemin faisait la pluie et le beau temps chez elle. Très élégant, Jacquemin, très au courant de l'inédit, même en matières de modes.

— Tenez, c'est lui qui m'a dit qu'on portait de ces sabots-là, décidément. Ils ont failli me faire casser la tête, ces maudits sabots, lorsque je suis montée en voiture. Mais ça m'amuse. C'est nouveau. Ça attire l'attention sur le pied. « Oh! qu'est ce que c'est que ça? » On regarde. Et quand on les a jolis, pas trop grands... Comprenez-vous cela, Marsa, des chiffres aux sabots?... Ces demoiselles pourraient y mettre leurs adresses!

Elle papillotait, trempait sa gentille petite lèvre rouge, un peu duvetée, dans une limonade, grignotait un gâteau, puis, lestement, remontait en voiture presque au moment où le prince Andras s'arrêtait devant la grille. La baronne n'avait que le temps de saluer Zilah du bout des doigts.

Son sourire gai et le geste de sa main voulaient du reste dire au prince :

— Je ne vous prends même pas une minute de votre temps. Vous aurez aujourd'hui bien autre chose à faire que de vous occuper de ma petite personne!

Marsa éprouvait une joie profonde à revoir Andras. Elle se sentait si fière de l'entendre lui parler de sa belle voix douce, paternelle et passionnée, elle se sentait adorée et protégée. Elle s'abandonnait à tant d'espoirs sans limites, elle qui n'avait devant elle peut-être que quelques jours comptés. Elle le regardait avec ses yeux clairs, se sentait heureuse près de lui, cette visite quotidienne d'Andras paraissant même à la jeune fille plus tendre que de coutume.

Il semblait à Marsa que le prince mettait plus d'affection encore que de caresses dans ses paroles, dans le moindre mot qu'il prononçait.

— J'ai eu bien raison de croire à la chimère en ce monde, disait-il, puisque tout ce que j'ai souhaité à vingt ans est réalisé aujourd'hui. Bien souvent, ma chère Marsa, quand je me sentais attristé un peu de cœur et d'âme, je me demandais si ma vie était finie. Non : je vous espérais, voilà tout. Je savais instinctivement qu'il existait une femme exquise, née pour moi, ma femme, en un mot, ma femme, comme c'est charmant, ces mots-là !..., et je vous attendais.

Il lui avait pris les mains, la regardait, lui, redoutable, avec une douceur infinie.

— Alors si vous ne m'aviez pas trouvée? dit-elle.

— J'aurais continué à vivre d'ennui. Demandez à Varhély ce que je lui ai confié de ma vie.

Marsa frissonna, essayant pourtant de toujours sourire.

« ON PORTAIT DE CES SABOTS-LÀ... »

Tout ce que lui avait dit Yanski lui revenait encore à l'esprit. Oui, Zilah avait mis dans l'amour de Marsa le prix même, le prétexte de son existence. Lui arracher cette illusion c'était enlever d'une blessure l'appareil qui, ôté brusquement, la rendait mortelle. Décidément, la résolution prise était la meilleure. Sans rien dire, dans le noir silence d'un suicide qui serait à la fois une délivrance et un châtiment, elle disparaîtrait ne laissant à Zilah que le souvenir d'une vision.

Mais alors pourquoi ne pas mourir avant

d'avoir menti? Ah! pourquoi? pourquoi? A cette question éternelle, Marsa se répondait à elle-même par cet amour qu'elle voulait payer de sa vie. Donnant, donnant. Un baiser et la mort. En acceptant de commettre un mensonge, elle se condamnait à ce châtiment. C'était dit. Toute son énergie névrosée aboutissait à cette résolution prise.

Elle cherchait seulement à donner à cette mort l'apparence d'un accident, d'un hasard sinistre, elle ne savait quoi, ne voulant pas laisser à Andras le double souvenir d'une trahison et d'un crime. Elle verrait, elle trouverait.

Et elle écoutait le prince lui parlant de la journée de la veille, des chers bonheurs du lendemain, de tout ce qui était désormais leur existence commune. Elle l'écoutait comme si son parti de mourir n'était pas pris et comme si Zilah lui promettait là non pas une minute, mais une éternité de joie.

Le général Vogotzine et Marsa accompagnèrent un moment, jusqu'à la gare, le prince venu à Maisons par le chemin de fer. Les chiens danois de la Tzigane, courant par les allées, revenaient sur un appel de Marsa et bondissaient après les mains d'Andras qui les caressait doucement.

— Ils connaissent déjà le maître, murmurait Vogotzine.

— J'ai vu peu de bêtes aussi douces, fit le prince.

— Aussi douces? Oh! cela dépend!... dit Marsa.

Elle se sépara du prince, revint vers le logis avec le général sans dire un mot.

Elle voyait partir Andras avec une tristesse morne, ayant des envies soudaines de le revoir, elle ne savait pourquoi : pour qu'il la protégeât, la défendît, pour qu'il fût là si Michel venait.

Le crépuscule commençait quand elle rentra au logis. Il était tard. Marsa ne voulut point manger, laissant Vogotzine seul, sa serviette dans le gilet, tendant son verre au domestique.

La nuit venue, le général alla dire bonsoir à sa nièce, comme chaque jour.

Marsa se tenait pelotonnée dans un angle du petit salon, sur un canapé : il lui trouva l'air bizarre.

— Qu'est-ce que tu as?

— Rien.

— Je vais me reposer, je suis un peu las. Tu ne veux pas que je te tienne compagnie?

Tantôt il la tutoyait, tantôt il lui parlait avec un respect craintif. Marsa ne semblait pas s'apercevoir de ces nuances.

— J'aime mieux rester seule, dit-elle.

Le général haussa les épaules, prit la petite main de Marsa dans ses mains velues et, elle la laissant inerte, il l'embrassa,

comme s'il se fût trouvé au baise-main d'une reine.

Restée seule, Marsa demeura là pendant plus d'une heure, puis, tout à coup, elle tressaillit en entendant onze heures sonner à la pendule du petit salon.

Elle se leva toute droite.

Les domestiques avaient mis les volets au logis; elle sortit par l'escalier de service donnant sur l'office et que les gens laissaient ouvert jusqu'au moment où ils montaient se coucher. La clef de cet escalier restait sur la serrure, en dedans.

Marsa l'ouvrit et traversa le jardin, d'un pas raidi, comme si c'eût été, à travers ces allées sombres, parfois éclairées par une trouée de lune, une somnambule qui marche t.

Elle alla ainsi jusqu'au chenil où les grands chiens au pelage ras du Danemark et le molosse hindou tiraient, en aboyant, sur leurs chaînes.

De loin, sa voix leur dit :

— Paix, Ortog!... Silence, Duna!

Et ils se turent.

Alors elle poussa la grille du chenil, entra, caressa d'abord les têtes dures de ces chiens qui, debout, tenaient leurs pattes vers ses épaules et, ouvrant le mousqueton de la chaîne qui les attachait, de sa voix vibrante elle leur dit :

— Allez!

Elle les vit bondir, sauter par les allées, courir sur les pelouses, s'enfoncer dans les taillis, paraître, disparaître, semblables, sous la lune, à de grandes ombres d'animaux fantastiques. Et doucement, de son pas lent, avec la froideur moscovite que pouvait avoir le prince Tchéréteff, son père, commandant le feu sur un espion ou sur un traître, elle rentra dans la maison où tout semblait dormir déjà, se disant, avec une ironie froide, dans une espèce d'affirmation impersonnelle et comme si elle pensait non à elle, mais à une autre :

— Maintenant j'espère qu'elle est bien gardée la fiancée du prince Zilah!

XV

Michel Menko était à Paris, seul, dans le petit hôtel qu'il louait rue d'Aumale.

Il avait commandé à son cocher d'atteler le coupé pour le soir :

— Vous prendrez *Trilby*. Il est meilleur trotteur que *Jack* et nous allons loin. Ah! des couvertures pour vous, Pierre! Et jusqu'à ce soir, je n'y suis pour personne!

Cette journée d'été s'écoulait pour lui très lente, dans l'énervement d'une attente, le mouvement fébrile des tiroirs ouverts, des

OUVRANT LE MOUSQUETON DE LA CHAINE...

livres tirés au hasard, parcourus, refermés,
de vieilles lettres recherchées, dans le
cuisant besoin de torture de ceux qui, le
poignard au flanc, éprouvent le besoin de
l'enfoncer plus en avant.

Il les rouvrait et les relisait, ces lettres

dont il parlait la veille à Marsa et qui, après
l'avoir enivré comme un philtre, lui faisaient
maintenant l'effet d'un poison auquel il
revenait avec des avidités de souffrances
nouvelles.

Lettres d'amour, roman éternel, échange

de serments maintenant emportés comme
par un vent de tempête, fièvres tombées et
qui cependant, pour Michel, faisaient
revivre des heures bénies, les seules heures
de sa vie où il eût réellement vécu peut-être.
Ces lettres, datées de Pau, à mesure qu'il
les relisait, le brûlaient comme un charbon ardent. Elles avaient gardé comme le
parfum même des cheveux de Marsa, et
cette maîtresse adorable, il la retrouvait
avec toutes ses séductions, l'attrait exquis
de son sourire et de son corps, dans ce
fugitif arome qui survivait à leur amour
comme les feux follets aux cadavres

Alors, sentant son cœur se gonfler à se
rompre, la jalousie et la rage lui faisant
courir un frisson sur l'épiderme, il renfer-
mait ces billets, d'une écriture fine, rapide,
nerveuse, dans le tiroir où il les prenait, et
machinalement il ouvrait encore un livre,
tombant, comme toujours en ces ironiques
hasards, sur quelque page faite pour aviver
sa douleur.

Il prenait un Musset et le rejetait bien
vite comme un blessé de la même blessure.
Il prenait un poète de son pays, et ses yeux
couraient aux vers passionnés du poète-
soldat, Petœfi, tombé un jour de bataille et,
disant à son Etelka :

Tu ne m'aimes pas? Eh! qu'importe?
Mon être à ton être est lié
Comme à l'arbre est attachée la feuille.
Vienne l'hiver, elle tombe sans vie!
C'est là mon sort jusqu'au tombeau.
Fuis-moi! Tu ne peux m'échapper...
Tu crois que c'est ton ombre
Qui suit tes pas? Tu te trompes.
C'est mon âme en peine!

— *Mon être est lié à toi comme l'arbre à la
feuille!*

Et Michel se répétait ce vers avec une
sorte de défi dans le regard et il attendait impatiemment, avec des mouvements
énervés, que la journée fût finie.

Il eut comme une rapide colère lorsque
son valet de chambre entra, lui tendant une
carte sur un plateau, et il haussa les épaules
en disant d'un ton bref :

— Pierre ne vous a donc pas transmis
l'ordre de ne recevoir personne?

— Je demande pardon à monsieur le
comte, mais monsieur Labanoff a vivement
insisté...

— Ah! c'est Labanoff? fit Menko.

— Monsieur Labanoff qui part, ce soir, et
voudrait saluer monsieur le comte.

Menko, à ce nom de Labanoff, avait revu
un compagnon de sa jeunesse, autrefois
rencontré, en voyage, à Vienne, un peu
partout, qui lui plaisait infiniment, le

séduisait. Oui, il l'aimait vraiment pour une
sorte de bizarrerie pessimiste, de philosophie
agressive, que Labanoff ne se donnait point
la peine de cacher, pour une espèce de
mysticisme doublé d'amertume. Le Hongrois
n'avait peut-être pas, parmi les hommes de
son âge, d'autre ami au monde que ce Russe
aux idées bizarres, dont le sourire énigmatique l'intriguait.

Il regarda la pendule. La visite de Labanoff
lui ferait peut-être prendre patience jusqu'au
dîner.

— Faites entrer monsieur Labanoff!

C'était un grand jeune homme de vingt-
cinq ans, mince et le visage d'une pâleur
de cire, avec des yeux ardents, des yeux de
voyant dans une face blême qu'avivait une
moustache brune militairement retroussée.
Les cheveux, noirs et crépus, étaient taillés
en brosse. Ce Labanoff avait l'air d'un
soldat dans sa redingote longue qui lui
descendait jusqu'aux genoux, comme une
capote militaire.

Il y avait des mois que ces deux hommes
ne s'étaient pas vus. Mais dès longtemps une
sympathie puissante les liait, née d'anciennes
causeries, des confidences de leur état
d'âme où l'un et l'autre rencontraient des
similitudes de souffrance. Une espèce de
rêve intérieur inquiétait et rongeait Labanoff
comme le souvenir de Marsa dévorait Menko.
Ils avaient échangé bien des fois leurs
théories désolées sur le monde, l'existence,
les lois, les hommes. Leur commune amertume les rapprochait. Et si Michel recevait
Labanoff malgré la consigne donnée, c'est
qu'il était bien certain de retrouver encore
en lui cette même cruauté de sensations qui
lui faisait, dans Musset et Petœfi, l'effet d'un
acide versé sur sa plaie.

Labanoff lui parut d'ailleurs plus énigmatique encore et plus désolé qu'il ne
l'avait vu jusque-là. Sous le retroussis de la
moustache, les lèvres du Russe ne laissaient
tomber que des paroles pleines de sous-
entendus presque tragiques.

Menko l'avait fait asseoir à ses côtés, sur
un divan, et regardait les yeux bleus du
jeune homme ; ils lui semblaient plus
enfiévrés que de coutume.

— J'ai appris que vous étiez revenu de
Londres, dit Labanoff, et, comme je quitte
Paris, j'ai voulu vous serrer la main. Il
est possible que nous ne nous revoyions
pas.

— Pourquoi?

— Je vais à Pétersbourg... des affaires
pressantes...

— Avez-vous terminé vos études à Paris?

— Oh! j'étais déjà docteur en médecine
quand j'y suis venu... Je n'habitais Paris

que pour être plus à même de poursuivre
un projet qui m'intéresse...

— Un projet?

Menko interrogeait machinalement, fort
peu curieux de savoir le secret de Labanoff,
mais le Russe n'en eut pas moins un sourire
singulier, d'une ironie froide et répondit :

— Je n'ai rien à dire là-dessus, même à
l'homme que j'estime le plus!

Ses yeux ardents semblaient apercevoir
devant lui des visions étranges. Il demeura
silencieux un moment et se leva d'un mouvement brusque.

— Voilà, dit-il, tout ce que j'avais à vous
faire savoir, mon cher Menko. Maintenant, au
revoir!... Ou plutôt, adieu, car, je vous le
répète, je ne vous reverrai probablement
jamais.

— Et pourquoi?

— Une idée comme une autre!... Et puis,
ma bien-aimée Russie est un si étrange pays!
On y meurt vite.

Il avait toujours sur la lèvre ce sourire
inexplicable, railleur et triste à la fois, qui
relevait sa moustache.

Menko prit la longue main blanche qu'il
lui tendait.

— Mon cher Labanoff, il n'est pas difficile
de deviner que vous allez à quelque rendez-
vous périlleux...

Et essayant de sourire :

— Je ne vous fais pas l'injure de vous
croire nihiliste...

L'œil bleu de Labanoff s'éclaira.

— Non, dit-il, non, je ne suis pas nihiliste.
Le néant est absurde; mais la liberté est
une belle chose!

Puis il s'arrêta comme s'il craignait déjà
d'en avoir trop dit.

— Adieu, mon cher Menko!

Le Hongrois le retint en lui disant à son
tour avec un tremblement dans la voix:

— Eh! bien, Labanoff, vous venez me
trouver tout justement à une heure décisive
de ma vie... Je suis en train, tel que vous me
voyez, de combiner une grande folie...
comme vous... Différente de la vôtre, sans
doute... Et d'ailleurs, ej n'ai pas le droit de
dire que vous allez, vous, commettre quelque
folie...

— Non, dit froidement le Russe très pâle
et souriant toujours, non, ce n'est pas une
folie!

— Mais c'est un danger? demanda Menko.

Labanoff ne répondait pas.

— Je ne sais pas non plus, dit Michel,
comment finira l'aventure où je m'engage...
Mais, puisque le hasard nous met, aujour-
d'hui, face à face...

— Ce n'est pas le hasard, c'est ma volonté
ferme de vous avoir revu avant de partir.

— Je sais que vous m'estimez... C'est
pourquoi je vous demande de me dire franchement où vous vous trouverez dans un
mois...

— Dans un mois? dit Labanoff.

— Donnez-moi l'itinéraire que vous

LABANOFF.

comptez suivre. Allez-vous vous fixer à
Pétersbourg?

— Pas tout de suite, répondit le Russe len-
tement, le regard fixé sur celui de Menko.
Dans un mois, je serai encore à Varsovie...
A Pétersbourg, un mois après...

— Soit, je vous demande simplement de
me faire savoir, d'une façon quelconque,
où vous serez.

— Pourquoi?

— Parce que je voudrais pouvoir vous
rejoindre.

— Vous?

— Une fantaisie! fit Menko essayant de
rire. Je m'ennuie dans la vie, vous le savez.
Je la trouve absurde. Si on ne l'éperonnait
point comme un vieux cheval poussif elle
vous traînerait niaisement dans les mêmes
ornières quotidiennes. Je ne sais pas, je ne
veux pas savoir ce que vous allez faire en

Russie et ce que signifie cet adieu définitif dont vous me parliez tout à l'heure... Je devine donc simplement qu'avec vous il y a quelque aventure à courir et il est possible que je vous en demande ma part...

— A quoi bon? dit froidement Labanoff. Vous n'êtes pas Russe.

Menko sourit et posant les mains sur les maigres épaules du jeune homme :

— Voilà un mot qui révèle bien des choses, fit-il. Et s'il vous était échappé devant un policier!...

— Oh! répondit Labanoff avec une voix chantante d'une fermeté douce, implacable, devant n'importe qui je ne dis que ce qu'il me plaît de dire, mais je sais que je parle au comte Menko.

— Et le comte Menko sera enchanté, mon cher Labanoff, si vous lui dites où, en Pologne ou en Russie, il doit aller, bientôt, en personne, prendre de vos nouvelles. Ne craignez rien : ni là-bas ni ici je ne vous questionnerai. Mais j'ai la curiosité de savoir ce que vous allez devenir et vous savez que j'ai assez d'amitié pour m'en inquiéter. Ajoutez à cela que la passion des voyages me talonne et que Paris ou Londres, le monde enfin, m'ennuie, m'ennuie, m'ennuie...

— Le fait est qu'il est sot, égoïste et lâche, dit Labanoff dont maintenant la voix vibrait.

Il tendit encore à Menko sa main nerveuse, brûlante de fièvre comme ses yeux bleus.

— Adieu! dit-il.

— Non... non... au revoir!

— Eh! bien, soit, au revoir! dit Labanoff. Je vous ferai savoir ce que je deviens.

— Et où vous serez.

— Et où je serai.

— Et ne vous étonnez pas si je vous rejoins, quelque beau matin!

— Je ne m'étonne de rien, dit le Russe... de rien...

Et dans ce mot *rien* il y avait une expression profonde de dégoût de la vie et d'âpre mépris de la mort.

Menko, dans un élan, entoura de ses bras ce grand jeune homme maigre, figure de soldat émaciée comme celle d'un ascète, et, le dernier adieu donné à ce fanatique partant pour quelque tragique aventure, le Hongrois se retrouva plus sombre, plus navré et plus troublé dans sa solitude où le passage de Labanoff lui semblait maintenant quelque chose comme une douteuse apparition.

Il retombait, à présent, dans sa fièvre, dans sa soif de voir finir enfin la plus anxieuse des journées de sa vie.

Une journée chaude, avec des menaces d'orage vers le soir. Après le dîner, à la nuit,

Michel monta dans le coupé que conduisait le cocher, jetant des vêtements derrière le siège, avec des couvertures rayées.

Le cheval piaffait dans la rue d'Amsale, allait par les rues grimpantes, la rue Pigalle, la rue de Douai, jusqu'au rond-point de la place Clichy, conduisant à Asnières, et, ses deux lanternes à biseaux jetant leurs feux clairs dans l'obscurité de la route, le coupé suivait le chemin de Maisons, traversant la plaine, longeant des champs de blés et des vignes, avec la silhouette énorme du mont Valérien à sa gauche et, se découpant en noir à l'horizon, sur le ciel pur, troué d'étoiles, la longue ligne des coteaux dentelés de lignes d'arbres, l'aqueduc de Marly, les bois, les villas, les petits villages endormis au bas ou étagés sur la côte, plongés tous dans une ombre mystérieuse et pleine d'une brume chaude.

Par la portière Michel regardait tout cela inconsciemment, tandis que *Trilby* trottait.

Il songeait à ce qu'il voulait tenter, à l'aventure vers laquelle il allait, follement. Oui, follement. Il l'avait avoué tout à l'heure à Labanoff. Mais qui sait?... N'avait-il pas dit à *Marsa : A demain?* Elle aurait peut-être réfléchi. Peut-être aurait-elle peur de ses menaces. Elle l'attendait comme, à Pau, dans ces heures qu'il voulait revivre, elle l'avait attendu, lui se glissant avec des frémissements vers cette ignorante et cette croyante. Quel rêve! Retrouver ce sourire doux, sourire d'enfant, plus divin encore avec sa mutinerie dans ce visage sévère sourire qu'accompagnait un petit mouvement de tête capricieux, qui répondait à toutes les protestations, aux admirations, avec des étonnements d'yeux souriants « Vrai? Vous me trouvez aussi jolie que cela? Vous m'aimez? »

Il la revoyait, l'entendait toujours. Il lui semblait que ce pâle visage de la Tzigane, avec son nez busqué, sa lèvre supérieure charnue et relevée par un pli délicieux, devenait plus pâle encore, ses paupières soudain abaissées sous les caresses, comme autrefois. Et les anéantissements glacés de Marsa devenant froide comme une morte, avec une expression ineffable, muette et profonde! Il sentait, à ces souvenirs, comme un souffle lui hérisser les cheveux. Il eût voulu qu'il fût minuit déjà, et que sa main poussât la porte où il la voyait debout, par la pensée.

Il connaissait fort bien ce grand parc de Maisons-Laffitte, où l'on est si libre et si caché, dans l'immense Colonie laissant chacun vivre comme blotti dans son nid d'arbres, loin des regards. La maison du prince Tchéréteff donnait d'un côté sur les terrains presques vagues où l'on a tracé le champ de courses, de l'autre s'étendait, avec les écuries et les communs, vers la forêt, le mur de l'avenue Lafitte bornant les jardins. Face au logis, au fond de haies vives, des murs bas, surmontés de grilles ouvragées, laissaient à la villa, par les larges trouées des marronniers, des chênes et des trembles, la libre vue des coteaux de Cormeilles.

En débouchant du pont de Sartrouville, Michel fit longer au coupé le chemin bordé de haies qu'une prairie sépare de la Seine. C'était en même temps contourner l'ancien parc du château. Il s'avança dans la clarté grise de la nuit, jusqu'à l'angle de l'avenue Corneille, près d'un massif qui découpait sur la pénombre son arche nettement tracée, taillant sur l'horizon, comme avec un couteau courbe, un pan du ciel tout plein d'étoiles.

— Vous vous arrêterez là, Pierre, dit le jeune homme en descendant de son coupé, et vous ne bougerez que je ne sois revenu!

Michel s'éloigna.

Il gagna, dans l'ombre des logis endormis, des fenêtres éteintes, des allées enveloppées de mystères, la grande percée rectiligne qui, de la station, coupant le parc en deux, va jusqu'au mur de la forêt.

Il lui semblait qu'il était encore à Pau, dans ces heures d'enivrement où Marsa, ignorant tout, l'attendait. Il avait l'illusion de reconnaître ces arbres, ces chemins, cette terre comme si chacun de ses pas, autrefois, y eût marqué une chère ivresse! L'odeur pénétrante et comme tiède des sureaux le guidait dans cette nuit. L'allée qu'il cherchait descendait entre deux haies vives que surmontaient des arbres hauts, épais, se rejoignant en une voûte qui, dans le jour, faisait tomber sur le sentier une ombre fraîche, et maintenant formait un trou profond, d'un noir de tunnel.

A travers les herbes vivaces, les arbres et les ronces, en écartant les branches d'aca-

cias dont les feuilles pleuvaient sous le vent, et les ombelles des sureaux, Michel arriva à un mur élevé, un vieux mur, aux pierres blanches par-dessus lequel sautaient comme une épaisse nappe d'eau verte, les brindilles du lierre froid traînant à demi comme une étoffe effrangée.

Des frissons d'arbres, des bruits de vent dans les pins et les chênes, des murmures de feuilles secouées faisaient derrière ce mur ourlé de joubarbe et de mousses, et qui n'apparaissait maintenant que comme un long trait noir régulier, un large lavis à l'encre de Chine, passer un grand mugissement sourd, profond et inquiétant comme

AU BOUT DE
L'ÉTROIT SENTIER...

les vagues sous l'orage... Et là, au bout de l'étroit sentier, à demi caché par le lierre, voilà bien la petite porte s'ouvrant dans le mur!

Cette porte Michel Menko la revoyait par

la pensée, peinte en vert, avec sa serrure
rouillée, et il lui fallait maintenant la
chercher à tâtons, dans l'ombre humide; il
sentait la couleur s'écailler, tomber avec un
petit bruit de feuilles sèches, quand il
appuyait dessus.

Puis, au moment de glisser dans la
serrure la clef qui, dans ses doigts
chauds de fièvre, brûlait, il s'arrêta.

Marsa l'attendait-elle! N'allait-elle point
appeler, le chasser, le traiter comme un
voleur de nuit?

— Et si la serrure était changée?

Il regardait la muraille noire.

En poussant quelque pierre jusqu'au bas
du mur et en s'exhaussant ainsi, il en
atteindrait le sommet, s'y accrochant au
risque de se couper les mains dans du verre
brisé! Non, cent fois non, il n'était pas venu
jusque-là pour reculer.

Et puis, certainement Marsa était là,
tremblante, peureuse, le maudissant peut-
être, mais l'attendant, voulant le repousser
comme elle avait essayé de le faire, dans
son instinct de vierge outragée, lorsque
malgré ses prières, ses larmes, ses cris, elle
avait été à lui pour la première fois, mais
domptée, éperdue, lui résistant et l'adorant.

— Ah! qu'elle se livre à Zilah, soit; mais
qu'elle se donne à moi aujourd'hui! dit-il
presque tout haut, dans le grand silence
des arbres endormis... Il y aurait la
mort derrière cette porte que je ne recule-
rais pas!

XVI

Michel Menko ne se trompait point. Marsa
Laszlo l'attendait.

Elle se tenait à sa fenêtre, vision spectrale
dans sa robe blanche; elle se dressait,
debout, toutes les fenêtres du logis étant
éteintes, et les deux mains crispées sur la
barre de l'appui, droite, plongeant avec
angoisse son regard dans cette nuit qui
l'enveloppait toute et s'ouvrait, en bas,
comme un gouffre, elle épiait angoissée, le
cœur serré de crainte, le moindre bruit
dans cette solitude.

D'en bas, du dehors, on n'eût pu la voir, sa
silhouette s'effaçant dans le fond sombre de
la chambre. Son visage convulsé, le froncement de ses sourcils et la tension de ses
lèvres se perdaient dans la nuit. Elle regardait au-dessous d'elle, dans ce grand trou
du jardin dont les senteurs montaient.

Ces branchages, nettement découpés sur
le ciel profond, avec les clartés d'acier de la
lune trouant la feuillée du chêne, une

étoile comme piquée dans la crête d'un
peuplier, semblable à une pierrerie dans
l'aigrette d'une coiffure de femme, la masse
d'arbres déchiquetée comme une muraille
écrêtée sur un ciel pur, et, sous la fenêtre,
dans le fond noir, la pelouse assombrie
vaguement aperçue et ourlée d'un ruban
plus blanc qui était l'allée, une raie de
lumière tombant sur le sable et un bruit
lointain d'eau dans une vasque : Marsa ne
voyait que cela.

Vaguement, son regard, flottant comme sa
pensée, allait des arbres découpés aux plans
confus, plus semblables à de grands nuages
déchirés ou à une poussière noire de branches à ce ciel plus pâle du côté de la lune, à
ces trouées d'étoiles, à cette lumière qui
envoyait son reflet sur le perron blanc, cons-
tellait la muraille de plaques lunaires,
mais laissait, à la fenêtre, la jeune fille perdue dans l'ombre. Et elle écoutait, l'oreille
tendue, et elle tressaillit en entendant, tout
à coup, le lointain aboiement d'un chien.

Cet aboiement d'abord l'avait secoué d'un
frisson.

Le chien apercevait quelqu'un. Si c'était
Menko?

Non, le bruit, hurlement plutôt qu'aboiement, venait du fond de la nuit, de très
loin, de Sartrouville, par delà la Seine.

— Ce n'est ni *Duna* ni *Bundas* qui a
aboyé! Ni *Ortog*, dit-elle.

Mais quelle folie de demeurer là, à cette
fenêtre!

Elle se parlait à elle-même.

— Il ne viendra pas, ce Menko! Dieu
merci, il ne viendra pas!

Et elle soupirait, heureuse, comme
soulagée d'un poids terrible.

Tout à coup, d'un mouvement brusque,
elle se jeta violemment en arrière, comme si
devant elle se fût dressée quelque effrayante
vision.

Des aboiements rauques, tout différents de
cet aboiement lointain de tout à l'heure,
traversaient l'air, retentissaient avec des sons
lugubres, une violence enragée, là-bas, dans
la nuit. Et c'était bien, cette fois, ses grands
chiens danois, et le gros molosse venu de
l'Himalaya qui se précipitaient sur quelque
proie, dans l'ombre.

— Grand Dieu! Il est donc là!... Est-ce
qu'il est là?

Cette fois, Marsa tremblait.

Il y avait dans ces cris des chiens quelque
chose d'affreusement tragique. A ce redoublement des bruits sauvages, des grogne-
ments secs, irrités et affreux, comme souli-
gnés de coups de crocs féroces, Marsa devinait quelque carnage sinistre, une lutte en
pleine nuit d'un homme contre ces bêtes.

Alors toute sa terreur semblait monter à sa gorge dans un cri de pitié; puis, raidissant sa main sur l'appui de la fenêtre, résolue, avec son impassibilité moscovite:

— Eh bien! quoi!... Il l'a voulu! se disait-elle.

Ne savait-elle donc pas ce qu'elle faisait, tout à l'heure, lorsque froidement, voulant mettre entre le danger et elle comme une garde vivante, elle était descendue au chenil, détachant les animaux farouches, qui, reconnaissant sa voix, avant de bondir lui léchaient les mains de leurs langues rudes, avec toutes sortes de jappements joyeux? Elle était remontée dans sa chambre, éteignant sa lampe, autour de laquelle voletaient des noctuelles qui battaient l'abat-jour d'opale de leurs ailes duvetées; et, dans cette obscurité, la fenêtre ouverte, buvant l'air de la nuit qui distillait comme un remède à sa fièvre, Marsa avait attendu, se disant que Michel Menko ne viendrait pas et que, s'il venait, c'est que la destinée voulait qu'il se heurtât à ces chiens dévoués qui la gardaient, les bonnes bêtes!

Pourquoi le plaindrait-elle?

Elle le haïssait, ce Michel. Il menaçait? Eh bien, elle se défendait. C'était tout simple. La dent d'Ortog était faite pour les pillards et les rôdeurs de nuit.

Point de pitié, non, non, pas de pitié pour un tel lâche, s'il osait...

Mais maintenant, aux aboiements féroces des chiens faisant là-bas comme un bruit de curée, avec des redoublements de fureur, elle devinait, terrifiée, des rongements d'os et des déchirements de chairs; et devant cette lutte invisible et que son imagination montrait saignante, Michel se débattant, dans une boucherie hideuse, contre les morsures des chiens, Marsa frémissait, tremblait, avait peur, sentait encore un grand cri éperdu lui monter aux lèvres, un *Au secours!* qui ne pouvait sortir, qui s'arrêtait dans sa gorge et l'étouffait.

Une sorte d'égarement s'emparait d'elle. Elle voulait crier grâce, comme si la bête féroce eût entendu.

Elle cherchait la porte de sa chambre, tâtant les murs de ses bras étendus en croix, voulant se précipiter dans l'escalier, courir au jardin et ses jambes se dérobant sous elle, sans nerfs, coupées brusquement

par une terreur qui faisait couler de ses beaux cheveux une sueur froide.

— Mon Dieu!... Grand Dieu! Ah! misérable! Mais c'est un homme que l'on dévore!... Au sec...

Puis brusquement, elle s'arrêta comme

ELLE ÉCOUTAIT...

foudroyée. Plus de bruit. Rien.

Cette nuit noire était retombée, tout à coup, dans son grand silence mystérieux.

Marsa éprouva cette sensation de voir un drap noir qu'on étendait sur un cadavre. Et dans cette ombre, dans cette ombre noire, où, du fond de la chambre, elle regardait à présent, il lui semblait que de larges plaques saignaient, dans le jardin et sur le ciel.

— Ah! le malheureux! balbutia-t-elle.

Mais brusquement, la voix des chiens reprenait rapide, colère, toujours affreusement menaçante.

Ils paraissaient maintenant non plus déchirer, mais hurler en courant et leurs aboiements étaient plus éloignés.

Qu'arrivait-il?

On eût dit qu'ils emportaient ou traînaient leur proie en la déchirant, en en jetant aux baies du parc de hideux et rouges lambeaux.

XVII

Michel Menko était-il mort?

Il avait, tout à l'heure, brusquement tourné la clé dans la serrure de la petite porte, et, hardiment, il était entré, longeant une allée qui donnait sur un rond-point où s'élevait le pavillon. Ses yeux cherchaient si les fenêtres de ce pavillon étaient éclairées, si la porte laissait filtrer une lumière. Non. La silhouette hindoue du bâtiment se découpait sur le ciel clair avec des dentelures de pagode; mais rien n'y semblait vivant. Peut-être Marsa était-elle là pourtant, dans l'ombre!

Il se glisserait d'ailleurs sous sa fenêtre; il appellerait. Alors, en entendant ce bruit, effrayée devant tant d'audace, elle descendrait.

Il avait donc fait quelques pas vers le pavillon; mais tout aussitôt, sur la partie du jardin qui semblait plus blanche, le reste étant enveloppé de nuit, là, sur la large bande que formait l'allée de sable, Michel avait aperçu des ombres bizarres, rampantes, qu'un rayon de lune éclairait bientôt: les chiens, ces grands chiens allongeant leurs silhouettes sur le sable, leurs oreilles dressées, et qui, d'un bond, poussant des aboiements, rugissaient et sautaient sur lui avec une détente de reins et de jarrets aussi terrible que l'élan d'un tigre.

Une pensée aiguë, une sorte d'illumination colère, avait alors électriquement traversé le cerveau de Michel:

— Ah! Ah! c'est cela, la réponse de Marsa!

Il eut le temps de penser, ironiquement, avec rage:

— J'avais raison, elle m'attendait!

Et tout aussitôt sous le bondissement des chiens, il recula, joignant ses poings sur sa poitrine, présentant hardiment ses coudes pour parer ses élans féroces. Brusquement, d'une forte détente de muscles, il repoussait les grands chiens danois qui, arrêtés net, roulaient à terre, s'y tordaient et rebondissaient plus furieux, avec des aboiements formidables.

Michel Menko n'avait pas d'arme.

Avec un couteau, il eût pu se défendre, ouvrir le ventre à ces bêtes devenues féroces. Mais rien! Allait-il donc être forcé de fuir, traqué comme un gibier?

Et si, à ces aboiements, les gens accouraient aussi, à leur tour, se précipitant sur lui comme sur un voleur?

Ce pouvait être le salut, cela. Si l'on venait à lui, on l'arrachait du moins à ces monstres. Mais non, encore une fois, rien ne bougeait, dans le logis endormi, silencieux et comme impossible.

Les chiens danois, debout sur leurs jarrets, se précipitaient sur Michel qui, de ses pieds, du choc de son talon, les renversant, frappant violemment dans leurs mâchoires, reculait maintenant. Ortog lui ayant sauté à la gorge et le mordant à l'épaule.

Terrible, le chien dont les dents trouaient le vêtement, mettaient en lambeaux l'habit, la chemise et déchiraient la chair du jeune homme; mais, du moins, dans le mouvement de recul qu'il avait fait, rejetant sa tête en arrière, Michel Menko venait d'éviter d'être étranglé, égorgé d'un coup.

Les muscles d'acier, la robustesse élégante du Hongrois étaient d'ailleurs comme décuplés par cette nécessité; ou s'arracher à ces morsures ou périr là, dans le carnage hideux d'une curée.

Il empoigna, de ses deux mains crispées, l'énorme cou d'Ortog, fit, en même temps, un soubresaut désespéré, secouant son épaule, laissant des lambeaux de sa chair à l'animal dont l'haleine chaude, empestée, lui montait aux narines. Il arracha de l'épaule entamée cette gueule vorace, dont les dents glissèrent dans la déchiqueture de l'habit, et, farouche, appelant à lui, dans un instinct de désespoir, toute sa force, toute sa résolution et tous ses nerfs, il enfonça ses pouces dans le cou d'Ortog, tordant les tendons, et ses ongles se rejoignant, aussi féroces que les dents du chien, à travers la peau et la chair déchirées du molosse qui frappait de ses pattes, labourait de ses griffes la poitrine de l'homme.

Mais la langue du molosse pendait sous la pression étouffante de Michel Menko, de Menko voulant échapper et voulant vivre.

Et, tout en luttant ainsi, comme perdu, contre Ortog, Menko reculait, deux danois énormes bondissant toujours sur lui, parfois atteints et repoussés à coups de pied, tout rugissants, Duna, la mâchoire fracassée par un choc du talon, puis dardant leurs yeux incendiés sur cette proie vivante avec de nouvelles rages.

L'un d'eux, Bundas, ses crocs enfoncés dans la cuisse gauche de Michel, secouait cet ennemi comme pour le jeter à terre. Une chute et tout était fini. Tombant sur le sable, l'homme eût été broyé, étripé comme un cerf à l'hallali.

Une atroce douleur faillit faire évanouir

Michel c'était Bundas qui lâchait prise, arrachant toute une langue de chair.

Mais Michel se sentait délivré comme par

le couteau du chirurgien qui coupe un bras. Le malheureux serrait toujours, comme dans des tenailles, le cou farouche d'Ortog. Il sentait aussi d'ailleurs que les mouvements saccadés du chien n'avaient déjà plus la même violence terrible. Deux points blancs, pareils à des billes énormes, apparaissaient tout ronds, jaillissant des orbites, dans cette

face velue qui frôlait presque la moustache de cet être humain disputant sa vie.

Menko rejeta furieusement la masse lourde. Le chien, suffoqué, tomba sur le sable avec un bruit de sac plein et resta là, essayant à demi de se redresser, presque mort.

Michel n'avait donc plus devant lui que ses grands danois, rapides, aux bonds de lévriers, rendus plus enragés par l'odeur du sang et dont un seul, les dents

IL EMPOIGNA DE SES DEUX MAINS...

serrées, hésitait un peu à attaquer encore, tout prêt qu'il était à broyer le crâne de l'homme, au moindre faux pas.

Bundas, allongeant ses reins solides, sautait encore, son museau long tout large ouvert, les oreilles droites, et Michel parait toujours, de son bras gauche replié, l'attaque de ces dents sanglantes.

Puis tout à coup, il poussa un cri sourd, l'atroce douleur des crocs de la bête qui s'enfonçaient dans son avant-bras lui arrachant, cette fois, comme un râle.

Il lui sembla que, maintenant, c'était fini.

Chaque seconde lui enlevait de ses forces. L'énorme tension de muscles et de nerfs qu'il lui avait fallu déployer pour arracher de son épaule les dents d'Ortog, le sang qu'il perdait, tout le côté gauche de son corps labouré de morsures, taillé comme à coups de couteau, l'affaiblissaient.

Il calculait que s'il n'atteignait point la petite porte avant que l'autre chien lui eût sauté au corps, il était perdu. Perdu tout à fait. Mangé!

Mais cette porte, aurait-il le temps de l'ouvrir? Il avait intérieurement laissé la clef. Pourrait-il la tourner?

Rugissant, se tordant autour du corps de Michel, se tenant, par les dents, pendu au bras troué du jeune homme, Bundas ne lâchait pas prise; et enhardi, Duna, avec ses dents brisées, aboyait atrocement, prêt à bondir.

Michel ramassa tout ce qui lui restait de force, courut à reculons, vivement, emportant avec lui ce bourreau qui lui fouillait le bras, semblait lui broyer l'os.

Il atteignait déjà le haut de la petite allée, tout à l'heure franchie!

La porte était là!

A tâtons, dans l'ombre, sans savoir, de sa main droite restée libre, Michel chercha la clef. Le hasard ne voulait pas qu'il mourût. Ses doigts sanglants rencontrèrent le bout de fer; il allait le tourner. La porte vint à lui, mal refermée un moment auparavant. Alors, comme il avait tout à l'heure repoussé Ortog qui, déjà, au loin, debout, trébuchant, grognait et, redressé, revenait vers l'ennemi, Michel Menko arracha de son bras Bundas, en lui entrant les doigts et les ongles dans les oreilles, et le chien à peine rejeté à terre et prêt à rebondir, le Hongrois s'enfonça brusquement dans l'entrebâillement de la petite porte et la referma d'un coup bref, au moment où les deux chiens à la fois, allaient lui sauter encore à la gorge.

Et, alors, là, debout, s'appuyant contre la porte même pour ne pas tomber, il demeurait un moment défaillant, le cœur lui manquant, tandis que de l'autre côté de ces ais de bois qui le séparaient maintenant de la mort, et de quelle mort! les chiens, debout sur leurs pattes de derrière, appuyés là comme des animaux rampants héraldiques, essayaient de ronger le bois, et, mordant le chêne comme tout à l'heure les chairs, faisaient craquer sous leurs dents des débris arrachés à cette porte qui leur enlevait leur proie humaine.

Michel ne pouvait guère se rendre compte du temps qu'il demeura ainsi, entendant le grognement presque rabique de ces bêtes redevenues fauves.

Il voulait cependant partir.

Il le fallait. Et comment se traîner jusqu'à l'endroit du parc où Pierre l'attendait? C'était si loin! si loin! Il s'évanouirait vingt fois avant d'y arriver.

Allait-il donc faiblir après tout d'énergie?

Sa jambe gauche, affreusement endolorie, pouvait le soutenir pourtant. Son épaule et son bras seuls lui causaient, au moindre mouvement, des élancements atroces, comme si quelque roue de machine lui eût écrasé les os.

Il chercha son mouchoir, enveloppa ce bras saignant, nouant au hasard le linge dont il tenait le bout entre ses dents. Puis il marcha.

Il chancelait, la tête lui tournait.

Il prit dans un tas de bois, amassé par quelque bûcheron, une branche coupée. S'en faisant un bâton, s'y appuyant, il se traînait avec des arrêts fréquents, dans ces allées, qu'un vent emplissait maintenant d'un grand murmure, et qui dans l'entrecroisement des feuillages, laissaient voir le sourire implacable des étoiles.

Il était épuisé, la terre lui manquant, son corps tout entier vacillant dans le vide, lorsqu'au loin, dans la profondeur de l'allée qui descendait vers la Seine, l'arche du vieux pont auprès duquel le coupé était resté lui apparut avec sa découpure nette.

Encore un effort. Quelques pas. C'était là.

Il avançait.

Il avait peur maintenant de tomber avant d'avoir atteint le but, de rester sur cette route, couché, mourant, sans que le cocher pût soupçonner même qu'il était si près de lui.

— Allons, dit-il, commandant âprement à son corps, va! Va donc!

Deux lueurs claires, d'un rouge ardent avec des rayonnements vifs, se montraient : les lanternes du coupé.

— Pierre! cria Michel Menko dans la nuit... Pierre!

Il sentait que sa voix, étant faible, ne réveillait pas le cocher, sans doute endormi.

Alors il rassembla une dernière fois ses forces, affaibli, épuisé, et cria de nouveau et avança encore, se disant qu'un ou deux pas de plus c'était le salut peut-être.

Puis tout à coup il tomba sur le côté, n'en pouvant plus, sa main droite soutenant son corps couché à terre. Et sa voix, de plus en plus basse, lui manquait presque.

Le cocher, heureusement, avait entendu. L'accent désespéré de l'appel lui disait qu'il

y avait un danger, un malheur. Il sauta à bas
de son siège, courut vers son maître, et, le
relevant, l'amenant, en lui servant d'appui,
jusqu'à la voiture, il poussa un cri effrayé
en apercevant le bras saignant, le flanc
déchiré, la chemise en lambeaux du comte,
dont la tête nue et hagarde était celle d'un
mort.

— Ah! Dieu de Dieu! d'où venez-vous? dit-
il. On vous a assassiné?

— Le coupé... asseyez-moi dans le coupé...

— Mais il y a des médecins ici! Je vais...

— Non... Rien. Pas de bruit. Ramenez-
moi à Paris. Je ne veux pas qu'on sache...
A Paris... Tout de suite...

Il s'évanouit, cette fois, sur les coussins.
Pierre, avec l'eau-de-vie de sa gourde
apportée comme un en-cas réchauffant, lui
frottait les tempes, lui versait des gouttes
sur les lèvres immobiles, et, lorsque Michel
Menko revint à lui, le cocher fouettait le
cheval et galopait vers Paris en grommelant,
et en disant dans un haussement d'épaules :

— Il doit y avoir encore là-dedans de la
femelle. Satanées femmes! Est-on bête tout
de même de s'en inquiéter tant que ça!...

Au petit jour, le coupé arrivait à Paris.

Pierre entendait, à la barrière, des maraî-
chers qui, croisant la voiture élégante, aux
lumières assoupies maintenant, et pâles
comme la lueur d'un ver luisant, disaient
tout haut :

— C'est moi qui voudrais être à la place
de celui qu'on carrosse là dedans, tiens!

Et, philosophiquement, Pierre songeait :

— Imbéciles! S'ils savaient pourtant!...

XVIII

Là-bas, à Maisons-Laffitte, dans le grand
parc du prince Tchéréteff, Marsa, aux premières lueurs du jour, descendait en tremblant au jardin tout embaumé de vie matinale.

Elle allait vers la petite porte, du côté de
la forêt, se demandant quelle épouvante
éclairait cette aurore.

Au-dessus des arbres finement découpés
en dentelles sur le ciel pâle, des nuages
roses s'étendaient comme des flocons d'une
étoupe délicate, soyeuse, où le fin croissant
de la lune, déjà pâli, fondu comme une
apparition qui s'évapore, se montrait aiguisé
en une lame d'argent, et, vers le levant,
dans la splendeur dorée du soleil, les cimes
des arbres se découpaient sur un fond de
cuivre comme sur un fond de peinture
byzantine. Ce calme, cette fraîcheur, cette

poésie matinale, cette rosée sur l'herbe
mouillée, enveloppaient les choses d'un bain
de pureté, d'air et de jeunesse. Et Marsa
frissonnait, se disant que, peut-être, ce jour
doux et rose se levait pour éclairer un
cadavre.

Elle s'arrêta brusquement, voyant venir à
elle le jardinier très pâle.

— Ah! mademoiselle, si vous saviez! Cette
nuit, les chiens ont aboyé, aboyé... Mais ils
crient tant d'habitude après la lune ou les
ombres, qu'on ne s'est pas même levé pour
voir ce qu'il y avait. Eh bien!...

— Eh bien? dit Marsa affreusement émue.

— Eh bien! il y a eu un voleur cette nuit,
ou plusieurs, car le pauvre Ortog est à
moitié étranglé. Mais les coquins ne doivent
pas être blancs et n'en ont pas mené large.
Celui qui s'est avancé par la petite allée
jusqu'au pavillon a été un petit peu croqué,
en douceur... On pourrait suivre sa trace à

— AH! MADEMOISELLE, SI VOUS SAVIEZ!

des gouttes de sang dans le parc... Ça va très
loin... très loin...

— Alors, demanda Marsa vivement, il s'est
échappé?... Il n'est pas mort?

— Non, certainement. Il s'est sauvé.

— Ah! tant mieux! s'écria la Tzigane dans un grand élan de terreur envolée.

— Mademoiselle est trop bonne, dit le jardinier. Du moment qu'on entre comme ça chez les autres, on s'expose à être descendu tout net comme un lapereau ou à passer à l'état de bifteck pour les chiens. C'est égal, pour avoir fait tirer comme ça la langue à Ortog, il fallait une jolie poigne. Pauvre bête, va! — Sans compter que Duna a les dents cassées. — Mais le gredin a son compte aussi, car il en a laissé, allez, de bonnes flaques de sang sur le sable!

— Du sang!

— Le plus curieux, c'est que la petite porte du parc, dont personne n'a la clef, était ouverte en dedans. C'est par là qu'on est entré et qu'on est sorti. Si cette canaille de Saboureau, mon aide, vous savez bien, que le général Vogotzine a si bien congédié, et qui avait la clef autrefois, n'était pas mort, je dirais que c'est lui!

— Il ne faut accuser personne, dit Marsa.

Le jardinier revint aux environs du pavillon, et regardant les traces rouges que le sable avaient bues et que pompait le soleil levant dans le doux ciel rose :

— Toujours est-il, dit l'homme, que ça ne s'est pas fait tout seul, ça! Je vais avertir le commissaire!

XIX

La dernière nuit de la fiancée dans sa chambre de jeune fille! Le dernier regard à ce lit de vierge où elle ne reposera plus, à ces rideaux blancs qui faisaient comme un voile à son sommeil! Le dernier coup d'œil ému et presque tremblant aux cheveux qui se dénouent, à l'épaule qui frissonne, à cet être vivant qui est elle-même et qui sera demain à un autre! Les terreurs ignorantes, les craintes pleines de désirs, l'angoisse douce au seuil de cet état inconnu, le mariage, qui sera la vie et le devoir bientôt, — les larmes de regret mêlées aux larmes de joie, tout ce qui fait tressaillir d'espoir peureux la jeune fille qui sera bientôt une femme, Marsa, toute seule dans sa chambre, où, sur un divan était jetée sa robe blanche, se disait que celles-là sont heureuses, heureuses et enviées, qui ressentent ces battements de cœurs et ces chères terreurs, meilleures que des ivresses.

Elle qui se sentait dans l'âme, dans cette âme farouche, implacable pour le mal, tous les appétits de dévouement et de fières vertus, elle qui rêvait des héroïsmes et des loyautés, elle était condamnée à mentir où

à perdre brutalement l'amour du prince Andras, qui était sa joie et sa revanche. Pas d'autre alternative. Elle n'y voulait point penser. Non, non. Puisqu'elle avait rencontré cet homme, supérieur à tous les autres, puisqu'il l'aimait et qu'elle l'aimait, elle lui prendrait une heure de sa vie, quitte à la payer, cette heure bénie, de la sienne propre.

Andras la maudirait, sans doute; mais elle aurait vécu, du moins, de l'amour rêvé du héros.

— Sa maîtresse ou sa femme, peu m'importerait, songeait-elle. Sa chose, son esclave, voilà ce que je veux être. Et qu'il me chasse après! J'irai finir je ne sais où, mais après lui avoir appartenu.

Elle n'eût point redouté de se perdre à jamais aux yeux d'Andras par un aveu, qu'elle lui eût dit hardiment :

— Ce n'est pas votre titre que j'aime. Vous m'aimez, ne m'épousez pas, prenez-moi et aimons-nous!

Mais s'il l'eût regardée alors comme une sorte de courtisane? S'il l'eût méprisée et s'il eût fui? Non, encore une fois, mieux valait donner sa vie et prendre cet amour que lui offrait le sort en échange de sa propre vie.

Et avec une expression d'ineffable ivresse elle revoyait une vision passée : — elle revivait en souvenir, elle retrouvait l'impression poignante, un jour ressentie, lorsqu'elle avait rencontré sur le chemin qui conduit de Maisons-Laffitte à Saint-Germain, des Bohémiens errants, deux hommes et une femme, le teint cuivré, avec ces yeux d'Orientaux où brûlait, comme un charbon, l'ardente mélancolie de sa race. La femme, une sorte d'épieu à la main, conduisait de petits chevaux aux crinières longues, pareils à ceux qui galopent dans les plaines hongroises. Sur ces chevaux, posés comme des paquets, ficelés comme des colis et vêtus de hardes, des enfants, tout petits, trois ou quatre, Marsa ne savait plus, étaient jetés là et ballottés à travers la poussière de la route. La femme, grande, brune et fanée, une sorte de pagne sur la tête, tendait la main vers la voiture de Marsa avec un geste courbé et un large rire muet, le rire suppliant de ceux qui mendient. Un grand jeune gars, crépu, coiffé d'un fez rouge, son frère, car cette femme était vieille ou peut-être l'était-elle moins qu'elle ne semblait ; la misère ride, marchait à ses côtés, derrière les trois ou quatre petits chevaux maigres. Au bas de la route, un autre homme attendait, las, courbé, assis au rebord du chemin, vers la montée de Carrières, près d'une blanchisserie dont les ouvrières le regardaient avec effroi, parce qu'au bout d'une corde, le Bohémien tenait un petit ours gris allongeant dans le ruisseau son museau pointu cerclé de cuir. En passant près d'eux, Marsa Laszlo s'était mise à dire, involontairement dans la langue de sa mère : *Be szomorú !...* Comme c'est triste !... L'homme alors avait relevé la tête et, sous sa calotte turque, un éclair de joie s'était allumé dans sa face jaune, tandis qu'à travers ses moustaches on voyait ses dents que découvrait un rictus où il semblait à Marsa — qui sait? elle se trompait peut-être — voir sourire l'amour du pays abandonné... Eh bien! maintenant, elle ne savait pourquoi, la vision de ces pauvres êtres allant par les sentiers lui revenait, et elle se disait que ses humbles aïeux ignorés, perdus, comme ces malheureux, dans la poussière et la boue des chemins, eussent été bien étonnés si on leur eût dit qu'un jour une fille née de leur sang épouserait un Zilah, un des chefs de cette Hongrie dont ils étaient, les pauvres gens, les chanteurs obscurs et inconnus!...

Ah! quelle joie! Quelle fièvre! Quel songe impossible, et réalisé cependant!

Il n'y avait pas, du moins, entre elle et Zilah la mort d'un homme. Michel Menko, après avoir failli succomber, guérissait de ses blessures. Elle le savait par la baronne Dinati, qui attribuait, disait-elle, la maladie de Michel à quelque coup d'épée secrètement reçu pour quelque femme. C'était le bruit qui courait Paris. Le jeune comte, en effet, avait condamné sa porte, et n'admettait personne à son chevet. Quelle femme pourrait-ce bien être?

Et la petite baronne cherchait.

Marsa pensait encore en frissonnant à l'horrible nuit où les chiens hurlaient; mais, à dire vrai, elle n'avait point de remords. Elle s'était défendue. L'enquête commencée par la police et la gendarmerie n'avait pas amené un résultat plus décisif que les points d'interrogation de la baronne Dinati. Dans le pays, on était persuadé que la maison russe avait été attaquée par quelques rôdeurs dont on signalait la présence en Seine-et-Oise, dévalisant les demeures vides et battant la campagne en quête de hasards. On avait même arrêté un vieux vagabond qu'on accusait d'avoir aidé à faire le coup chez le général Vogotzine. Le vieux répondait : « Je ne connais même pas la maison. » Mais ce Menko n'était-il pas plus coupable cent fois qu'un voleur? C'était pis que l'argent d'un coffre qu'il avait osé venir chercher, c'était l'amour d'une femme dont il avait déjà broyé le cœur. Et fort de sa trahison passée, il prétendait imposer à une malheureuse, déjà trop punie de l'avoir aimé, la honte nouvelle de son amour! Contre qui attaquait ainsi, toutes les armes étaient bonnes, fût-ce la dent d'Ortog. Garde-toi, je me garde. Les chiens de la Tzigane avaient su la défendre. C'était bien cela qu'elle attendait de ses compagnons.

Michel Menko fut mort que Marsa eût dit, avec le fatalisme d'Orient : « Il l'a voulu ! » Elle était reconnaissante pourtant à la destinée d'avoir châtié le misérable en le laissant vivre.

Et puis elle l'oubliait, encore une fois, ou elle ne pensait plus à lui que pour le maudire de l'avoir trompée, de lui avoir arraché ces joies profondes et douces, ces joies tendres de la jeune fille qui ignore et qui se dit, songeant à celui qu'elle a choisi, au maître, à l'époux, au bien-aimé, dans le demi-sommeil souriant, la tête sur l'oreiller qui la soutient pour la dernière fois : « Je serai à lui demain! »

Ah! le frisson exquis de la fiancée qui tremble, les candeurs et les étonnements de la vierge, le charme béni des terreurs qui ne savent rien et qui redoutent tout, en appelant l'heure d'amour!

Oui, Marsa maintenant maudissait plus encore ce Menko et le méprisait plus profondément, car il avait par avance empoisonné pour elle toute joie, et il la condamnait, comme aujourd'hui, à un silence aussi coupable qu'un mensonge ou à un aveu aussi cruel qu'un suicide.

XX

L'heure vint cependant où il fallait pour Marsa devenir la femme du prince Andras ou lui avouer qu'elle était une fille perdue. Elle eût voulu lui tout apprendre maintenant qu'elle n'en aurait pas eu le courage. Elle s'était habituée à cette idée qu'une femme n'est pas nécessairement condamnée à ne plus aimer parce qu'elle a rencontré un lâche qui a abusé de son amour. Elle marchait comme dans une atmosphère d'illusion et de chimère. Ce qui se passait autour d'elle ne semblait même pas exister. On l'habillait, on lui mettait sur ses cheveux noirs le voile blanc des vierges; elle fermait les yeux à demi et elle murmurait:

— Le beau rêve!

Rêve, et pourtant par un prestige singulier, réalité consolante comme une clarté d'aurore après un cauchemar lugubre. Ce qui était faux, mensonger, impossible, une vision de malade, une fantasmagorie née de la fièvre, c'était Michel Menko, c'étaient les années enfuies, les baisers d'autrefois, les menaces d'hier, les aboiements de ces chiens acharnés après cette ombre qui n'existait pas.

Le général Vogotzine, en bel uniforme, sanglé, étouffant dans sa veste serrée, avec sa large casquette à petite cocarde sur le front, et la rangée de ses croix sur sa poitrine, croix militaire de Saint-Georges, à ruban rouge et noir, croix de Sainte-Anne, à ruban rouge, toutes les croix possibles, se présenta le premier à la porte de sa nièce, son sabre traînant sur le palier.

— Qui est là? dit Marsa.

— Moi, Vogotzine.

Il entra, Marsa lui ayant crié que la porte n'était point condamnée.

Le soldat tourna tout autour de la jeune fille, en caressant sa moustache d'un blanc jaune, comme s'il eût passé une inspection.

VOGOTZINE ENTRA...

Il trouvait Marsa charmante. Toute pâle dans sa robe blanche, avec l'agrafe du comte Sandor à son côté, l'agrafe aux opales de la Tisza, toute prête pour retenir le bouquet de fleurs que lui tendait une de ses femmes de chambre, elle n'avait jamais eu plus d'élégance altière, de charme capiteux, et cette pâleur plus accentuée sur le visage impassible la faisait comparer à une « statue de marbre » par Vogotzine, qui tournait le madrigal d'une façon assez banale.

— Comme vous êtes galant, ce matin, général, dit-elle d'un ton involontairement dur, une émotion violente lui étreignant la poitrine.

Elle repoussa, d'un geste brusque, les fleurs d'oranger que la femme de chambre allait lui attacher au corsage.

— Non, dit-elle. Pas cela. Des roses!

— Mais, mademoiselle...

— Des roses! répéta Marsa. Et pour mes cheveux, des roses blanches aussi!

Le vieux général risqua, cette fois, une plaisanterie plus moderne.

— Vous trouvez la fleur d'oranger trop vulgaire, Marsa? Diable! Elle ne court pourtant pas les rues!

Et son gros rire soulignait lourdement sa grosse plaisanterie.

Le regard noir de la Tzigane, planté droit dans les sourcils du général hérissés sur des yeux d'un bleu de porcelaine, arrêta tout net l'hilarité de Vogotzine, qui, d'un mouvement machinal, se redressa militairement, comme si le tzar eût passé par là.

— Je vous laisse habiller, ma chère, dit-il au bout d'un moment.

Il se sentait d'ailleurs étouffer déjà sous cet uniforme qu'il n'avait plus l'habitude de porter, et, dans le jardin, il ôta sa casquette ; le dessus de son crâne apparaissant rouge et congestionné entre le demi-cercle gris de ses cheveux ras.

En attendant l'arrivée de Zilah, le général demanda du *cherry cordial*, une liqueur danoise, qu'on lui servit dans le jardin.

— Beau temps d'août, disait-il tout en buvant. Ils auront un temps superbe!... Mais j'étoufferai.

L'avenue s'emplissait déjà de monde. On parlait un peu partout de ce mariage à Maisons-Laffitte, dans la Colonie de la fashion qui habite le parc et dans le village, formant la partie démocratique du pays. Peu de gens étaient invités à Maisons, Marsa et le général vivaient à l'écart, mais ce mariage préoccupait jusqu'aux gens de Sartrouville et du Mesnil. On était venu pour voir passer, à travers les glaces du coupé, la Tzigane dans sa robe blanche.

— Qu'est-ce que c'est que tout ce bruit? demandait Vogotzine aux valets en grande tenue.

— Ce bruit, général? Ce sont les habitants qui viennent pour regarder.

— Vraiment? Ah! vraiment? Eh bien! ils n'ont pas mauvais goût, ils verront une jolie femme et un bel uniforme.

Et, sous sa tunique de drap, il développait ses pectoraux comme autrefois dans les grandes parades du temps de Nicolas et les défilés sur la Perspective, ou les revues au camp de Tsarkoë-Selo.

Il se fit, au dehors, à travers les branches, derrière les marronniers qui cachaient l'avenue, un brouhaha soudain qu'un roulement de voitures et de plusieurs claquements de fouets avaient précédé comme une fanfare.

— Ah! s'écria le général, c'est Zilah!

Et buvant rapidement un dernier verre, il s'essuyait la moustache et s'avançait vers le prince Andras, qui descendait de voiture.

Yanski Varhély et un Italien des amis du comte, Angelo Valla, ancien ministre de la République de Venise au temps de Manin, petit homme coquet, propret, souriant, accompagnaient le prince. Avec sa cravate blanche, son frac noir qui lui collait élégamment à la taille, ce beau sourire confiant, heureux et fier, qui relevait sa moustache blonde, Andras Zilah paraissait avoir à peine dépassé la trentaine. Un rayonnement de jeunesse animait ses yeux clairs. Se tenant droit, la tête haute avec ses cheveux qui semblaient blonds, il avait sauté d'un pied leste sur le sable qui joyeusement criait sous son talon et, s'avançant dans les allées pleines d'aromes et de lumière de ce jardin, en apercevant là, comme épanouie dans une blancheur ensoleillée, cette maison où l'attendait Marsa, il lui semblait qu'il marchait, dans l'éblouissement d'une gloire, à son premier rendez-vous d'amour.

Il franchit les marches du perron, et Vogotzine, après lui avoir serré la main, lui demanda pourquoi diable il n'avait pas mis son costume national de Magyar, ce veston collant à brandebourgs que les Hongrois portent avec une si coquette désinvolture.

— Regardez-moi! Mon cher prince, je suis sous les armes.

Andras avait hâte de voir Marsa. Il sourit poliment à la question du général et lui demanda où était sa nièce.

— Elle passe son uniforme, dit Vogotzine avec un gros rire qui, sur son ventre, faisait danser son ceinturon et la poignée de son sabre.

La plupart des invités devaient tout droit se rendre à l'église de Maisons. Les intimes seuls arrivaient, la baronne Dinati ayant

— ELLE PASSE SON UNIFORME...

tous, suivie de Paul Jacquemin qui prenait éternellement des notes, chez Marsa, complimentant à la fois Andras et le général, lequel s'inquiétait surtout de retenir le plus de monde possible au lunch, après la cérémonie. Vogotzine tenait à se montrer sans doute dans tout le rayonnement de son majestueux appétit.

Très jolie dans sa robe de damas rose à paniers Louis XVI, un chapeau Rembrandt autour duquel serpentait une plume énorme — Jacquemin, demeuré en bas, avait déjà pris toutes ces indications sur son carnet, — la petite baronne était entrée comme un coup de vent chez Marsa, embrassant la jeune fille et s'exaltant sur sa beauté:

— Ah! que vous êtes charmante, chère enfant! Voilà l'idéal de la mariée! Vous êtes à peindre!... Adorable! Et que vous avez bon goût de mettre des roses et non des fleurs d'oranger, si banales, bonnes pour de petites bourgeoises de la rue Saint-Denis. Tournez-vous. Vous êtes exquise!

Marsa, plus blanche que ses vêtements, se regardant dans la glace avec un sentiment bizarre, heureuse de se savoir belle, puisqu'elle allait être à lui, et cependant contemplant cette grande figure pâle comme si ce n'eût pas été sa propre image.

Elle avait éprouvé parfois de ces impressions de dédoublement de son être dans ces rêves où il semble qu'on assiste à la vie d'un autre, où l'on est comme le spectateur désintéressé de sa propre existence.

Il lui semblait que ce n'était pas elle qui se mariait ou que, tout à coup, brusquement le réveil allait venir.

— Le prince est là! lui dit la baronne Dinati.

— Ah! fit Marsa.

Elle avait tressailli d'une sorte de terreur involontaire comme si ce même nom du prince était à la fois celui d'un époux et celui d'un juge. Mais quand, toute parée, superbe dans ces blancheurs d'étoffe qui l'entouraient comme d'un rayonnement de candeurs, le corsage collant à son buste fier, les splendeurs de la jupe que soulevait la femme de chambre traînant derrière elle avec des bruissements qui caressaient Marsa descendant lentement chaque marche où le bout de son pied se posait, blanc comme une colombe, apparut dans l'encadrement de la porte du petit salon où Andras attendait, elle se sentit enveloppée d'amour, réchauffée par le beau sourire lumineux du prince, ébloui lui-même par cette vision blanche à qui l'atmosphère légère et gaie, le ciel bleu, le frisson des arbres entrant par la fenêtre ouverte, les clartés, faisaient comme un cadre de lumière et de joie.

Il s'avança vers elle avec une effusion ardente, prenant entre ses mains les mains gantées de la jeune fille, et, tout bas, pendant qu'elle baissait ses longs cils sur ses joues pâles :

— Que vous êtes belle, Marsa! dit-il, en contemplant cette chevelure au noir avivé par la blancheur des voiles et du visage.

Et pour la première fois, le prince lui parlant d'un ton où le respect se fondait en amour, elle tressaillit sous ces simples mots qui étaient l'explosion d'une âme :

— Et que je t'aime!...

Et le prince les disait, ces mots, avec une douce pression et un regard qui glissait au fond du cœur de Marsa.

Puis ils échangeaient de ces mots émus, de ces paroles chères qui, dans leur banalité éternelle, sont comme une musique aux oreilles de ceux qui aiment. On s'était éloigné d'eux pour les laisser tout entiers à cette minute furtive, heureuse et bénie, qui ne se retrouve plus et qui, au seuil de l'inconnu, a comme une joie hésitante et douce, attristée comme un adieu, ivre d'espoir comme un lever de soleil.

Il lui disait quel amour infini il avait pour elle, et quelle reconnaissance il lui gardait pour avoir consenti, elle avec sa jeunesse et sa beauté, à devenir la femme d'un quasi-exilé, qui gardait encore, malgré ses efforts, quelque chose peut-être de la mélancolie du passé.

Mais elle, avec une expression de reconnaissance absolue, un élan de dévouement et d'amour où toute l'énergie, la passion de sa nature et de sa race vibraient, comme trempées de larmes.

— Ne me dites pas que je vous donne ma vie, disait-elle. C'est vous qui d'une fille de la steppe faites une femme honorée, glorieuse, trop glorieuse et trop heureuse et se demandant pourquoi tout ce bonheur vient à elle.

Alors rêvant, appuyant involontairement son bras au bras de Zilah, laissant glisser vers lui sa tête brune :

— Il y a un proverbe de chez nous qui dit, vous en souvenez-vous: *La vie c'est l'orage!* Je me le suis répété bien souvent, avec des tristesses sans fin! Ah! si vous saviez!...

Elle secoua brusquement sa tête.

— Maintenant, ce méchant proverbe-là, c'est le refrain de notre vieille chanson qui l'efface : *La vie est un collier de perles!*

Et, Marsa oubliant, perdue au fond de son rêve qui était maintenant une réalité tangible, restait là, ne disant plus rien et regardait, d'en bas, avec ses beaux yeux à présent humides, Andras, qui souriait toujours et lui disait encore et lui répétait dans un murmure :

— Je t'aime!

Tout disparaissait du reste du monde autour de ces deux êtres absorbés dans leur amour, bercés par le grand murmure du vent et baignés de la lumière du ciel.

XXI

La petite baronne alors entrait, riant, les appelant, leur disant l'heure et, comme réveillés, Andras et Marsa la suivaient, le coupé pénétrant dans le jardin, devant le perron, et Varhély, Vogotzine, Angelo Valla, Paul Jacquemin, et les invités, faisant comme une haie d'honneur aux deux époux.

Andras et la baronne Dinati montèrent aussitôt avec Varhély, dans la voiture du comte, le général Vogotzine prenant place dans le coupé avec Marsa. Puis ce fût un roulement joyeux sur le sable, des éclairs de roues dans le soleil, un départ rapide et gai, une traversée alerte d'avenues rayées de lumière, avec des feuilles vertes que parfois les fouets des cochers faisaient involontairement pleuvoir, comme pour former une jonchée sur le passage des mariés. A travers ces allées d'ordinaire silencieuses de Maisons, les curieux regardaient, et le vieux Vogotzine mettait sans façon, en bon prince, son buste, ses épaulettes, ses croix à la portière, pour faire plaisir aux gens qui aiment les uniformes.

Marsa jeta, en descendant de voiture, un coup d'œil superstitieusement ému à la façade de l'église, humble façade grise comparable à une entrée de grange où s'ouvrait une porte gothique. Des fenêtres aux vitraux cassés. Au dessus, un clocher de plâtre tapissé de lierre, des deux côtés de son toit en pente couvert de tuiles, avec un coq sommaire, pareil à une serpe, sur le sommet. Et elle entra là, presque tremblante, en se répétant encore que cela était bien étrange, cette destinée qui réunissait de la sorte, devant un autel de village, une Tzigane et un Magyar.

Elle entra, soulevant autour d'elle de longs murmures charmés, ne voyant rien d'ailleurs, remarquant seulement que l'église était pleine et que des gens qu'elle reconnaissait à peine la saluaient. Puis elle s'agenouillait, aux côtés d'Andras, sur une chaise de velours à côté de laquelle un cierge, à poignée de velours blanc, brûlait.

La petite église, mystérieusement éclairée avec son côté droit très sombre, et, au fond dans une lumière plus claire, l'autel où le prêtre officiait, semblait comme emplie de silence, et Marsa se sentait pénétrée d'une émotion profonde, une sorte de philtre doux glissant en elle avec des caresses infinies.

Elle avait réellement bu l'oubli, elle était vraiment une autre femme ou plutôt une jeune fille, avec les puretés, les ignorances, les douces peurs heureuses de la fiancée qui ne sait rien. Il lui semblait que l'autrefois maudit, et qui datait d'hier pourtant, était une vision mauvaise, une de ces hallucinations maladives qui s'envolent avec le matin, le réveil et la santé.

Elle regardait, dans l'encadrement lumineux de l'autel, ce prêtre en étole blanche, ces enfants de chœur en surplis blancs. Toutes ces blancheurs dont elle était comme entourée avaient pour elle des ressouvenirs de pureté enfantine. Et les broderies d'or étincelaient, le soleil s'arrêtait, éclatant, plus empourpré encore par les plis d'un rideau grenat qu'il traversait, sur le drap rouge de la robe des enfants. Des lumières de cierges, d'une autre teinte rouge, plus pâle et presque jaunie, faisaient comme des trous qui brillaient sur le fond blanc. Un christ exsangue, descendu de sa croix, semblait contempler de là-haut, de ses prunelles mortes, cet homme et cette femme agenouillés devant lui.

C'était, dans l'église, une attente et une émotion solennelles. Par les vitraux aux couleurs sévères, rouges ou violets, encadrant des croix sanglantes, la verdure du dehors apparaissait secouée par le vent, les branches de tilleuls et les brindilles de vigne vierge du presbytère sautaient par touffes vertes à travers les verrières ouvertes, et ces lueurs d'un bleu profond, d'un noir violet ou d'un carmin presque sinistre tombaient par flots sur la foule assise dans le bas côté qu'éclairaient les bougies et les cierges brûlant devant une image dorée de la Vierge dans la petite chapelle qui formait le fond.

Au dehors, sur la place, la foule attendait. Les fillettes de la rue de l'Église, les blanchisseuses de la rue de Paris ou de la rue du Mesnil, accourues, curieuses, contemplaient les équipages dont les chevaux piaffaient, les cochers, droits sur leurs sièges, leurs fouets sur la cuisse, regardant ces figures hâlées, tendues vers un seul point : la porte ouverte de l'église où l'on voyait, comme dans une profondeur de grotte, — là, sous les poutrelles en triangles qui soutenaient la voûte, et dans le cadre de ces arceaux gothiques, recrépis et garnis d'ornements de bois jaunâtre du XVIIIe siècle, — Marsa en robe blanche, le dos incliné, son voile marquant seul la place de sa tête penchée dans une prière peureuse, et auprès d'elle, debout, Andras Zilah dont la belle tête blonde semblait dominer tous les assistants. Puis du fond de la petite église, une musique d'orgue sortait, chevrotante comme un clavecin, puis grondante et forte, mais pénétrante toujours et qui faisait faire, jusque sur la place, un grand silence cessant avec le dernier soupir de l'orgue. C'était alors, sur cette place, un fourmillement joyeux, plein de fièvre ; on montait, comme pour attendre le passage d'un cortège, sur la margelle du puits et les saillies de la fontaine, on s'accrochait à la corde de paille qui criait, et l'on se hissait là pour mieux voir, pour mieux entendre.

Au-dessus de ces têtes, enveloppées toutes par la pénombre verdâtre qui tombait de l'épais plafond formé par la voûte presque plane des vieux tilleuls, les feuilles s'agitaient avec un murmure sourd qui rappelait la mer, et parfois, des branches secouées, tombait en tournoyant quelque fleur d'un blanc jauni que les fillettes se disputaient, tendant leurs mains et disant :

— Celle qui l'attrapera aura un mari cette année !

Un pauvre, aveugle et maigre, accroupi sur les marches du presbytère, jetait, de temps à autre, dans ce bruit, sa prière monotone, comme une plainte d'oiseau de nuit.

Yanski Varhély, demeuré sur la place,

regardait cela presque curieusement en attendant la fin de la cérémonie. Un peu mal à l'aise dans l'atmosphère lourde de la petite église, sentant la migraine lui mettre autour du front son cercle mauvais, huguenot d'ailleurs, l'ancien soldat était sorti, ôtant son chapeau et livrant son front au vent, à la fraîcheur qui tombait des tilleuls.

Sa rude figure de Hun avait même un moment inquiété la foule qui le regardait silencieuse, puis bientôt s'était remise à bruire comme un ruisseau sur des cailloux.

Varhély jetait, de temps à autre, un coup d'œil dans l'intérieur de l'église. La baronne Dinati faisait la quête maintenant. Entre les deux rangées de chaises elle tendait l'aumônière de ses jolis bras potelés et inclinait gentiment sa tête souriante et son aimable petite personne.

Varhély faisait trois ou quatre pas devant le portail, examinant machinalement les débris du château qui forment, avec leurs revêtements de lierre, un des côtés de la place, et il allait rentrer dans l'église, lorsque, de la foule, un domestique en livrée se détacha, venant vers lui et comme cherchant quelqu'un, puis regardant aussi vers le fond de l'église en se haussant sur la pointe de ses bottines.

Après avoir un moment attendu, cet homme s'approchait de Yanski et se découvrant :

— C'est bien à monsieur Varhély que j'ai l'honneur de parler? demanda-t-il.

— Oui, fit Yanski, un peu étonné.

— J'ai une commission pour le prince Andras Zilah; monsieur voudrait-il avoir la bonté de se charger de remettre cela au prince? Je demande pardon à monsieur, mais c'est très pressé, et il faut que je reparte à l'instant. J'aurais même dû porter cela à Maisons depuis hier.

Et, de la poche intérieure de sa livrée, le domestique tirait un petit paquet soigneusement enveloppé et scellé de cachets rouges que retenait un fil léger.

— Monsieur m'excusera, dit-il encore. Mais c'est très pressé!

— Qu'est-ce que c'est que ça? demanda Varhély un peu brusquement. D'où cela vient-il?

— C'est de la part de monsieur le comte Michel Menko.

Varhély savait fort bien, comme Andras lui-même, que Michel venait d'être gravement malade, blessé, il se fût étonné sans cela de l'absence du jeune homme au mariage du prince.

Il crut à un souvenir de Menko, à un cadeau de noces, et prit le petit paquet en le tordant machinalement dans sa main. Mais il s'étonna alors. On eût dit que ce paquet était un paquet de lettres.

Il regarda la suscription. D'une écriture nette et ferme, le nom du prince Andras Zilah avait été tracé et, en caractères hongrois, Michel Menko avait écrit à l'angle gauche *Très pressé! Avec l'expression de mes excuses et de ma tristesse*. Et, plus bas, la signature *Menko Mihály*.

Le domestique était toujours là, debout, respectueusement découvert.

— Monsieur sera assez bon pour me pardonner, dit-il, mais, au milieu de cette foule, je ne pourrais peut-être pas arriver jusqu'à Son Excellence. Et les recommandations de monsieur le comte sont si formelles!

— C'est bien, dit Varhély. Je remettrai cela moi-même au prince tout à l'heure.

Le domestique saluait, remerciant encore, et laissait Varhély vaguement inquiet de ce paquet inconnu qu'on apportait là et que Menko adressait au prince.

« Avec l'expression de ses excuses et de sa tristesse! » Michel voulait sans doute dire par là qu'il était navré de ne pouvoir se joindre aux amis d'Andras, lui qui en était un des plus aimés, un des plus intimes, lui que le prince appelait « mon enfant ». Oui, parbleu, c'était cela évidemment. Mais pourquoi ce paquet cacheté et, en vérité, que contenait-il? Yanski le tournait et le retournait entre ses doigts velus dont les spatules paraissaient vouloir s'enfoncer dans cette enveloppe avec une hâte de savoir.

Il se demandait vraiment s'il allait remettre cet envoi au prince. Et pourquoi pas? Quelle folie de croire qu'une nouvelle désagréable pût venir de Michel Menko! Le jeune homme, incapable de se faire transporter à Maisons, tenait à envoyer ses vœux au prince, et Zilah serait heureux de recevoir ce lointain salut de l'ami. Voilà tout. Il n'y avait là aucun ennui possible, aucun. C'était, au contraire, un hommage et une joie de plus qui venaient à Andras.

Maintenant Varhély ne pouvait s'empêcher de sourire de ces involontaires mouvements de nerfs que cause parfois une lettre soudaine apportée dans des circonstances bizarres, ou une dépêche inattendue. Ce quelque chose d'inconnu qui tombe brutalement dans l'existence prend des aspects de menace inquiétante. Il y a du spectre dans certaines lettres brutales, dont l'enveloppe seule, d'avance, fait magnétiquement trembler. Le rude soldat n'était pas coutumier de pareilles faiblesses et il se reprochait comme un enfantillage cette espèce de crainte instinctive à présent dissipée.

— Est-on bête tout de même! grommelait Varhély.

Il haussait les épaules et regardait la chapelle.

Du fond de l'église, une musique d'orgue venait avec le murmure de la foule prête à sortir et le bruit du remuement des chaises sur les dalles. La marche du *Songe d'une nuit d'été* se déroulait avec des majestés de velum déployé sur les deux époux qui marchaient vers la place. Marsa souriait à cette musique de Mendelssohn qu'elle avait jouée tant de fois et qui maintenant chantait pour

— QU'EST-CE QUE C'EST QUE ÇA?

elle le cantique de l'amour heureux. Elle regardait cette église pleine de gens à qui Zilah envoyait en passant un salut et un remerciement d'une légère inclinaison de tête. Au fond, la porte s'ouvrait sur la lumière, sur les feuilles vertes, sur des murailles criblées de soleil. Et, éblouie par cette clarté du dehors, Marsa, les yeux fixés sur la découpure lumineuse du portail, n'apercevait plus rien dans les demi-ténèbres de cette église d'où, sur son passage, une sorte de bruit de houle admirative montait.

Il y eut encore sur la place une longue exclamation flatteuse lorsque, dans sa robe blanche, Marsa se montra sur le seuil. Elle rayonnait. Cette foule, qui s'ouvrait devant elle, la regardait avec des avidités charmées. La portière du coupé d'Andras était ouverte. Marsa sauta légèrement sur les coussins et Andras, souriant, heureux d'une joie profonde, d'une renaissance de jeunesse et de foi, s'asseyait à côté d'elle, laissant tomber à l'oreille de la Tzigane, au moment où la voiture partait, ce cri débordant de son cœur:

— Ah! que je l'aime! ma bien-aimée! mon adorée Marsa!. Que je t'aime et que je suis heureux!

XXII

Ils étaient, elle et lui, entourés comme d'une atmosphère de joie. Ces visages souriants, ces saluts, cette foule où le coupé avait peine à s'ouvrir un chemin, ce bruit joyeux, les échos de ces cloches lancées à toute volée, de cette musique de Mendelssohn qui jetait, là-bas, ses accents de triomphe, cette pluie de soleil sur la verdure des arbres, ces trouées de ciel bleu, cette chaleur d'été sur l'épanouissement des êtres et des choses, tout faisait monter au cerveau des époux comme des parfums d'ivresse, et, dans l'intensité de ce bonheur, énervée et charmée à la fois, la Tzigane, le cœur gonflé et débordant, sentait à ses yeux monter des larmes heureuses.

— C'est un beau mariage! Vraiment c'est d'un réussi! Les mariés! Le décor, ces tilleuls! ces bons paysans, ces fillettes! Tout, tout est d'un complet! Un Debucourt!... Un Tanuai!... Si jamais je me remarie, répétait en riant la baronne Dinati, je me remarierai au village.

— Baronne, quand vous voudrez, disait alors le vieux Vogotzine, retrouvant un peu de galanterie dans l'électricité de ce jour d'été.

Et Jacquemin, spirituel, disait au Russe :

— Ah! charmant, général!... Très pur! Très Régence!... Je le note!...

Les voitures filaient vers la maison de Marsa, dans les grandes avenues et contournaient rapidement les bassins du parc où l'eau des jets d'eau riait en tombant et se volatilisait à demi, tout autour, sur les fleurs des massifs. Devant l'église, les enfants se disputaient l'argent et les bonbons que leur faisait distribuer le prince Andras. Auprès du buffet, dans le grand salon de Marsa, les domestiques, en livrée, attendaient les invités pour le lunch. Les cristaux illuminaient la nappe blanche; le champagne rosé ou doré baignait entre les morceaux de glace dans les seaux d'argent. Ce fut comme un assaut, les moustaches du général Vogotzine guidant hardiment la colonne. Tous ces appétits excités par le grand air faisaient honneur aux pâtés, aux poulets froids, aux sandwichs de foie gras que la petite baronne Dinati, le sang à la lèvre, croquait comme des bonbons en les arrosant de Léoville que Jacquemin dégustait en le trouvant habitable.

Et elle allait, riant, jasant, regardant tout, s'amusant comme à une première, racontant qu'elle partait le soir même pour Trouville, avec des malles et des malles, et des malles. Un tas! C'était la semaine des courses, concevez donc!

Et, son lorgnon sur son petit nez fin, elle s'arrêtait devant un bibelot, un tableau, n'importe quoi, criant tout à coup, avec son rire de courlis :

— Oh! c'est joli, ça! que c'est joli! C'est un Tanagra!... Parfaitement... Comme c'est drôle, ces Tanagra! Ça prouve qu'il y avait des cocodettes dans l'antiquité! N'est-ce pas, Varhély? Oh! mais, vous, vous ne savez pas ce que c'est que les cocodettes!...

— Tanagra, disait Jacquemin, c'est Gavarni avant la lettre!...

Et la baronne Dinati se plantant un verre de malaga dans la main gauche devant un portrait de Marsa, une toile d'un caractère étrange, puissant et particulier, œuvre d'un peintre qui sait rendre une âme dans un regard :

— Tiens, mais c'est superbe, ce portrait! De qui est-ce, Marsa?

— De Zichy, répondait Marsa.

— Ah! oui, Zichy! Ça ne m'étonne plus... Il y a aussi un autre peintre hongrois qui fait très bien... On m'en a parlé... C'est un vieux, je ne me rappelle plus... un nom comme Barrabas...

— Nicolas de Baratas, dit Varhély.

— C'est ça, oui! Un maître, paraît-il, ce vieux peintre. Mais votre Zichy me plaît infiniment. Il vous a fait des yeux et des cheveux, et une expression de visage... Enfin c'est vous, c'est tout à fait vous, princesse! Voilà un portrait comme j'en voudrais un. Est-ce qu'il ne s'appelle pas Michel, votre Zichy?

Elle regardait la signature, le lorgnon presque posé sur la toile :

— Oui, je savais bien : Michel Zichy!

Ce nom de « Michel », jeté là tout à coup, avait fait tressaillir Marsa. Elle ferma les yeux comme pour ne pas apercevoir quelque vision rapide; puis, brusquement, elle quitta la baronne qui analysait maintenant tout haut la peinture de Zichy comme elle le faisait au Salon le jour du vernissage; elle alla vers d'autres amis, répondant à quelque flatterie par un sourire et se contraignant tout à coup, volontairement, à causer, faisant un brusque effort comme pour oublier.

Andras éprouvait, au milieu de ce bruit où le gros rire de Vogotzine alternait avec les petits cris de la baronne Dinati, un sentiment complexe : il eût voulu que ce tapage durât dans la grande maison silencieuse, maintenant emplie d'un bruit de fête, et il avait hâte pourtant de se retrouver seul avec Marsa et de l'emmener en son hôtel d'abord, à Paris, puis, de là, dans quelque coin perdu, dans la villa de Sainte-Adresse jusqu'aux jours de septembre où ils iraient à Venise, et de là à Rome ou à Pise tout l'hiver.

Il lui semblait que tous ces yeux lui prenaient une partie de sa vie. Marsa leur appartenait puisqu'elle allait de l'un à l'autre, répondant à la banalité de ces madrigaux qui désespérément se ressemblaient tous, depuis celui d'Angelo Valla, que le témoin d'Andras lui débitait en italien, jusqu'à celui du petit Yamada, le Japonais boulevardier, riant toujours de son rire de figurine de bronze et faisant des mots avec le reporter Jacquemin.

Il tardait maintenant au prince de retrouver, dans cette maison de Marsa, la chère solitude des journées précédentes, et la baronne Dinati, le menaçant gentiment de son petit doigt, lui disait gaiement :

— Vous, mon cher prince, vous avez la fièvre de nous voir partir! Oh! ne dites pas non!. Je conçois ça! Nous avions supprimé le lunch à mon mariage. Le baron m'avait tout simplement enlevée au sortir de la sacristie! Enlevée, comme dans les romans! Fouette cocher! Ne craignez rien, je vais vous les disperser, moi, vous les ramener, vos hôtes!

Elle s'envolait avant que Zilah eût répondu, et, peu à peu, en effet, la petite baronne glissant un mot à l'oreille de ses amis, tourbillonnant le long du buffet, tapant de ses petites mains sur l'épaule des obstinés, entraînait les désertions, faisait s'éloigner les gens à l'anglaise, et l'on entendait, par les fenêtres ouvertes, les voitures qui partaient, rouler une à une sur la terre sèche des avenues.

Andras et Marsa se retrouvaient enfin presque seuls, Varhély attendant encore et la petite baronne arrivant toute rouge, essoufflée et triomphante vers le comte et lui disant :

— Eh bien? Qu'en dites-vous? En fumée!.. Fût!.. Jusqu'à Jacquemin qui a repris le train!...

— Le jeu du descampativos, qu'aimait tant Marie-Antoinette à Trianon, devait un peu ressembler à ça! ajouta-t-elle gaiement de sa voix rieuse. Disparus! Envolés!.. Vous ne me remerciez pas?

Elle tendait à Andras sa petite main potelée.

— Ingrat, allez!

Elle courut embrasser Marsa, ses lèvres lumineuses comme des cerises se posant sur la joue pâle de la Tzigane, puis elle disparut rapidement dans une fuite volontairement furtive, avec un petit rire gai et un frou-frou de jupes.

De tous ces amis qui étaient là, c'était Varhély qui tenait le plus au cœur d'Andras, ils n'avaient pas, depuis le matin, pu échanger, dans ce tourbillon, une seule parole. Yanski avait bien fait de rester le dernier. C'était sa main que voulait serrer le prince avant le départ, comme si Varhély eût été un parent et le seul qui eût survécu.

— Maintenant, lui dit-il, vous n'avez plus seulement un frère, mon cher Varhély, vous avez une sœur qui vous aime et vous estime comme je vous respecte et vous aime moi-même!

La tête farouche de Yanski avait de petits mouvements convulsifs, comme le tressaillement d'une émotion que le Hongrois essayait d'étouffer sous une rudesse apparente.

— Vous avez raison de m'aimer un peu, mon cher, dit-il brusquement, car je vous aime beaucoup... beaucoup... l'un et l'autre, fit-il encore en désignant Marsa d'un mouvement de tête. Mais pas de respect! Ça me vieillit trop!..

La Tzigane, prenant le bras de Vogotzine, l'entraînait doucement vers le perron, un peu effrayée des couleurs pourprées qui vergetaient depuis un moment le front et les joues du général.

— Venez prendre un peu l'air, disait-elle au soldat, qui braquait sur elle des yeux ronds, sans entendre.

Varhély avait alors tiré de sa poche le petit paquet apporté par le valet de Michel.

— Voici de la part d'un autre ami!... On m'a remis cela à la porte de l'église.

— Ah! je me disais aussi que Menko me devait bien une lettre, fit Andras après avoir lu sur l'enveloppe la signature du jeune homme. Merci, mon cher Varhély!

— Maintenant, dit Yanski, que le bonheur soit avec vous, Andras! J'espère que vous me donnerez bientôt de vos nouvelles.

Zilah prit la main que lui tendait Varhély puis, d'un mouvement instinctif, il attira à lui son vieil ami et l'embrassa sur ses joues hâlées.

Sur le perron, Varhély retrouva Marsa qui, à son tour, lui serra la main.

— Au revoir, comte!

— Au revoir, princesse!

Elle souriait en regardant Andras qui accompagnait Varhély et tenait dans sa main le paquet dont il n'avait pas rompu les cachets.

— Princesse!... dit-elle, c'est un titre que tout le monde m'a répété à l'heure et sur tous les tons. Eh bien! il ne me fait plaisir que donné par vous, mon cher Varhély!.. Mais princesse ou non, je serai toujours pour vous la Tzigane qui vous jouera, quand vous voudrez, les airs de son pays... de notre pays!

Et il y avait, dans la façon dont elle prononçait ces simples mots, une grâce enveloppante et douce qui était pour le vieux patriote comme une évocation du passé et de la patrie.

— La Tzigane est la plus aimée! La Tzigane est la plus charmante! dit, en hongrois, Yanski Varhély répétant un refrain de chanson magyare.

Il salua d'un geste bref, quasi militaire, Andras et Marsa, debout sur le perron qu'enveloppait une lumière joyeuse, comme vibrante de reflets mouvants, le soleil qui traversait les arbres, accrochant sur la blancheur des murailles les ondes des branches, pareilles à une guipure tremblante.

Le prince et la princesse lui répondirent de la main, et le général Vogotzine, assis

6

sous un marronnier, à l'ombre, sa tunique déboutonnée, son col défait, congestionné et étouffant, essaya vainement de se remettre

l'heure prêtés déjà devant l'autel, scellés d'une longue et muette pression lorsque leurs mains s'étaient unies; seuls avec leur amour, amour ardent qu'ils lisaient depuis si longtemps déjà dans les yeux l'un de l'autre et qui brûlait, dans l'église, à travers les paupières baissés de Marsa incliné et, devant le comte lui passant au doigt l'anneau nuptial.

Ah! que cette minute de joie, d'ivresse profonde, de solitude après tout ce fracas, était bénie!

Andras avait posé sur le piano du salon la lettre de Michel Menko, et, assis, regardant au fond de l'âme Marsa debout devant lui et dont il tenait les deux mains dans ses mains.

— Bonjour, princesse! disait-il à son tour. Vous êtes princesse! princesse Zilah!... Il me semble à moi-même que ce nom est charmant à dire! Ma femme! Ma chère et bien-aimée femme!

Et, fermant les yeux, écoutant cette autre musique, la voix de l'être aimé, Marsa se disait que la vie était indulgente et douce qui lui gardait encore, après tant d'épreuves, de telles joies. Et si profondes et si ardentes, ces joies, qu'elle eût souhaité que tout finît là dans l'anéantissement heureux d'un beau rêve sans réveil.

— Votre appartement vous attend, dit le prince. Nous partirons pour Paris quand vous voudrez... quand tu voudras!

— Oui, fit-elle en se rapprochant de lui avec un frisson, en coulant sa tête brune entre le bras et la poitrine de son mari, quittons cette maison, emmenez-moi, emportez-moi, et qu'une vie nouvelle commence, ma vie à moi, ma vie souhaitée, appelée, inespérée avec un homme tel que vous et un amour comme le vôtre!

Il y avait comme de la terreur dans ces paroles, dans ce blottissement de tout son être contre ce héros enveloppé par elle d'une

— AU REVOIR, COMTE...

debout pour saluer ce dernier invité qui partait.

XXIII

Ils étaient seuls enfin, avec la liberté d'échanger ces éternels serments, tout à

admiration fiévreuse. Lorsqu'elle avait dit :
« Quittons cette maison », elle avait eu la sensation et la peur des visions cruelles d'autrefois, de tout ce qu'elle haïssait et qui lui
pesait comme un cauchemar. Elle avait soif
de l'air nouveau, respiré dans cet hôtel du
prince Andras où pas un fantôme du passé
ne pouvait la poursuivre, où elle se senti-
rait libre, affranchie, toute à lui, toute à elle-
même !

— Je vais quitter cette robe blanche, dit-elle,
et nous allons nous sauver comme deux
amoureux !

— La quitter ? Que c'est dommage ! fit
Andras. Tu es si belle avec ces fleurs dans
les cheveux, ces bouquets, ces voiles !...

— Eh bien, fit Marsa en laissant tomber
sur lui un regard doux, tandis qu'elle souriait avec une coquetterie presque mutine
que sa beauté grave n'avait jamais, je la
garderai, ma toilette de mariée. Un manteau
jeté sur mes épaules pour la cacher. Et c'est
votre femme en robe blanche que vous
ramènerez à Paris, mon cher prince, mon
héros..., mon mari !...

Il s'était levé, la serrant dans ses bras, la
pressant contre lui, sentant ce beau corps
allongé de statue florentine s'appuyer, s'en-
rouler à lui, et, elle levant vers Andras son
visage pâle aux paupières closes comme
dans le sommeil, il appuyait sa bouche sur
les lèvres de Marsa et, lentement, il buvait
ce souffle tiède et pur, tandis que, sous le
poids d'une langueur exquise, la taille de
Marsa ployait sur le bras qui la soutenait.

Une impression infinie de volupté non
ressentie encore faisait monter aux yeux
d'Andras Zilah des pleurs de joie, et, dans
ce cadre lumineux, cette belle Hongroise,
avec ces roses blanches piquées dans sa
chevelure nouée, ce front embaumé, ce
visage qui pâlissait sous les baisers, ce corps
qui frissonnait, cette poitrine ardemment
soulevée, toutes ces effluves d'amour gri-
saient le prince éperdu qui, tout bas,
répétait :

— Oui, oui ! Partons vite, Marsa !... Je
t'adore !

Elle se dégagea avec lenteur de son
étreinte, péniblement, comme brisée ; et,
deux doigts de sa main droite sur ses lèvres,
debout sur le seuil de la porte, elle lui envoya
un baiser en disant :

— Je reviens, je reviens, mon Andras !

Et voulant s'éloigner pour jeter son
manteau sur sa toilette blanche, elle restait
cependant, regardant toujours le prince.

Le piano sur lequel Andras avait jeté le
paquet remis par Varhély était là, entre elle
et lui, et, pour la suivre, le prince se leva,
appuyant sa main sur l'ébène qui recouvrait

le clavier fermé. Ils restaient immobiles,
émus, ne disant plus rien, dans cet échange
de regards chargés de promesses. Comme
Marsa se rapprochait encore, pour un dernier baiser avant de disparaître et de revenir,
elle laissa, machinalement, tomber un coup
d'œil sur ce léger paquet scellé de cire rouge,
et, brusquement, en apercevant cette écriture hongroise, écriture qu'elle connaissait,
cette adresse du prince et cette signature de
Michel Menko, elle regarda d'un air violemment effaré le prince Zilah, comme pour
savoir s'il n'y avait pas là quelque piège, si
en plaçant cette enveloppe à portée de sa
vue, comme elle était là, il ne voulait pas
éprouver Marsa.

Ou plutôt il n'y avait que de l'effroi dans
ce regard, un effroi instinctif, soudain, un
effroi qui lui mettait sur le visage un masque
blême et qui, la faisant reculer, ramenait
pourtant ses yeux sur ce papier qu'à son
tour Andras regardait, surpris de l'expression inattendue que prenait le regard presque
convulsé de la Tzigane.

— Qu'avez-vous donc, Marsa ? dit-il brusquement.

— Moi ?

Elle essayait de sourire.

— Je n'ai rien du tout ! Je ne sais pas...
Je...

Elle voulait regarder Andras bien en face,
et, comme par une volonté brutale, ce
regard était ramené vers le papier, vers ce
paquet blanc, entouré de fils et portant ce
nom : Menko !

Ah ! ce Michel ! Elle l'avait oublié !

Malheureuse ! Il revenait. Il menaçait. Il
allait se venger. Elle en était sûre.

Ce papier, ce paquet contenait quelque
chose de tragique. Que pouvait dire Michel
Menko, écrivant au prince Andras à une
telle heure, sinon lui apprendre que la
misérable qu'il venait d'épouser était une
infâme ?

Elle frémissait de la tête aux pieds, bla-
farde, s'appuyant contre le piano, les lèvres
agitées d'un tremblement nerveux.

— Je vous assure, Marsa... dit le prince.

Il lui prit les mains.

— Vos mains sont froides. Êtes-vous
souffrante ?

Ses yeux avaient suivi la direction des
regards de Marsa.

Il saisit rapidement le paquet cacheté, et
le tenant dans sa main :

— On dirait, dit-il brusquement en le
montrant à la jeune femme, que c'est cela
qui vous a troublée !

— Oh ! prince, je vous jure !...

— Prince ?...

Il répéta, étonné, ce titre qu'elle lui

donnait tout à coup, elle qui l'appelait Andras comme il la nommait Marsa. Prince? Il éprouvait, à son tour, une singulière impression d'effroi, se demandant ce que contenait ce paquet de papier, et si la destinée de Marsa, la sienne, n'étaient pas mêlées à ce quelque chose d'inconnu qu'il y avait là!

— Ah! dit-il, en cassant brusquement le fil et en arrachant les cachets de cire, qu'est-ce donc que cela?

Rapidement, comme si l'instinct de son élan l'eût entrainée malgré elle, Marsa avait abattu sa main glacée sur le poignet de son mari, et, terrifiée, suppliante, folle :

— Non, non! je vous en conjure, non! Ne lisez pas! Ne lisez pas cela, dit-elle.

Il la contempla froidement de son regard clair et, s'efforçant de garder le calme :

— Que contient donc l'envoi de Michel Menko? demanda-t-il.

— Je ne sais pas, répondait la voix étranglée de Marsa. Mais ne lisez pas! Au nom de la Vierge, l'adjuration et le serment sacré des Hongrois lui revenaient, ne lisez pas!

— Mais, savez-vous bien, princesse, dit Andras, que vous ne vous y prendriez pas autrement si vous vouliez me forcer à lire?...

Elle avait tremblé, tant il y avait de changement tragique dans la façon dont Andras avait prononcé ce mot dont il faisait tout à l'heure quelque chose de caressant et de doux : *Princesse.*

Maintenant le mot menaçait.

— Écoutez, je vais vous dire : Je voulais,... Ah! mon Dieu! mon Dieu!... Malheureuse que je suis!... Ne lisez pas, ne lisez pas!

Andras, très pâle, le visage comme creusé soudain et raviné dans sa barbe blonde, prit doucement entre ses doigts le paquet encore intact et, d'un ton doux, très lent et très grave, mais plein d'une bonté mâle, avec des tendresses où l'espoir apparaissait encore :

— Marsa, dit-il, voyons, que voulez-vous que je pense?... Pourquoi voulez-vous que je ne lise pas? Ce sont des lettres, sans doute. Qu'ont de commun avec vous des lettres à moi envoyées par le comte Menko? Vous ne voulez pas que je lise!

Il répéta, pendant que le regard de Marsa suppliait comme doit prier celui d'une condamnée entre les mains du bourreau :

— Vous ne le voulez pas?... Eh bien, soit, je ne lirai point, mais à une condition... vous me jurerez, vous entendez, que votre nom n'est pas tracé dans ces lettres... et que Michel Menko n'a rien de commun avec la princesse Zilah.

Elle écoutait; elle entendait, et Andras se demandait si elle avait compris, restant là toute droite, immobile et comme hébétée, dans l'épouvante d'une tempête morale.

— Il y a, j'en suis certain, dit-il, de sa même voix calme et lente, il y a sous cette enveloppe une machination quelconque. Je ne la connaîtrai même pas. Je ne vous demande pas autre chose et je jette ces lettres au feu. Mais jurez-moi, je vous le répète, que, quoi que puisse m'écrire ce Menko, ou un autre, quoi qu'on me dise, c'est une infamie et une calomnie. Jurez-moi cela, Marsa!

— Le jurer, jurer encore? jurer toujours donc? Serment sur serment? Ah! c'est trop! dit-elle, sa torpeur éclatant tout à coup en une explosion de sanglots et de cris. Non! pas un mensonge de plus, pas un! Monsieur, je suis une malheureuse, une misérable! Frappez-moi! Cravachez-moi comme je cravache mes chiens! Je vous ai trompé! Vous pouvez me cracher à la joue! Je suis indigne de pitié! L'homme dont vous tenez les lettres, qui se venge et qui me frappe, a été mon amant!

— Michel!

— L'être le plus lâche et le plus vil que je connaisse! Il pouvait me tuer, puisqu'il me hait; il pouvait m'arracher mon voile, tout à l'heure, me déchirer la figure, je ne sais pas! Mais faire cela, faire cela... Vous attendre, vous, vous!... Ah! misérable chien, bon à être écrasé à coups de pierre! Judas! Voleur et lâche! j'aurais dû lui planter un couteau dans le cœur!

— Ah! malheureux! dit le prince, comme poignardé.

Au cri de douleur aiguë, à l'atroce cri de blessé d'Andras Zilah, les imprécations d'une sauvagerie farouche de la Tzigane répondaient aussi, la fille de la Tisza redevenant la Bohémienne, en même temps que la fureur du sang russe grondait dans les veines de cette demi-moscovite, doublement implacable, comme une Cosaque et comme une fauve des Karpathes.

Et puis elle s'humiliait, écrasée, se déchirant les mains de ses ongles, aux pieds du prince qui restait debout et pâle, comme un justicier.

Elle n'était plus qu'un tas de chair et d'étoffe blanche d'où sortaient des supplications et des malédictions et qui se tordait les cheveux dénoués couvrant le tapis où les pâles fleurs du mariage, les fleurs de la fiancée menée à l'autel, traînaient près des talons du mari. Et Zilah, immobile, l'œil perdu, regardant à tour cette femme écrasée et ce paquet de lettres qui lui brûlait les doigts, semblait prêt à souffleter de ces preuves d'une infamie la Tzigane éperdue, louve pour menacer, esclave pour supplier.

Tout à coup, il se pencha vers elle, la prit par le poignet et la releva presque brutalement; puis, bien en face :

Il la repoussa comme avec dégoût.

— Pourquoi avez-vous commis cette infamie? Ce n'est pas pour ma fortune, vous êtes riche!..

Marsa frissonnait, humiliée et insultée par ce mépris froid. Elle eût préféré une colère bestiale, un meurtre.

— Ah! votre fortune! dit-elle, trouvant un dernier cri pour se défendre, du fond de son humiliation maintenant éternelle. Ce n'était ni cela, ni votre titre, ni votre nom que je voulais, c'était votre amour!

Le cœur navré de cet homme qui aimait se sentit comme serré dans un étau par ce mot qui tombait de ces lèvres adorées, lèvres

ÉCRASÉE AUX PIEDS
DU PRINCE...

— Savez-vous, dit-il, que la femme adultère est moins coupable que vous? Dix fois, cent fois moins coupable! Savez-vous que je puis vous tuer?

— Ah! cela, oui! Ah! avec joie, avec joie! cria-t-elle avec un sourire de folie.

souillées, dont il aspirait tout à l'heure le parfum.

— Mon amour?

— Oui, votre amour, votre amour seul!...
J'aurais été votre maîtresse, je vous aurais
dit : « Soyez mon amant », si je n'eusse
tremblé de vous perdre, de m'abaisser devant
vous, que je trouvais si grand!... J'avais
peur, peur de vous voir me fuir... Oui, voilà
mon crime! C'est une infamie, je le sais.
Mais je ne songeais qu'à vous garder... vous,
vous seul, vous, mon admiration, ma vie...
Voyons!... Je mérite d'être châtiée, oui, oui,
je le mérite... Mais ces lettres... ces lettres,
vous les auriez jetées au feu, si je ne vous
avais pas révélé le secret de ma vie... Vous
me le disiez vous-même... Je pouvais jurer...
n'est-ce pas?... vous auriez cru... je le pouvais... Non, c'eût été trop vil, c'eût été trop
lâche!... Tuez-moi!... Allez, c'est ce que je
mérite... c'est ce que...

— Où allez-vous? demanda-t-elle éperdue,
en voyant que Zilah, sans répondre, faisait
quelques pas vers la porte, et oubliant qu'elle
n'avait plus le droit de questionner.

Elle sentait que, lui parti, elle ne le reverrait jamais.

Ah! l'arrachement affreux! Un coup de
couteau, elle l'eût préféré, voulu. C'était
donc par là que devait finir cette journée de
soleil?

— Où allez-vous?

— Que vous importe!

— C'est vrai... Je vous demande pardon... Au moins... au moins, monsieur...
un mot... je vous en prie... Qu'est-ce que
vous ordonnez? Qu'est-ce que vous voulez
que je fasse? Il doit y avoir des lois pour
punir celles qui ont fait ce que j'ai fait!
Voulez-vous que j'aille m'accuser, me livrer?
Je ne sais pas, moi!

— Vivez avec Michel Menko, s'il ne me tu-
pas quand je l'aurai souffleté! répondit froidement Andras en repoussant encore cette
femme qui se tendait vers lui, agenouillée
de nouveau, les bras en avant.

Elle demeura un moment hagarde, la paume
des mains sur le tapis, se traînant à genoux,
dans sa robe blanche, jusqu'à la fenêtre
comme pour crier, appeler, retenir peut-
être cet adoré qui fuyait...

Puis quand elle entendit, contournant la
maison, roulant sur le sable du jardin s'enfonçant du côté de la grille, vers l'avenue,
vers Paris, la voiture du prince, elle s'écroula,
tombant, se tordant les cheveux, avec l'épouvantable impression du vide immense qui
emplissait toute cette maison ce matin en
tête, maintenant muette comme un tombeau.

Et tandis que le prince, là-bas, dans cette
voiture qui l'emportait, lisait avec rage les
lettres froissées où Marsa parlait d'amour,
elle, la misérable! à un autre, à cet homme

qu'il appelait « mon enfant »; pendant qu'il
s'arrêtait dans cette lecture affreuse, la tête
perdue, se demandant si cela était vrai,
si un anéantissement aussi subit de son
bonheur était possible, si tant de malheurs
viennent en si peu d'heures; pendant qu'il
avait peur de devenir fou, regardant, sans
les voir, les arbres ou les maisons de la
route, les domestiques de Marsa, au fond
de l'office, buvant les restes du champagne
et mangeant les reliefs du lunch, portaient
gaiement la santé du prince et de la princesse Zilah.

Le vieux Vogotzine seul avait paru surpris
du brusque départ du prince. Il rentrait avec
sa tunique lâche dans le salon, et trouva la
Tzigane accroupie, les cheveux dénoués, terrible.

— Qu'est-ce que cela signifie? dit-il,
Zilah?

Elle ne répondait pas, l'œil fixe, contemplant, hagarde, une vision inaperçue du
général.

— Comment! une scène! fit Vogotzine.
Déjà! Et le prince?... Parti! Ah ça, mais
c'est à Charenton qu'il va, j'espère?... Après
ça donc déjà ces Hongrois, depuis le premier
jusqu'au dernier... ils sont tous un peu fous,
parole d'honneur!...

XXIV

Paris, dont les bavardages quotidiens ont
d'ordinaire l'acuité et l'avidité des caucans
de petites villes, garde parfois sur certains
sujets graves un silence qu'on pourrait croire
généreux. Soit qu'il ignore, soit qu'il respecte, il se tait. Des soupçons vagues pla-
nent sur la vérité. On parle à demi-mots,
mais on n'affirme pas, et cette espèce d'abdi-
cation de la malignité publique est le plus
complet hommage qu'elle puisse rendre, soit
au caractère, soit au talent.

Le monde spécial des étrangers de Paris,
cette société contrastée qui pivotait et pirouet-
tait autour du salon de la baronne Dinati ne
devait pas ignorer que la princesse Zilah,
depuis ce mariage qui avait attiré à Maisons-
Laffitte une partie de la *fashion* interna-
tionale, n'avait point quitté la maison qu'elle
habitait là-bas, tandis que le prince Andras
était revenu habiter Paris, seul.

Des bruits couraient, des légendes tout
bas colportées. On assurait que Marsa avait
été frappée d'une maladie nerveuse héré-
ditaire, et on en donnait pour preuves des
visites faites à Maisons-Laffitte par le docteur
Fargeas, le savant professeur de la Salpê-

trière, qu'on avait vu, en voiture, traverser plusieurs fois le parc, appelé en consultation auprès de la Tzigane avec son ancien interne le docteur Vilandry. Ces deux hommes, dont l'un était depuis longtemps illustre et l'autre célèbre déjà, étaient accourus, sur la prière de Vogotzine, conseillé par Yanski Varhély, plus Parisien et mieux informé que le général.

Il était inquiet terriblement, Vogotzine, et son cerveau semblait prêt à éclater sous les préoccupations. Depuis la terrible journée du mariage — Vogotzine haussait les épaules, de colère stupéfaite, lorsqu'il prononçait ce mot mariage — Marsa n'était point sortie d'une espèce de stupeur pleine d'épouvante, et, terrifié par le mutisme et l'expression d'égarement de sa nièce, le vieux général avait réellement peur de devenir fou dans le tête-à-tête avec cette folle.

— Ah! mais! Ah! mais, disait-il, c'est déplorablement triste tout cela donc!

Après l'épouvantable écroulement de ses espoirs, une fièvre chaude montait au front de la Tzigane, la courbait et la couchait sur son lit dans le trouble affreux d'un délire qui enlevait en effet au pauvre vieux Vogotzine le peu de raison qui lui restait. Ne comprenant rien à la disparition de Zilah, le général restait face à face avec Marsa égarée et implorant de quelqu'un d'invisible une grâce ardemment réclamée, quémandée avec des gestes épardus.

Le malheureux se passait les mains sur son crâne pelé et sentait, à son tour, sa tête se perdre. Il eût mieux aimé tenir tête à un bataillon de honweds ou à une volée de bachi-bouzoucks plutôt que de rester là, dans le fond d'un parc, en face d'une malade en délire dont les sanglots et les appels désespérés le faisaient larmoyer, soldat à demi ramolli, qui avait contemplé autrefois, d'un œil sec, des tranchées entières pleines de morts, des tas de cadavres nus, que bénissait en bloc quelque pope en costume de deuil.

Vogotzine avait couru à Paris, interrogé Andras, mais le prince lui avait répondu de façon à ne plus admettre d'ouverture nouvelle sur un tel sujet :

— Mes affaires personnelles ne regardent que moi.

Le général n'était plus assez énergique pour exiger une explication, et il s'inclinait, répétant qu'il n'avait cure, certes, de se mêler de ce qui ne le regardait pas, et remarquant seulement que Zilah était devenu très pâle lorsqu'il lui avait dit que ce serait un miracle, vraiment, oui, un miracle, si l'effroyable fièvre qui la tordait n'emportait point Marsa.

— Elle fait pitié, disait le gros homme.

Zilah lui avait jeté un coup d'œil étrange, sévère et pourtant terrifié.

Vogotzine n'insista pourtant pas, mais il alla demander au docteur Fargeas de vouloir bien venir, le plus tôt possible, à Maisons-Laffitte. Le savant avait consenti.

Devant cette grille où, si peu de temps auparavant, roulaient, dans une gaieté de fête, les voitures de gala, le coupé du médecin de la Salpêtrière s'était donc arrêté, et Vogotzine avait introduit dans le salon d'où Marsa avait chassé Menko le docteur au fin profil de médaille, l'œil profond, le menton rasé, ses longs cheveux rejetés derrière ses oreilles, en longues boucles encore noires.

Puis le général avait prié qu'on amenât Mademoiselle... Il se reprenait, disait Madame la princesse, haussait encore les épaules, selon son habitude, et, tout à coup, devenait très sérieux, inquiet, en voyant sur le seuil apparaître Marsa, que la fièvre avait momentanément quittée et qui pouvait se traîner maintenant, blanche et raidie dans ses mouvements, appuyée au bras de sa femme de chambre.

Le docteur Fargeas examina, d'un regard de son œil noir, cette femme dont les prunelles, seules vivantes dans un beau corps automatique, flamboyaient, comme si l'on y eût aperçu l'âme brûler.

— Madame, dit doucement le docteur quand le général, s'approchant doucement, eut fait signe à sa nièce d'écouter cet inconnu, le général Vogotzine m'a dit que vous étiez souffrante... Je suis médecin... Voulez-vous me faire l'honneur et l'amitié de répondre à mes questions?

— Oui, fit le général, je t'en prie, je t'en supplie, ma chère Marsa!

Elle était debout, relevant sa tête dont pas un muscle ne bougeait et, sans rien dire, elle regarda un moment le docteur jusqu'au fond des yeux. A son tour, elle étudiait. C'était comme un défi avant un duel.

— Pourquoi un médecin? dit-elle brusquement ensuite à Vogotzine. Je ne suis pas malade.

La voix était claire, basse et triste avec de soudains éclats où elle se forçait un peu, s'étranglait comme celle des phtisiques.

— Tu n'es pas malade non, ma chère enfant, mais je ne sais pas... Tu m'inquiètes un peu... fort peu... Mais enfin si moi, n'est-ce pas, moi, ton vieil oncle, je t'inquiétais seulement un peu,... avoue que je t'inquiéterais beaucoup?

Il essayait de sourire dans sa moustache, plaisantait, poussait doucement Marsa vers le médecin qui ne quittait point la jeune femme du regard et, tout à coup, Marsa, levant sur Fargeas ses yeux fixes, dit sèchement

— Eh! bien, voyons, quoi? Qu'est-ce que vous me demandez? Qu'est-ce que vous voulez que je vous dise? De la part de qui venez-vous?

Vogotzine avait fait à la femme de chambre signe de s'éloigner.

— Je vous l'ai dit, je viens de la part du général!

Et Fargeas désignait Vogotzine.

Marsa dit seulement : *Ah!* et il sembla au docteur qu'il y avait comme une déception dans l'accent dont elle le laissa tomber, ce *ah!* désespérément.

Alors elle s'abandonna et brusquement retomba dans un de ces anéantissements qui succédaient au délire des premiers jours et qui effrayaient tant Vogotzine.

— La voilà, la voilà partie! dit le gros homme.

Fargeas, sans écouter le général, s'approcha de Marsa qu'il fit asseoir sur une chaise près de la fenêtre.

Il regarda la jeune femme, la toucha au front et Marsa ne fit aucun mouvement.

La tête chaude brûlait la paume de la main de Fargeas.

— Souffrez-vous? demanda doucement le docteur.

La jeune fille, qui avait eu la force de questionner, tout à l'heure, et semblait, un moment auparavant, s'intéresser encore à la vie, répondit, d'une voix tendre, bizarre, d'un ton chantant et triste.

— Je ne sais pas!

— Vous n'avez pas bien dormi cette nuit?

— Je ne sais pas!

— Quel âge avez-vous? demanda Fargeas pour se rendre compte de l'état mental.

— Je ne sais pas!... dit-elle encore.

Les yeux du médecin cherchaient ceux de l'oncle. Vogotzine, horriblement rouge, se tenait à côté de la chaise, roide et faisant une grimace émue à chacune de ces réponses lugubres, d'un ton mélodique : *Je ne sais pas!*

— Comment vous appelez-vous? demanda lentement le docteur.

Elle roula autour d'elle ses prunelles, sembla chercher dans sa pauvre tête vide une pensée qui n'y était plus et, après un effort visible, se redressant sur la chaise, puis son corps retombant contre le dossier effarée à la fois et résignée, elle répondit comme toujours :

— Je ne sais pas!

L'oncle, qui devenait pourpre, eut un frisson et regarda le docteur avec angoisse. Elle ne savait même plus son nom!

— Ce sera, j'espère, passager, dit le docteur... Mais, dans l'état actuel, elle me paraît une grande convulsive.

— Je ne l'ai jamais vue ainsi, jamais, depuis... depuis le premier jour enfin, répétait le général avec effroi... Elle a voulu se tuer, ce matin, en se laissant tomber de toute sa hauteur contre le dossier de son lit... puis elle a consenti à se lever... vous l'avez vue... Tout à l'heure quand elle vous a demandé de la part de qui vous veniez, je me suis dit : « Ah! enfin, elle s'intéresse à quelque chose... » Et maintenant, voilà... la stupeur la reprend... Ah! c'est gai! c'est diantrement gai!

Fargeas prit entre ses doigts la peau fine de la jeune femme et la pinça, au cou, sous la petite oreille encore rose.

Marsa Laszlo ne tressaillit pas.

— JE NE SAIS PAS.

— Il y a amnésie du cou!... dit le docteur... Je pourrais la piquer du bout d'une épingle : l'insensibilité est absolue!

Et, tout à coup, appuyant encore sa main sur le front de Marsa, essayant d'évoquer chez la malade un souvenir des goûts de la veille :

— Voyons, madame... on vous attend...
Votre oncle... votre oncle demande que vous
lui jouiez un morceau de piano!... Votre
oncle... Le piano!

— *Il n'y a qu'une belle fille au monde!* murmura Vogotzine en essayant de donner, de sa
grosse voix kummelisée, l'accent de la
mélodie hongroise à cet air que la Tzigane
aimait tant.

Machinalement Marsa répéta, comme si
elle eût épelé : « le piano!... piano! » puis,
de son éternel accent chantant et navré, elle
laissa tomber encore son lugubre : — *Je ne
sais pas!*

Cette fois, le vieux Vogotzine se sentait
étouffer, comme abêti lui-même, sous chacune
de ces réponses où nul vestige de souvenir,
nulle trace de sensation présente n'apparaissait; et le docteur Fargeas regardait,
plein de pitié, cette créature exquise, ces
beaux yeux noirs hagards, entre les cheveux
fouettés par une secousse, collés depuis la
nuit par la sueur de la crise, et la pâleur de
cire de cette statue désespérée assise là
comme une figure de marbre muette sur
certains tombeaux.

— Faites-lui prendre du bouillon, dit Fargeas. Elle refusera dans l'état où elle est,
mais essayez!

Il ajouta, regardant l'oncle dont les
oreilles paraissaient en feu :

— On peut la guérir, mais il faudrait
l'arracher à son milieu peut-être... lui
refaire une vie nouvelle! Il lui faut la solitude... non pas celle-ci, mais...

— Mais? demanda Vogotzine.

— Mais peut-être celle de la maison de
santé. Pauvre femme! dit le docteur en se
tournant encore vers Marsa qui n'avait pas
bougé. Elle est vraiment belle...

Et le médecin, habitué aux tristesses des
névroses, et l'oncle, stupéfait de ce mal soudain, semblaient contempler ensemble la
convulsive qui restait là, pétrifiée, ses épaules
un peu amaigries se dessinant sous la batiste
où roulaient ses beaux cheveux noirs.

Le docteur Fargeas sortit, assez ému,
du château. Le général l'avait accompagné
jusqu'à la grille. Il était convenu que cette
crise passée, et le médecin reviendrait le
lendemain avec Vilandry, on aviserait à
transporter la malade dans la maison du
docteur Sims, à Vaugirard. En un milieu
nouveau, la stupeur de la malade pouvait
disparaître, l'esprit se réveiller, se rattacher
à la vie. Un régime de tous les instants, une
surveillance constante étaient nécessaires. Il
fallait seulement pour la décider à monter
en voiture trouver un prétexte. Le docteur
Fargeas chercherait. Le coupé partant de
Maisons-Laffitte s'arrêterait à la porte de

l'établissement. On ferait croire à Marsa
qu'elle visitait, par exemple, quelque maison
de charité. Et là, elle serait surveillée et
soignée avec un dévouement familial, le
général pouvait en croire la parole du
docteur.

Vogotzine sentait ses tempes battre en
entendant ces consolations, affreuses comme
une sentence.

La maison de Vaugirard!... Dans une
maison de santé, sa nièce!... La fille d'un
prince Tchéreteff!... La femme du prince
Zilah!

Mais il n'avait pas, lui, non, il n'avait pas
le droit de disposer de la liberté de Marsa
sans le consentement du prince; Andras
avait beau ne pas vouloir qu'on se mêlât de
sa vie, il fallait bien qu'on intervînt pour
savoir ce qu'il fallait faire de Marsa, une
princesse Zilah, en somme, une princesse
Zilah!

Et Vogotzine sentait qu'il en venait presque lui-même à ne plus rien comprendre,
ne sachant pas pourquoi cette rupture, cette
colère de Zilah contre la Tzigane, cette
stupeur écrasée de la jeune fille; et lorsqu'il
prenait son *sherry cordial* ou son eau-de-vie,
le général frissonnait et se demandait s'il
devenait réellement fou ou abruti en s'entendant lui-même tout seul répéter comme
sa nièce, et jusque sur le ton de mélopée
tragique de Marsa :

— Je ne sais pas!... Je ne sais pas!

Il crut pourtant de son devoir d'aller
apprendre au prince l'arrêt qu'avait rendu
l'illustre médecin de la Salpêtrière.

Puis il demanda à Zilah :

— Quelle est votre décision?

— Général, répondit Andras, tout ce que
vous ferez sera bien fait. Mais, une fois pour
toutes, rappelez-vous que je veux désormais
vivre seul... tout seul... et ne me parlez à
l'avenir ni du passé, qui est cruel, ni de ce
présent, qui est sinistre... Il me prend une
fantaisie...

— Laquelle?

— Je veux désormais vivre en égoïste!

— Cela vous changera, fit le général stupéfait.

— Et me consolera, ajouta Andras.

XXV

Le soir même du jour où le paquet de
lettres venait tuer tout un bonheur, toute
une foi, entre les mains d'Andras, le prince
hongrois se présentait, rue d'Aumale, pour
souffleter Michel Menko.

Ce Menko! Cet enfant qu'il aimait presque
comme un frère aîné aime son frère! Cet

homme pour lequel il rêvait des destinées de gloire, Michel, Michel Menko l'avait trahi comme le dernier des misérables, et frappé avec une perfidie de lâche. Oui, c'était à l'heure de l'irréparable, à la sortie de l'église, quand il était trop tard ou plutôt quand il était temps de frapper à coup sûr et de faire la blessure plus atroce, c'était alors que Menko venait dire :

— Mon cher prince, cette femme que vous aimez, cette femme que vous épousez, eh bien, vous ne savez pas? Elle a été ma maîtresse!.. Oui, ma maîtresse! Et, tenez, lisez, voyez, voyez comme elle m'aimait!

Michel eût été là que, brutalement, de ses mains nerveuses, Andras eût saisi le jeune homme à la gorge et l'eût étranglé sur place...

Rue d'Aumale, le prince ne trouva pas Menko.

— Monsieur le comte est parti hier! lui répondit le domestique.

— Hier!... Où est-il allé?

— Monsieur le comte a dû s'embarquer aujourd'hui même au Havre pour New-York... Monsieur le comte ne nous a pas dit, du reste, exactement où il allait... En Amérique!.. Nous ne savons pas... Nous savons seulement, le cocher Pierre et moi, que monsieur le comte ne reviendra plus à Paris... Nous sommes cependant encore à son service... Nous attendons ses ordres...

Le domestique ajouta, hésitant un peu :

— Est-ce que monsieur n'est pas monseigneur le prince Zilah?

— Pourquoi? demanda Andras.

Le valet prit un air humble, mais très sincère :

— Ah! c'est que si monseigneur reçoit des nouvelles de monsieur le comte et qu'il y soit question du paquet que j'ai porté ce matin à Maisons-Laffitte pour monseigneur...

— Eh bien? fit Andras.

— Monseigneur voudra bien ne pas faire savoir à monsieur le comte que je n'ai pas, dès hier soir, accompli ses ordres...

— Dès hier soir? Que signifie?... Expliquez-vous, voyons! dit le prince d'un ton bref.

— Monsieur le comte m'avait bien recommandé, en partant hier, de remettre à monseigneur le paquet, le soir même... Je demande pardon à monseigneur... J'étais invité.. Un repas de noces... Et alors, je me suis laissé aller à ne remplir que ce matin les instructions de monsieur le comte... Seulement, monseigneur n'étant plus chez lui, à Paris.. J'ai pris le train de Maisons-Laffitte. Mais, j'espère que, malgré tout, je ne suis pas arrivé trop tard... Oh! monsieur le comte y tenait beaucoup et, s'il savait... je serais désolé qu'il eût quelque chose à me reprocher! — On a son amour-propre.

Andras écoutait, le regard enfoncé dans les yeux du domestique, un peu troublé et décontenancé maintenant par cette inquisition muette.

— Ainsi, le comte Menko voulait que ce paquet me fût remis dès hier?

— Je supplie monseigneur de ne pas dire à monsieur le comte qu'il n'a pas été obéi.

— Dès hier? répéta Andras.

— Hier, oui, monseigneur. Monsieur le comte est parti là-dessus, croyant bien... Et, en somme, il avait le droit de croire que ça serait fait... Car je suis scrupuleux dans mon service, monseigneur, très scrupuleux... Et si monseigneur avait, un jour, besoin de...

Le prince arrêta d'un geste le valet qui menaçait de continuer. Il répugnait à Andras de mêler cet homme à un secret de sa vie. Et quel secret! Mais visiblement le domestique ignorait quelle hideuse commission Menko lui avait confiée. Pour le valet, ce paquet, contenant de telles lettres, était un paquet comme un autre. Andras en était persuadé, au son, à l'attitude de l'homme humilié d'avoir manqué à son devoir.

Un mot de plus échangé avec ce valet, et Andras se fût senti humilié lui-même. Mais il retenait de cet entretien l'idée que Menko avait voulu non pas l'insulter dans sa joie, mais lui tout révéler alors que le mariage pouvait encore n'être pas célébré. C'était aussi atroce, ce n'était pas aussi lâche. Menko avait voulu atteindre Marsa, plus encore que lui, Andras. Cela était visible dans la recommandation précise faite à cet homme. Et à quoi avait tenu que le nom de Zilah ne fût pas porté par une femme tombée? A quoi? A un repas de laquais, à une fête de valetaille! La vie a de ces hasards ironiquement meurtriers. Ces mains, ces mains de rustre, avaient tenu pendant des heures son bonheur à la fois et son honneur, son honneur, à lui, Andras Zilah, l'honneur de toute sa race!

Le prince revint à son logis qu'il avait quitté, croyant y ramener, ce soir même, toute frissonnante, l'adorée que son mépris et sa haine souffletaient maintenant. Oh! il essayerait de savoir où Menko était allé. Il le châtierait. Quant à Marsa, désormais, pour lui, elle était morte.

Mais, en ce tourbillon du Nouveau-Monde, où, comme un grain de sable dans une machine immense, disparaîtrait ce Michel Menko, comment le retrouver? Les jours passaient. Zilah, s'informant, avait acquis la quasi-certitude que Menko ne s'était pas embarqué au Havre. Il n'avait peut-être pas quitté l'Europe. Il pourrait, un jour ou l'autre, quoi qu'il eût dit à ses gens, reparaître à Paris. Et alors...

En attendant, le prince menait une existence de blessé, recherchant la solitude avec une âpreté presque farouche, s'enfermant dans son hôtel de la rue Balzac comme un loup dans sa tanière, ne voulant recevoir personne que Varhély, traitant même parfois le vieux Yanski avec des bizarreries nerveuses, puis sortant tout à coup de son ombre, essayant de se reprendre à vivre, apparaissant dans les réunions de comités de secours hongrois qu'il présidait, se montrant à une première ou même chez la baronne Dinati, pris d'un furtif et hâtif besoin de rompre la monotonie lourde de sa vie maintenant brisée, et aussi d'une soif de bravade, relevant le front, regardant le monde et l'opinion en face, comme pour y deviner, y saisir un sourire ou un sous-entendu railleur et le châtier.

Il n'avait point d'ailleurs à lui demander compte, à cette opinion, du sentiment qu'elle gardait pour lui. Ce sentiment c'était, en dépit des faiseurs de bons mots, une admiration constante. Il est des rayonnements d'âmes qui s'imposent, éclatants. Le monde, encore une fois, et, en particulier, ce tout Paris exotique qui était le monde du prince Zilah, avait bien, tout d'abord, cherché à savoir pourquoi Andras avait si brusquement rompu avec la femme qu'il épousait cependant par amour. Toutes les malices de la curiosité publique, éveillées et aiguisées, s'exerçaient à deviner le secret du roman.

« Pourvu que les journaux ne s'en mêlent pas, se disait-on, tout sera parfait. » Et la bande s'étonnait même un peu que la chronique, en effet, n'eût pas déjà cherché la clef de ce mystère parisien.

Mais le monde, après tout, aussi léger qu'il est curieux, une de ses petites pointes chassant l'autre, sautait prestement à un autre sujet, oubliant Marsa, Andras, la rupture, ne voyant, en résumé, dans Zilah qu'un homme d'une espèce supérieure dont l'âme haute contraignait au respect cette éternelle galerie habituée à rire de tout.

Âme haute, soit, mais âme en peine! Varhély pouvait, seul entre tous, se rendre compte de la souffrance que supportait Andras. Ce n'était plus le même homme. Sa belle figure, au sourire grave, avec la bonté dans ses yeux clairs, s'était assombrie profondément. Il parlait moins, songeait davantage, avec des réveils non pas plus amers, mais plus tristes. De la cause de cette tristesse et de ses douleurs, Andras ne disait d'ailleurs jamais un mot et jamais n'avait rien révélé à son vieil ami, et Yanski, muet

sur cette journée où il avait, lui, servi d'instrument involontaire à un misérable, n'avait pas une fois fait au comte allusion à ce passé.

Ne sachant rien, Varhély avait cependant tout deviné, lui aussi, et sur-le-champ. Le coup était trop droit et trop cruellement simple pour que le vieux Hongrois ne se fût pas, dès la première heure, frappé le front avec rage, en disant :

— C'étaient des lettres d'amour, et c'est moi qui les ai remises!

« Stupide que j'étais! ajoutait le soldat, je les avais entre mes mains, ces lettres, je pouvais les déchirer ou les enfoncer une à une dans la gorge de ce Menko!... Mais qui pouvait se douter d'une telle infamie? Menko! un homme d'honneur! — Ah! oui, est-ce qu'il y a de l'honneur où il y a, en jeu, une femelle? Imbécile! Et c'est irréparable, maintenant! Irréparable! Tonnerre, va! »

Varhély s'était inquiété, lui aussi, de savoir où Michel Menko avait passé. On l'ignorait à l'ambassade d'Autriche-Hongrie. C'était une disparition complète, peut-être un suicide. Le vieux Hongrois eût eu devant lui ce jeune homme qu'il se fût du moins soulagé d'une partie de sa bile. Mais rien que le ressouvenir plein de rage de ce passé d'hier, rien que la colère de s'être associé, par hasard, à une vengeance vile qui atteignait Andras, c'était là, pour l'ancien soldat, une cause éternelle de méchante humeur contre lui-même et une sorte d'empoisonnement constant de sa vie.

Varhély, déjà misanthrope autrefois, essayait pourtant de réagir contre son propre tempérament, en voyant avec effroi le prince Andras s'enfoncer dans des humeurs noires, un enlizement de pensées tristes.

Peu à peu, par une pente naturelle, Zilah se laissait aller à ces noirs états d'âme où non seulement tout devient indifférent mais où, dans l'impatience de souffrir, on souhaiterait un second écroulement, un autre déchirement encore, pour avoir à pousser des cris plus amers et des plaintes plus irritées contre la destinée. Il semble alors qu'il fasse nuit dans l'esprit, et cette nuit sans fin est toute traversée de visions morbides et comme peuplée de fantômes. Hanté par des inquiétudes sans remède et sans fin, le malade — car il est malade celui qui souffre de cette torture — irait volontiers au-devant d'une douleur nouvelle, semblable à ces blessés qui, pris de frénésie, s'ouvrent leur plaie eux-mêmes et la fouillent jusqu'à l'os, de la pointe de leur couteau. La misanthropie alors, le dégoût de la vie, prend un caractère d'acuité dont la douleur n'est pas sans un charme grin-

çant. Il y a une volupté dans cet appétit de
souffrance, et, amoureux de son mal, l'être
atteint au cœur se replie sur lui-même en
se faisant comme un nid ou un lit de volupté de ses douleurs.

Chez Zilah cet état douloureux n'était dû
qu'à une sorte d'insurrection de sa loyauté
contre tant d'infamies rencontrées en ce
monde où il avait toujours cru à trop de
vertus.

Il se trouvait un sot maintenant, il se
trouvait un niais d'avoir, toute sa vie, adoré
toutes les chimères et suivi, comme les
enfants, la musique qui passe, les fanfares
de toutes les poésies. Oui, la foi, l'enthousiasme, l'amour, les panaches, les baisers,
autant de mensonges, autant de
mascarades et de duperies. Tous
les êtres férus d'idéal comme lui,
tous les rêveurs du mieux, tous les
amoureux de l'amour, étaient
nécessairement voués aux déceptions, aux morsures du sort, à la
trahison, aux ironies stupides de
la destinée. Et, plein de colère
contre lui-même, son pessimisme
d'à présent souffletant ses con-
fiances d'autrefois, il s'enfonçait
avec délices dans son amertume,
il se plaisait à se répéter à lui-
même que le secret du bonheur,
dans la vie, est de ne croire à rien
qu'à la trahison et de se défendre
contre les hommes comme contre
des loups.

Puis, sa cordialité d'âme reprenant le dessus:

— Après tout, disait-il, comme
apaisé soudain, la lâcheté d'un
homme et le mensonge d'une femme sont-ils le crime de l'humanité
entière?

Pourquoi aurait-il maudit d'autres êtres que Marsa et Menko? Il
n'avait le droit de haïr personne,
ne se connaissant point d'ennemi
et passant honoré à travers ce
Paris, sa patrie nouvelle.

Point d'ennemi? Non. Aucun. Et
pourtant, un matin, avec quelques
lettres, son domestique lui apporta
un journal mis sous bande au nom
du « prince Zilah » et, en le dépliant
l'attention d'Andras fut attirée
par deux entrefilets marqués au
crayon rouge parmi les échos de Paris.

C'était un numéro de l'*Actualité* mis à la
poste par une main inconnue, et l'entourage au crayon rouge signalait au prince
quelques lignes faites évidemment pour l'intéresser.

Andras recevait peu de journaux. Il eut
l'envie, comme s'il eût eu la perception de
ce qu'il contenait, de jeter celui-là sans le
lire. Un moment il le tint entre ses doigts
prêt à le jeter à la corbeille après l'avoir
froissé dans sa main. Puis, quelques mots
tragiques, aperçus par hasard « maison de
santé... cas de folie... » et l'initiale de son
nom à lui, imprimée là, le retinrent invinciblement.

Il lut, d'abord avec une douleur poignante,
puis avec une rage sourde, grondante, ces
deux entrefilets qui se suivaient et se com-
plétaient l'un par l'autre.

« Une triste nouvelle, disait le premier,
une nouvelle qui a fort affligé toute la

C'ÉTAIT UN NUMÉRO
DE « L'ACTUALITÉ »

colonie étrangère de Paris et, en particulier, la sympathique colonie hongroise.
Cette exquise et charmante princesse Z...
dont la beauté souveraine était récemment
rehaussée de l'éclat d'une couronne glorieuse, vient d'être, après une consultation

Le Prince Zilah.

des princes de la science (il y a des princes dans tous les états), conduite, nous dit-on, dans l'établissement du docteur Sims, à Vaugirard, rival de la maison célèbre du savant docteur Luys, à Ivry. Nous espérons, avec les nombreux amis du prince A. Z..., que la maladie soudaine de la princesse Z... sera de courte durée.

Ainsi Marsa maintenant était la pensionnaire, et comme la prisonnière du docteur Sims! Les ordres du docteur Fargeas avaient été exécutés. Elle était, là-bas, dans une demeure d'aliénés et Andras eut, malgré lui, un frisson de pitié en se figurant la malheureuse livide, les cheveux épars, avec le regard éperdu des folles, immobile comme dans un cabanon.

Mais la marque rouge entourait à la fois ce premier « écho de Paris » et l'autre qui suivait et Zilah, poussé maintenant par une curiosité avide, se mit à parcourir, à interroger l'entrefilet qu'on lui signalait dans l'Actualité.

Et cette fois, ce fut un cri de rage qu'il poussa lorsqu'il lut, lorsqu'il vit, là, imprimée tout au long, livrée à la curiosité banale, à l'avidité de scandale de la foule à la malignité des sots, une allusion directe à son mariage, pis que cela, l'histoire même de son mariage odieusement rapprochée de cette nouvelle où son nom était désigné presque brutalement.

Oui, brusquement, de cette information sur la maladie de la princesse Z..., le rédacteur du journal mondain passait à une historiette narquoise où Andras voyait, jeté en pâture à la foule boulevardière, le secret même de sa vie et mise à nu la blessure de son âme.

UN PETIT ROMAN PARISIEN.

« Comme la plupart des romans parisiens d'aujourd'hui, — disait le rédacteur de l'Actualité, — le petit roman en question est un roman exotique.

» Paris appartient aux étrangers. Quand les Parisiens, dont s'occupent les chroniques, ne sont pas américains, russes, roumains, portugais, anglais, chinois ou hongrois, ils ne comptent pas : ils ne sont plus « parisiens ». Les Parisiens du jour sont des Parisiens du Prater, de la perspective Newski, de la Cinquième Avenue, ce ne sont plus des Parisiens pur sang. Avant dix ans le boulevard sera situé à Chicago et l'on ira passer sa soirée à l'Éden-Théâtre de Pékin.

» Donc, voici le nouveau « roman parisien » du moment.

» Il y avait une fois, à Paris, un grand seigneur moldave ou valaque ou moldovalaque (en un mot parisien, Parisien du Danube, si l'on veut) qui s'était épris d'une jeune Grecque ou Turque ou Arménienne, toujours de Paris, brune comme la nuit, belle comme le jour. Le grand seigneur avait un certain âge, âge incertain. La belle Athénienne ou Géorgienne ou Circassienne était jeune. On trouvait le grand seigneur généralement imprudent. L'après de l'union est tellement aléatoire! Mais que faire quand on aime? Mariez-vous, ne vous mariez pas! dit Rabelais ou Molière. Peut-être même le disent-ils tous les deux. Donc, le grand seigneur se maria. Il paraît, s'il faut en croire les gens informés, que l'après peut quelquefois s'appeler avant. Ce qui est certain, c'est que le grand seigneur valaque et la belle Géorgienne n'ont jamais passé, depuis leur union, deux heures sous le même toit. Le jour même, sans procès, sans scandale, presque sans bruit, ils se séparaient nettement, et le problème de cette rupture, qui était une forme rapide et pratique du divorce, a longtemps intrigué le high life parisien. On a remarqué seulement, depuis, que la séparation des deux époux coïncidait avec la disparition d'un très élégant attaché d'ambassade, qu'on voyait assez souvent, il y a quelques années, caracolant autour du Lac à l'heure du persil et qui passait alors pour le plus élégant valseur de la colonie viennoise ou moscovite ou castillane de Paris. Nous pourrions, si nous étions indiscret, reconstruire tout un drame avec ces trois personnages; mais nous tenons à prouver que les reporters, différents en cela des femmes, savent parfois garder un secret. Pour ces dames du corps de ballet, qui s'intéressent peut-être encore aux fines moustaches en croc de l'ex-diplomate disparu, je puis pourtant ajouter que le beau valseur a été vu à Bruxelles, il y a peu de temps. Il y a passé, mais comme un éclair. Ah! si le Foyer de la Danse l'avait su! Quelqu'un qui l'a vu a seulement remarqué qu'il était assez pâle et comme souffrant encore de blessures reçues il y a quelque temps.

» Le grand seigneur valaque, comme le mari de Marianson dame jolie, aurait-il, par hasard, attaché le jeune diplomate à la queue de son cheval?

N'y avait arbre ni buisson
Qui n'eût du sang de ce garçon!

» Quant à la belle Géorgienne, on la dit désespérée du départ de son mari, un parfait gentilhomme qui, en dépit de l'aventure, était vraiment le Prince Charmant. »

Andras Zilah sauta rapidement à la signature de cet article. Les « échos de Paris »
étaient signés *Puck*.

Puck!... Qu'était ce *Puck*? Comment un
inconnu, un anonyme, un passant quelconque, un conteur de scandales, un ramas-
seur d'historiettes, avait-il le secret de sa
souffrance, à lui, Andras?

Mais sa double souffrance, son double
martyre, le rongement de cette sorte de
cancer, Zilah le croyait secret. Il n'eût
jamais eu l'idée qu'un indifférent, un curieux, un indiscret pût, comme venait de le
faire le rédacteur de l'*Actualité*, le livrer à
la banalité de la foule. Il éprouvait alors
un redoublement de rage contre cet invisible Michel Menko, disparu après son infamie, et dont, tout à coup, l'image lui revenait, avec son insolente séduction. Et il
semblait au prince que ce *Puck*, ce journaliste à lui inconnu, fût un complice ou un
ami de Michel Menko, et que, derrière le
pseudonyme de l'écrivain, il aperçût le
visage élégant, la moustache retroussée et
le sourire hautain du jeune homme.

— Après tout, se dit-il, nous verrons bien.
Monsieur *Puck* doit être moins difficile à
déterrer que Michel Menko.

Il sonna son valet de chambre et il allait
sortir lorsqu'on lui annonça Yanski Varhély.

Varhély avait l'air
troublé et ses sourcils
drus se fronçaient dure-
ment.

Il ne put réprimer
un mouvement de co-
lère brutale, lorsque,
sur le bureau du prince,
il aperçut le numéro
de l'*Actualité*, encore
déplié et marqué de
rouge.

Varhély, lorsqu'il
avait un après-midi à
perdre, faisait, d'habi-
tude, un tour de jardin,
au Palais-Royal. Il ha-
bitait, non loin de là,
depuis vingt ans, un pe-
tit appartement auprès
de Saint-Roch. Puis,
humant le grand air,
sous la tente rayée du
café de la Rotonde, il
lisait les journaux, l'un
après l'autre, ou regar-
dait les moineaux voleter jusqu'auprès de
sa botte, sur le sable. Des enfants passaient,
jouant au cerceau ou à la balle, et, par-
dessus le bruit des promeneurs, sous les
allées des arbres, les accents des cuivres de
la musique arrivaient jusqu'à lui.

Ce n'était guère, dans les gazettes fran-
çaises ou étrangères, que les nouvelles politiques qu'il cherchait. Il les parcourait toutes,
son nez de Kalmouck sur les feuilles dé-
pliées, qu'il tenait dressées par le manche
de bois, comme un drapeau. Avec un coup
d'œil rapide, il tombait droit sur les noms
hongrois qui l'intéressaient, Deak autrefois,
Andrassy maintenant, et, d'un journal allemand il passait à un journal anglais, espa-
gnol ou italien, faisant, comme il disait,
son tour d'Europe, de cette Europe dont il
savait presque toutes les langues.

Une heure auparavant ce jour-là, assis
sur une chaise, dans la chaleur claire ta-
misée par la toile de la tente, Yanski parcourait l'*Actualité*, lorsqu'il laissa échapper
un juron de colère, un *teremtete!*... hongrois,
en trouvant précisément les deux entrefilets que le prince Andras venait de lire.

Varhély avait relu deux fois ces lignes,
tenant à se bien convaincre qu'il ne s'était
point trompé et qu'on désignait, aussi claire-
ment que possible, avec l'indiscrétion savam-
ment entortillée des courriéristes-experts,
le prince Zilah. Il n'y avait pas à s'y tromper : la nationalité indistincte du grand seigneur dont parlait le journaliste dissimulait

VARHÉLY, D'HABITUDE, FAISAIT UN TOUR...

mal la qualité de magyar d'Andras et l'entrefilet qui précédait le *Petit Roman parisien*
était fort habilement arrangé pour laisser
deviner au public le nom du héros de l'aven-

ture, tout en donnant à l'anecdote contée le piquant de l'anonymat, ce loup de velours des scandales.

Alors Varhély n'avait eu qu'une idée.

— Pourvu qu'Andras ne connaisse pas cet article!... Il ne lit guère les journaux... Il faudrait qu'on le lui envoyât...

Et le vieux misanthrope se précipitait vers l'hôtel du prince, songeant à cela qu'il existe toujours des gens tout près à vous adresser sous enveloppe des entrefilets de ce genre.

En apercevant l'Actualité sur le bureau du prince, il se dit qu'il avait trop bien deviné et se sentit furieux contre lui-même : il arrivait trop tard. Maladroit!

— Où allez-vous? demanda-t-il à Andras, qu'il trouva debout, mettant ses gants.

Le prince prit le journal marqué de rouge, le plia lentement et dit :

— Jamais.

— Vous avez lu ce journal?

— Ce qu'on m'en avait signalé, oui!

— Vous savez que cela n'existe pas. C'est une feuille qui n'est pas lue... qui vit d'annonces... d'affaires de Bourse, je ne sais pas... Il n'y a pas lieu de s'en occuper!

— S'il ne s'agissait que de moi, je ne m'en occuperais pas! Mais on a mêlé à ce scandale le nom de la femme à qui j'ai donné mon titre. Je veux savoir qui a fait cela et pourquoi on l'a fait.

— Oh! pour rien, pour le plaisir. Parce que ce monsieur... comment signe-t-il?... Puck, n'avait pas autre chose à tirer de son encrier!

— Décidément, dit Zilah, on est absurde quand on se figure que l'homme peut vivre dans l'idéal... À chaque pas, la réalité vous éclabousse et elle est sale!

Il fit un pas vers la porte.

— Où allez-vous? demanda Varhély.

— Aux bureaux de cette feuille...

— Vous ne commettrez pas cette imprudence. L'article, qui n'a fait aucun bruit, courrait Paris si vous vous en occupiez, et serait commenté aussitôt par les correspondants des journaux autrichiens et hongrois...

— Peu m'importe! dit résolument le prince. Ces gens-là feront leur métier. Moi, je tiens en tout et pour tout à faire mon devoir!... C'est pour moi!

— Alors je vous accompagnerai.

— Non, dit encore Andras, je vous prie de n'en rien faire. Mais il est probable que demain je vous demanderai de me servir de témoin.

— Un duel?

— Parfaitement.

— Avec monsieur... Puck?...

— Avec qui m'insulte. Le nom m'est parfaitement indifférent. Mais puisque lui m'échappe et qu'elle est irresponsable... et punie... je regarde comme un complice de leur infamie tout homme qui y fera allusion par la parole ou par la plume. Seulement, mon cher Varhély, je tiens d'abord à être seul... Ne vous en fâchez pas, je sais qu'entre vos mains mon bonheur serait aussi fidèlement gardé qu'entre les miennes.

— Sans aucun doute, dit Varhély d'un ton bizarre, en passant ses doigts sur sa moustache rude, et j'espère même vous le prouver, un jour!

XXVI

Le prince Zilah n'avait pas remarqué l'expression singulière que donnait le vieux Yanski à ces derniers mots, grommelés entre ses poils gris. Il serra la main de Varhély, monta en voiture et, jetant les yeux sur la feuille qu'il emportait, se fit conduire aux bureaux de l'Actualité, rue Halévy, près de l'Opéra. Le journal mondain, dont le titre était tout le programme, logeait là, au troisième étage, dans ce quartier semi-anglais où les bars, les agences d'excursions, les bureaux de paquebots, les fabricants de sacs de voyage donnent aux rues un aspect vaguement britannique. L'installation des bureaux de l'Actualité y semblait récente. Le prince Zilah lut l'indication de l'étage sur une plaque de cuivre et monta.

Il n'y avait, au bureau, dans l'antichambre ou derrière les grillages, que des garçons et deux ou trois commis aux écritures. Aucun d'eux n'avait le droit de révéler les noms cachés sous des pseudonymes : ils les connaissaient même pas. Zilah, qui les interrogeait, apercevait par une porte entr'ouverte la salle commune de la rédaction, avec un grand tapis vert jeté sur une large table, des encriers, des plumes, des cahiers de papier blanc. Cette salle était vide en effet. On ne faisait le journal que dans la soirée; les rédacteurs se trouvaient absents.

— Est-ce qu'il n'y a personne pour me répondre? dit le prince.

Un garçon lui demanda alors s'il s'agissait de rédaction.

— Sans doute, dit Zilah.

— Oh! alors, monsieur, le secrétaire de la rédaction vous recevra. Avez-vous une carte? Ou bien si vous voulez écrire votre nom sur un morceau de papier...

C'est ce que fit Andras; le garçon disparut dans un corridor, ouvrit une porte, et, au bout d'un moment, reparut disant au prince :

— Si vous voulez bien me suivre, M. Frémin vous recevra.

Andras se trouva en face d'un fort aimable homme, jeune encore, qui écrivait dans un petit bureau simplement meublé, au moment où le Hongrois entrait, et qui le saluait, lui indiquant du geste une chaise ou une place sur un divan de Karamaniei.

Zilah le regardait d'un œil calme, froid en apparence, lorsque, sur le seuil d'une autre porte faisant face à celle par laquelle il était entré, un jeune homme, petit, élégant, brun et la moustache en croc, qu'Andras enveloppa aussi du regard et qu'il crut vaguement reconnaître pour l'avoir vu, il ne savait où, se montra, puis brusquement se précipita vers Frémin, le chapeau sur la tête, un chapeau gris clair, et mettant des gants de couleur bois. Fort joli garçon, avec son veston de coupe irréprochable, son pantalon à petits carreaux, la cravate à pois, le gilet blanc, une canne à son chiffre sous le bras, un monocle rond se balançant au bout d'un cordonnet de soie sur sa poitrine.

Il salua prestement Zilah, qui s'était assis et, tendant la main au secrétaire de la rédaction.

— Eh bien! c'est dit, fit-il rapidement; puisque Tourillon est absent, c'est moi qui ferai le compte rendu des courses d'Enghien. J'y vais. C'est amusant, si l'on veut, Enghien, car les grandes mondaines y sont aussi rares que les belles petites... Les horizontales ne pullulent pas à Enghien! Mais le sacerdoce avant tout, n'est-ce pas?

— Dépêchez-vous, dit Frémin, en regardant sa montre; vous allez manquer le train.

— Oh! j'ai une voiture en bas.

Il toucha la main de son camarade, salua encore rapidement et disparut comme emporté par un tourbillon, pendant que Frémin se retournait vers Zilah et lui disait :

— Je vous demande pardon, monsieur, et le regardait comme quelqu'un qui attend une communication quelconque.

Zilah tira de sa poche le numéro de l'*Actualité* et dit alors très doucement :

— Je voudrais savoir, monsieur, qui l'on a prétendu désigner dans le passage de l'article que voici.

Et, sur son genou, rayant du bout de son pouce le passage qui le concernait, il tendait ensuite le journal au secrétaire de la rédaction.

Frémin jeta sur l'article un coup d'œil rapide.

— Je connais bien l'entrefilet, dit-il, puisque j'ai là le numéro. Mais j'ignore vraiment de qui il peut être question. Je ne sais même pas si ce n'est point là une historiette comme on en invente chaque jour..

— Ah! fit Zilah. Et l'auteur de l'article, le sait-il, lui?

— Vraisemblablement, répondit Frémin qui souriait.

— Je vous demanderai alors le nom de la personne qui a écrit cela.

— L'article n'est-il pas signé?

— Il est signé *Puck*. Ce n'est pas un nom.

— Un pseudonyme est un nom en littérature, dit Frémin. Je suis d'ailleurs d'avis qu'on a toujours le droit de connaître le visage qui recouvre un masque. Seulement encore faut-il qu'on y soit intéressé directement. L'histoire dont vous me parlez, monsieur, vous concerne-t-elle?

— Supposez, dit le prince, décontenancé un peu, car il se trouvait, après tout, en face d'un homme fort bien élevé et d'une politesse absolue, oui, supposez que l'homme qui est désigné ici, ou plutôt insulté, visé dans son honneur, soit mon meilleur ami. Je tiens à demander à celui qui a signé cet

FRÉMIN JETA SUR L'ARTICLE.

article une explication, et à savoir même si c'est vraiment un journaliste qui a rédigé ces lignes.

— C'est-à-dire?

— C'est-à-dire qu'il peut se trouver des

gens intéressés à ce qu'un pareil article ait été publié et que, ceux-là, je veux les connaître.

— Vous avez parfaitement raison, monsieur, mais une seule personne peut vous répondre là-dessus, c'est l'auteur de l'article.

— Aussi, monsieur, désiré-je connaître son nom.

— Il ne le cache pas, dit Frémin. Le pseudonyme n'est ici qu'un stimulant pour la curiosité, mais Puck a parfaitement un corps, comme il a bec et ongles.

— Je l'espère bien, fit Zilah. Et enfin il s'appelle ?

— Paul Jacquemin.

Zilah connaissait bien ce nom pour l'avoir rencontré au bas de l'article où un reporter décrivait les féeries du voyage de fiançailles, sur la Seine, et il se rappela tout à coup cette journée de soleil joyeux; mais il ne pensait guère que Jacquemin pouvait être si bien informé de cette histoire. Depuis qu'il habitait la France, l'exilé ne s'était pas accoutumé à regarder Paris comme une sorte de province où tout se sait, tout finit par monter au jour, tout transpire dans la continuelle préoccupation où sont les gens d'apprendre, de deviner et de répéter, — et cela pour divertir, pour plaire, pour la gloriette de paraître *informés*.

— Je vous demanderai maintenant où demeure monsieur Paul Jacquemin.

— Rue Rochechouart, au coin de la rue de la Tour d'Auvergne.

— Je vous remercie, monsieur, dit Andras en se levant brusquement, le but de sa visite étant rempli.

— Seulement, reprit Frémin, je vous préviens que si vous voulez aller trouver monsieur Jacquemin, chez lui, vous ne le rencontrerez pas, pour le moment du moins.

— Et pourquoi ?

— Parce que vous l'avez vu tout à l'heure et qu'il est sur la route d'Enghien maintenant.

— Ah! dit le prince. Eh bien, j'attendrai ! Il salua Frémin, qui le reconduisait jusqu'au seuil de la porte, et dans sa voiture il se reprit à lire l'entrefilet de Puck, ce Puck qui, dans le courant de son article, revenait précisément plusieurs fois sur l'esprit *de notre confrère Jacquemin*, citait avec complaisance des mots *de notre spirituel ami Jacquemin*.

Oh! maintenant, il le reconnaissait tout à fait, ce Jacquemin! C'était lui qu'il avait vu, prenant des notes sur le parapet du quai, le calepin éternellement ouvert, c'était lui qu'il avait retrouvé, à Maisons, amené par la baronne le jour du mariage. Jacquemin, que choyait la petite baronne, Jacquemin,

un des distributeurs patentés de la gloire et de la gloriole, pour tous ceux qui, à Paris, vivent de tapage et pour le tapage, grandes dames éprises de réclames ou comédiennes affublées de rôles nouveaux; Jacquemin, un des porte-plumes de la Renommée, reçu partout, choyé, adulé, caressé, *poulet*, ce Jacquemin que le prince venait de revoir, très élégant, avec son stick et son monocle, et l'air pimpant, léger, dégagé, dédaigneux et qui disait, en homme habitué à toutes les élégances, fatigué de luxe, blasé de fêtes, n'estimant que ce qui est chic, comme on dit, coté et parfumé : *Les belles petites sont rares!*

Zilah songeait que, la baronne ayant pour Jacquemin une prédilection particulière, c'était peut-être bien elle, l'étourdie, avec son gai babil, qui avait conté l'aventure au chroniqueur et fourni, sans le savoir sans doute, sans le vouloir assurément, de la prose à l'*Actualité*. En tout bien tout honneur, Jacquemin était vraiment l'enfant gâté de la princesse, le surintendant des fêtes de l'hôtel. Avec un peu plus de fatuité, Jacquemin, qui n'en manquait pas, eût pu se croire adoré de la jolie femme. La vérité est que la baronne Dinati n'adorait que les articles du reporter, ces articles bourrés de noms propres où il ne l'oubliait jamais, elle, où il lui payait, par une suite continue de madrigaux imprimés, sa bondaylole de Milan et ses potages aux nids d'hirondelles.

— Et pourtant, se disait Zilah, non, en y réfléchissant, je suis certain que la baronne n'est pour rien dans cette infamie... Ni par volonté, ni par imprudence elle n'aura donné aucun de ces détails à cet homme!...

Le prince avait alors des tressauts de cœur en se disant que le secret de sa souffrance, l'honneur des siens, la plaie de sa vie, tout cela appartenait, et de quel droit? à l'appréciation de ce petit monsieur au monocle s'improvisant l'historiographe des douleurs ou des malheurs d'autrui.

Il pouvait, d'ailleurs, maintenant qu'il connaissait son nom véritable, envoyer à M. Puck Varhély et un autre de ses amis. Jacquemin eût alors donné une explication, car, pour la réparation, Zilah ne s'en inquiétait guère : il savait qu'une blessure ne lave rien, et pourtant, pris de colère, n'ayant pas en face de lui Menko, il voulait punir. Il voulait, ayant supporté tant de tortures, trouver devant lui quelqu'un du moins qui expiât ce qu'il avait souffert. Puis ce boulevardier gouailleur, qui avait se mêler à sa vie, il le châtierait, il se donnerait cette joie mauvaise d'une vengeance comme si, à travers cet désœuvré, il atteignait le lâche disparu.

Et qui lui disait, après tout, que ce Jacquemin n'était pas le confident de Menko?

Varhély n'eût point reconnu dans le prince Zilah le généreux d'autrefois, plein de pardon et de pitié Andras, ne pouvant se trouver, le jour même face à face avec Jacquemin sous peine de guetter, dans les bureaux de l'*Actualité*, le retour du reporter, après les courses d'Enghien, attendait le lendemain avec impatience. Il voulait interroger le chroniqueur, chez lui, et vers onze heures du matin, après une nuit d'insomnie, le prince montait la rue Rochechouart, et dans cette maison que lui avait désignée Frémin il demandait M. Paul Jacquemin. C'était bien là. Une petite maison vieille, avec une entrée bâtarde, un corridor que longeait une conduite d'eau d'où des odeurs mauvaises montaient, l'obscure loge du concierge formant trou au bas d'un escalier tournant dont la rampe humide, la boule de cuivre mal essuyée, semblaient mouillées de l'eau qui suintait des murailles où ses coulées faisaient des raies, des traînées sales. Une maison d'ouvriers et de pauvres, très hautes, une de ces constructions du temps où ce quartier de Paris était presque la banlieue.

Andras avait hésité d'abord à y entrer, croyant se tromper. Il revoyait le petit Jacquemin, musqué, tiré à quatre épingles, avec sa tenue de « poisseux », et il entendait toujours cette voix dégagée, impertinente, laissant tomber le dédain de son élégance sur ces courses d'Enghien, où les *mondaines de grande marque* manquaient. Il n'était pas possible que ce coureur de primeurs vécût là, dans cette triste maison de malheureux.

On lui avait pourtant bien répondu à ce nom Jacquemin : « Oui, monsieur, au cinquième, la porte à droite », et, dans cet escalier sombre, Zilah montait.

Le prince, en s'arrêtant au cinquième étage, atteignait les combles de la maison et, par la baie ouverte, apercevait tout un amas d'ardoises ou de tuiles, des cheminées noires, et, çà et là, dans les découpures rectilignes des toits, de petits lambeaux de ciel, géométriquement taillés comme des rapiéçages d'étoffes. Encore maintenant il ne pouvait croire que le Jacquemin dont il demandait le nom fût celui qu'il avait vu la veille, et que la baronne Dinati choyait comme le boute-en-train, le factotum de ses fêtes, Jacquemin, le petit Jacquemin, *notre sympathique confrère Jacquemin, l'inépuisable Jacquemin*, dont on citait les mots de la fin dans les *Revues de journaux*, avec cette mention : *Un Jacquemin de derrière les fagots.*

Zilah frappa cependant, à droite, comme on le lui avait dit. On ne lui ouvrit pas tout de suite. Il entendait derrière la porte comme des bruits de pas et des larmes ou des reproches, des criailleries indistinctes; il s'aperçut alors qu'il y avait un cordon de sonnette et il le tira. Quelqu'un, dans l'intérieur du logis, se mit à courir et vint tout de suite.

Zilah éprouvait un singulier sentiment de colère, violemment concentrée, uni à la crainte où il était encore de se tromper, de prendre un Jacquemin pour un autre. Après tout, il allait savoir!

La porte ouverte, une femme parut, jeune, blonde, pâle, avec de jolis cheveux un peu dépeignés, une camisole blanche sur les épaules et un jupon noir.

Elle souriait machinalement en ouvrant la porte; et, apercevant un visage inattendu, elle devint toute rouge et ramena avec vivacité sous son menton les deux côtés de sa camisole, dont elle rattacha plus étroitement l'épingle.

— Monsieur Jacquemin? dit Andras Zilah, qui avait mis son chapeau à la main.

— C'est ici, dit la jeune femme un peu étonnée.

— Monsieur Jacquemin le journaliste? précisa Andras.

— Oui, oui, monsieur, répondit-elle avec un petit accent fier dont le Hongrois s'aperçut bien.

Elle avait ouvert maintenant la porte toute grande, et elle disait, en s'écartant un peu pour laisser passer le visiteur :

— Si vous voulez vous donner la peine d'entrer, monsieur?

Elle n'était pas habituée à des visites, Jacquemin donnait généralement tous ses rendez-vous au journal, mais tout nouveau venu pouvant être pour son mari quelqu'un qui lui apportait de *l'ouvrage*, comme elle disait, elle tenait surtout à ne pas le laisser partir sans savoir ce qu'il voulait.

— Donnez-vous la peine, monsieur!

Elle insistait, et le prince entra, se trouvant, dès l'antichambre franchie en deux pas, dans une petite salle à manger donnant droit sur la cuisine, où trois petits enfants jouaient, le plus petit, qui pouvait avoir dix-huit mois, se traînant aux pieds des autres qui en avaient trois ou quatre. Sur la méchante toile cirée, déchirée au bord, qui recouvrait la table, Zilah remarqua tout de suite deux paires de gants d'homme, l'une d'un gris clair, l'autre jaune, étalées là, aplaties et fripées à côté de cravates blanches salies. Sur une chaise de paille, par la porte ouverte de la cuisine, le prince apercevait encore un baquet plein d'eau où nageait, avec les gonflements du linge trempé, des chemises que blanchissait sans doute cette jeune femme au moment où il avait sonné.

Les cris de tout à l'heure devaient venir de ces petits, muets maintenant, examinant de leurs yeux stupéfaits la tête fière, mâle et triste du « monsieur » qui laissait tomber sur eux un regard surpris.

Zilah regardait aussi la jeune femme. Petite, mince, très jolie, avec la pâleur maladive de la fatigue, et des lèvres admirablement dessinées, mais blanches d'anémie, quelque chose de confus et de surpris, de peureux aussi dans le regard, des maigreurs qui donnaient à son corps élégant l'apparence frêle d'un corps de fillette encore mal formée.

— Si vous voulez vous asseoir, monsieur!

Elle avançait rapidement une chaise cannée dont le jonc élimé se trouait et pendait par endroits.

Tout ce qui était là, dans ce logis pauvre, sentait une gêne terrible, la détresse des déclassés qui accrochent des invitations sur bristol, des billets de kermesses mondaines, des cartons d'entrée dans les tribunes de courses au rebord d'une glace dont le fond se couvre de lèpre et se détache par squammes, comme une peau atteinte de psoriasis.

Sur une petite commode d'acajou, aux coins cassés, des débris de cartonnages du jour de l'an, de boîtes de bonbons, traînaient à côté de romans nouveaux, aux angles salis, aux feuillets coupés avec le doigt au lieu de couteau à papier. A terre, auprès des petits, de misérables jouets brisés couraient les uns après les autres, et le berceau où couchait encore le dernier-né était poussé dans un coin de la salle à manger, avec une vieille chaise d'enfant dont les bras et l'appuie-coude depuis longtemps pendaient cassés.

Zilah ressentait une impression profonde de stupéfaction et de navrement. Il ne s'attendait pas à cet intérieur pauvre, au sourire timide de cette femme, à ce tas d'enfants mal vêtus, fixant sur lui leurs regards silencieux.

— Est-ce que monsieur Jacquemin est ici? demanda-t-il brusquement, voulant s'en aller tout de suite si celui qu'il cherchait n'était pas là.

— Non, monsieur, mais il ne tardera pas à rentrer. Asseyez-vous donc, monsieur, je vous en prie!

Elle insistait si doucement, avec un tel air inquiet de voir partir cet homme qui sans doute, avait quelque bonne nouvelle à apporter à son mari, que le prince s'asseyait machinalement, se disant encore qu'il y avait là une erreur évidente, et que ce n'était pas là, ce ne pouvait être là que vivait Jacquemin.

— C'est bien votre mari, madame, qui signe Puck à l'Actualité? demanda-t-il.

Le même sourire fier de tout à l'heure monta à ce pauvre visage de fillette anémique.

— Oui, monsieur, oui, c'est bien lui! dit-elle, enorgueillie.

Elle était si joyeuse, chaque fois qu'on lui parlait de Paul et qu'elle en parlait! Elle colportait, en bas, chez la concierge, chez le fruitier, chez la bouchère, les articles de l'Actualité. Elle était toute fière de montrer comme il écrivait bien et quelles relations il avait! C'est vrai, toutes les invitations étaient là-haut, quelques-unes au nom de M. Puck, mais Puck ou Jacquemin, c'était toujours Paul, son Paul qu'elle aimait tant, pour qui elle passait les nuits lorsqu'il fallait repasser son linge, quand il avait une belle invitation, un dîner ou un souper quelque part!

— Oui, c'est lui, monsieur, fit-elle encore pendant que Zilah, ne disant rien, la regardait et l'écoutait. Je n'aime pas quand il prend des pseudonymes, comme il dit. Ça me fait tant plaisir de voir son véritable nom, le mien d'ailleurs, imprimé en entier. Seulement il paraît que ça fait mieux, Puck! Ça fait chercher. On se dit: « Qui ça peut-il être? » Il a signé aussi Gavroche au journal le Rabelais, vous savez, qui n'a pas duré longtemps. Vous êtes sans doute aussi dans le journalisme, monsieur?

— Non, dit Zilah.

— Ah! Je croyais!... Après tout, vous avez peut-être raison. C'est un rude métier, tout de même, allez!... On rentre tard... Si vous saviez comme ce pauvre Paul est forcé de travailler, même la nuit. Vous comprenez... Ça le fatigue, et puis ça coûte... Je vous demande pardon d'avoir laissé comme ça ces gants devant vous... Je les nettoie... Il n'aime pas ça, il dit que ça se voit toujours... Eh bien, non, moi je suis femme, je n'y aperçois rien. D'ailleurs je mets un tel soin à tout ça! Il faut bien, vous comprenez, tout coûte si cher! Si on n'avait pas un peu d'intelligence!... Voyons, Gustave, ne tape pas ta petite sœur! Méchant enfant, va!

Et allant aux enfants maintenant, elle arrachait doucement, ses yeux bons, naïfs, doux devenant tout tristes devant une querelle des petits êtres, le plus petit aux mains du plus grand qui pleurait et allait bouder dans un coin, regardant sa mère avec ce même air insolent que Zilah avait aperçu, relevant la lèvre de Jacquemin, lorsque le reporter se plaignait, là-bas, de l'absence des belles petites.

— C'est bien étonnant tout de même qu'il ne soit pas encore rentré, dit alors la jeune femme s'excusant presque auprès de Zilah de cette absence de son Paul. Après ça, il déjeune souvent en ville... chez Brébant... Il paraît qu'il faut ça... Vous comprenez, au restaurant on apprend des nouvelles, on cause... Le fait est que ce n'est pas ici, n'est-ce pas? qu'il apprendrait tout ce qu'il sait... Je ne suis pas forte, moi, en fait de ce qu'il faut mettre *sur* le journal.

Et elle souriait doucement, faisant de son humilité même un piédestal à ce mari si profondément aimé et admiré.

Zilah commençait à se sentir mal à l'aise. Venu avec de la colère, s'attendant à rencontrer le petit fat qu'il connaissait et trouvant là cette pauvre femme humble et dévouée, qui lui parlait de son Paul comme elle eût parlé de son Dieu, et qui, ne sachant rien de la vie de cet homme, l'aimant seulement, le soignant, se sacrifiant à lui dans cette pauvreté presque cruelle, étrange antithèse à la vie de luxe que menait Jacquemin au dehors, l'attendait, passait la nuit, comme elle disait, dans l'écrasement de toute sa personne devant lui et dans la constante sainteté de son amour unique et de sa sublime bêtise.

— Vous n'accompagnez donc jamais votre mari nulle part? lui demanda Andras.

— Moi? Oh! jamais! fit-elle avec une sorte d'effroi. Il ne veut pas. Il a bien raison. Vous concevez, monsieur, quand il m'a épousée, il y a cinq ans, il n'était pas ce qu'il est : il était employé au chemin de fer de l'Ouest. Moi, je travaillais; oui, j'étais couturière; alors ça allait bien, nous allions nous promener ensemble, nous allions au théâtre; il ne connaissait personne. C'est différent maintenant. Vous concevez que si madame la baronne Dinati le voyait à mon bras, ce n'est pas ça qui lui donnerait beaucoup de relief.

— Vous vous trompez, madame, dit doucement le Hongrois. C'est vous qu'on saluerait avant lui.

Elle ne comprit pas, mais elle sentit qu'il y avait là un compliment et elle devint toute rouge, n'osant plus parler et se demandant même si elle n'avait pas trop *bavardé*, comme disait Jacquemin, lorsqu'il lui faisait ses reproches presque tous les jours.

— Monsieur Jacquemin va souvent au théâtre? demanda Andras au bout d'un moment.

— Il le faut bien. Oui.

— Et vous?

— Quelquefois. Pas aux *premières*, vous concevez. Il faut des toilettes pour ça. Mais Paul me donne des billets, oh! tant que j'en

veux, je dois le dire!... Quand les pièces ne font plus d'argent, alors j'y vais avec des voisines. Mais c'est rare. J'aime mieux soigner mes petits, car, pendant que je suis assise là-bas, et que la concierge ou une dame les garde, je me dis : « Pourvu qu'il ne leur arrive rien! » Cette idée-là, ça me gâte tout mon plaisir. Encore si Paul restait ici... Mais il ne peut pas, il a son journal à ces heures-là! Le pauvre garçon, il travaille tant! Allons! dit-elle tristement, je crois qu'il ne viendra pas aujourd'hui. Les petits mangeront son bifteck, voilà tout; ça ne leur fera pas de mal.

Elle prenait, tout en parlant, dans le misérable buffet presque vide, des restes de charcuterie qu'elle posait sur la toile cirée de la table, en s'excusant de mettre le couvert devant Zilah.

Et lui contemplait maintenant, avec un attendrissement que chaque confidence de la malheureuse augmentait, ce pauvre intérieur triste, où vivait la femme, gardant et soignant les enfants tandis que le mari, M. *Puck* ou M. *Gavroche*, paradait aux kermesses ou aux premières, figurait aux courses, dégustait le pomard de la baronne Dinati, n'appréciait en fait de johannisberg, que le cabinet Metternich 1862 cire bleue et or, et donnait à Potel et Chabot, dans ses articles, des leçons de gastronomie.

Alors, sentant instinctivement aller à elle la sympathie de cet homme au visage triste dont les regards avaient tout à l'heure effrayé les petits, et qui l'interrogeait si doucement et d'un air si bon, madame Jacquemin racontait sa vie à cet étranger avec cette facilité confiante qu'ont à se livrer les pauvres gens qui ne voient pas grand monde. Elle contait en souriant l'idylle toute parisienne de ses amours d'ouvrière avec le petit employé qui l'épousait et qui l'aimait tant, et les grandes parties de plaisir d'autrefois lorsqu'ils allaient ensemble, grisette et grisette, à Saint-Germain, en *troisièmes*, et de là à pied, par la grande avenue verte, jusqu'à la fête des Loges, où toutes ces *sociétés* dînent sous bois, les repas sur l'herbe, les tablées de mangeurs autour des longues tables parallèles, sous les tentes rayées aux piliers de bois, enguirlandés de branchettes ou de lierre, les tirs aux macarons, les parades des saltimbanques, les faces enfarinées des clowns, si bouffonnes, si fantastiques, dans ce plein air du jour, et les illuminations, les musiques, le bal qui l'amusaient tant, tant et tant qu'elle revenait écrasée et s'endormait en chemin fer sur l'épaule de son mari en lui disant :

« Je t'aime bien. Ah! la bonne journée! »

— C'est le meilleur temps de ma vie, ça,

voyez-vous, monsieur. Nous n'étions pas plus riches qu'à présent, mais nous étions plus libres! Il était plus à moi aussi. Maintenant, certainement, il me rend bien fière avec ses beaux articles, mais je ne le vois pas, je ne le vois plus... et c'est ça qui me fait de la peine. Oh! sans ça, quoiqu'on ne soit pas des millionnaires, je serais bien heureuse, allez, oui, tout à fait... tout à fait heureuse.

Et il y avait dans la résignation simple, entière, si doucement souriante de ce pauvre être sacrifié sans le savoir, un tel amour, une telle passion profonde pour celui qui en faisait, en réalité, une abandonnée, que le prince Andras Zilah se sentait remué brusquement par cette tendresse laborieuse, ignorante même de son martyre.

Il reconstituait alors cette ironique existence en partie double, l'existence de plaisirs de l'un, l'existence de fatigues de l'autre, ce ménage qui touchait d'un côté à la vie des pauvres, de l'autre à celle du *high-life*, et il s'imaginait, il devinait, sous les paroles mêmes de la jeune femme, les amertumes de ce logis à demi déserté par le mari, les rentrées nerveuses, les retours maussades de Jacquemin retrouvant ces chambres d'ouvrier après une nuit au restaurant, un bal chez la baronne Dinati, une aventure avec quelque cabotine acquittant sa dette de renommée. Il entendait la voix coupante du petit homme élégant que l'humble femme contemplait avec des yeux d'Hindoue adorant une idole; il assistait, par la pensée, à ces scènes tragiquement douloureuses que supportait l'épouse avec son bon sourire tranquille, pauvre femme qui ne savait de la vie de « son Paul » que les devoirs de luxe qu'elle créait, couturière demeurée couturière pour inspecter l'habit noir, les boutons de chemise, les cravates blanches, les gants de soirée de son mari, et qui, de toutes ces fêtes, ne savait rien, n'avait que les échos ou le contre-coup, une partie de baccarat dans un bal emportant parfois, en un soir, les appointements d'un mois de M. *Puck!...* Et Zilah se disait que c'était

peut-être la première fois dans la destinée de cette femme que la vie extérieure de son mari se manifestait à elle, et sous quelle forme! celle d'un homme qui, relevant une injure, voulant demander compte d'une ca-

EN S'EXCUSANT DE METTRE LE COUVERT...

lomnie, venait pour dire à Jacquemin : « Si pourtant je vous tuais, monsieur! »

Et, peu à peu, devant le spectacle de cet amour profond, de cet humble et saint dévouement de la sacrifiée qui tournait vers lui ses yeux timides, se penchait vers ses petits, les apportait à table, leur disait doucement : — « Oui, vous avez faim, soyez tranquilles, vous allez avoir du bifteck de papa », elle, déjeunant avec un peu de café au lait qu'elle faisait chauffer dans la cuisine et avec le morceau de fromage d'Italie qui était là, sur une assiette, Andras Zilah sentait toute sa colère se fondre, sa résolution tomber, une pitié immense, un attendrissement presque violent lui gonfler la poitrine, et il voyait, comme dans une fantasmagorie, cette scène d'épouvante dans ce pauvre petit ménage et cette femme pâle, blonde, déjà minée par la lassitude d'un labeur constant, se penchant à cette fenêtre, là, qui donnait sur la rue Rochechouart, ou courant à la rampe de l'escalier et voyant monter, tout saignant, blessé, blessé à mort, peut-être — ce Jacquemin que lui, Andras, était venu pour provoquer chez lui.

Ah! pauvre femme! Jamais il ne causerait à la martyre une telle angoisse, une douleur pareille. Maintenant entre son épée et la personne impertinente de Jacquemin il y avait cette créature triste et ces pauvres petits qui se roulaient là oubliés à demi, à demi délaissés par le père et qui grandiraient, Dieu sait comment!

— Je vois que monsieur Jacquemin ne rentrera pas, dit-il en se levant d'un mouvement bref. Je vais vous laisser déjeuner, madame.

— Oh! vous ne me gênez pas, monsieur, et vous avez vu que moi-même je ne suis pas gênée avec vous. Je m'en excuse encore!

— Adieu, madame! ajouta Andras la saluant avec un respect visible.

— Alors, vous partez, monsieur? Au fait, puisqu'il ne rentrera pas! Mais seulement, dites-moi ce que je pourrais lui dire, moi... ce que vous veniez lui demander. Si c'était une bonne nouvelle, je serais si contente, si contente... d'être la première à la lui annoncer. Vous êtes peut-être, quoique vous disiez non, le rédacteur d'un journal qui va se fonder? Il m'en parlait, l'autre jour, d'un nouveau journal! Il voudrait y avoir le feuilleton. Ah! faire les théâtres, comme il dit, voilà son rêve! Est-ce que c'est ça, monsieur?

— Non, madame, et, à vrai dire, ce que j'étais venu demander à votre mari n'a plus de raison d'être. Mais, je ne regrette pas ma visite, au contraire, j'ai rencontré une vaillante femme, et je lui présente tous mes respects.

Pauvre malheureuse! Elle n'avait guère l'habitude de ces hommages. Plus rouge encore que tout à l'heure, elle balbutiait quelques remerciements et semblait toute désolée en voyant partir cet homme qui n'avait pas dit ce qu'il voulait et qui, pour elle, emportait elle ne savait quel espoir brusquement évanoui.

— La vie de Paris a de ses secrets! pensait Zilah en descendant lentement l'escalier qu'il avait gravi d'un pas leste tout à l'heure.

En bas, instinctivement, il releva la tête et sur la rampe humide, là-haut, comme du fond d'un puits, il aperçut la tête blonde de la jeune femme penchée vers lui, et les petites mains des enfants cramponnées aux barreaux mouillés à travers lesquels ils tâchaient de couler leurs petites têtes roses.

Alors le prince Andras Zilah salua encore.

Dans le trajet de la rue Rochechouart à son hôtel, il revit, antithèse vivante de cette Marsa qui avait tué sa foi, l'image grêle et souffreteuse de cette fillette de Paris qui lentement dépérissait, trompée, dédaignée, méprisée de celui dont elle portait le nom. Un si beau nom : Puck ou Gavroche!

— Et elle mourrait plutôt que de le salir, ce nom là! Ce Jacquemin trouve cette serve! Une hirondelle de bonheur, nichée sous les gouttières de Paris! Et moi, moi, je rencontre, qui? une misérable qui me mentait! Plus coupable et plus lâche qu'une adultère! Allons, allons, décidément, hommes et femmes sont tout simplement, entre les mains du sort, des pantins destinés à se briser les uns les autres.

En rentrant chez lui, il y trouva Yanski Varhély dont le dur visage de Hun lui parut inquiet.

— Eh bien? demanda le vieux hussard.

— Eh bien, rien!

Et il lui conta ce qu'il venait de voir.

— Drôle de ville que Paris! dit-il ensuite. Je vois qu'il faut monter les étages pour la bien connaître.

Il prit une feuille de papier, s'assit et écrivit :

« Monsieur,

« Vous aviez publié sur le prince Andras Zilah un article qui est une mauvaise action. Un ami tout dévoué du comte avait résolu de vous la faire payer cher. Il y a quelqu'un qui l'a désarmé. C'est l'admirable femme qui porte si honorablement le nom que vous lui avez donné et qui supporte si vaillamment la vie que vous lui faites. Madame Jacquemin rachète l'infamie de M. Puck. Mais quand vous aurez à parler des malheurs d'autrui, songez un peu à l'existence qui est la vôtre, et profitez de la leçon de morale que je vous donne, en passant.

« Un inconnu. »

— Maintenant, dit Zilah, soyez assez aimable, mon cher Varhély, pour faire porter ce petit billet à monsieur Puck, aux bureaux de l'Actualité, et priez votre domestique d'acheter des joujoux, ceux qu'il voudra, voici de l'argent, et de les porter chez madame Jacquemin, rue Rochechouart, 25. Trois joujoux, parce qu'il y a trois enfants. Les pauvres petits y auront toujours gagné cela

XXVII

Andras Zilah voulait désormais s'enfoncer plus avant dans sa solitude. Il ne s'inquiétait plus de la vie extérieure. Que lui importait celui qui avait glissé dans ce journal, peut-être disparu maintenant, ces lignes odieuses? Sa douleur, ce n'était pas qu'on lui rappelât la trahison, c'était la trahison même. Et cette souffrance quotidienne lui donnait comme un appétit de la mort.

— Il faut pourtant vivre! se disait-il. Si vivre poignardé, c'est vivre!

Alors, volontairement, il se plongeait, pour fuir le présent, dans les souvenirs de guerre comme dans un bain d'oubli, étrange oubli où il retrouvait toutes les patriotiques douleurs d'autrefois. Il lisait avec une sorte d'âpreté farouche les livres où Georgeï, Klapka, les acteurs du drame, apportaient leurs excuses ou exhalaient leurs plaintes. Il lui semblait que sa patrie lui ferait oublier son amour.

Dans la galerie élégante où il se tenait d'ordinaire, ses yeux s'arrêtaient sur des toiles de Matejko, le Polonais, sur des batailles, honveds hongrois ou hussards allant au feu, sur de rudes paysages de Munkacsy, ce peintre de son pays qui prenait le nom de la ville de Munkacs où la légende veut que jadis les Magyars, venus d'Orient s'arrêtèrent, dessous de bois farouches, avec des campements de Tziganes devant des couchers de soleil rouges comme des incendies, souvenirs de puszta hongroise. Il se plaisait à ces toiles familières lui parlant de tout son passé. Puis des assombrissements lugubres le prenaient, des envies de respirer un air nouveau, de fuir Paris, de mettre entre Marsa et lui le long espace d'un voyage éperdu, d'une course à travers le monde où l'avidité des choses nouvelles eût harassé sa douleur et où, qui sait, quelque hasard eût, au détour d'un chemin, terminé sa vie.

Sans compter que, là-bas, ce hasard pouvait mettre sur sa route, à portée de sa main, Menko...

Mais, au moment de partir, de se jeter dans cette course folle, une espèce de lassitude le prenait. Il éprouvait la sensation d'engourdissement du blessé qui n'a point la force de bouger. Où il était, il demeurait triste, amer, se demandant parfois s'il ne devait point plaider, rompre cette union, redemander son nom à celle qui le lui avait volé.

Plaider? Cette idée lui répugnait. Livrer aux dépeçages de la parole le nom fier et intact des Zilah, l'entendre retentir, non plus dans le fracas de la bataille, dans la poudre, au-dessus des chocs des sabres et des galops de chevaux courant à l'ennemi, mais sous les voûtes d'un palais de justice, à l'oreille de curieux, d'indifférents, de blasés, non, le silence valait mieux. Tout valait mieux que ce clapotis de boue remuée et cette poussière de scandale.

Le divorce? Il existait pour lui, puisque cette Marsa, l'esprit perdu, était maintenant comme morte. Et que lui eût rendu le divorce? Sa liberté? Il l'avait. Mais ce que rien ne pouvait lui rendre, c'était sa foi broyée, son rêve écroulé, son bonheur en miettes et en fange.

Des vapeurs rouges lui montaient alors au front, quand il songeait, avec des violences amères lui emplissant la poitrine.

Il avait parfois des appétits âpres de revoir Marsa, comme s'il avait quelque éclat de colère encore à lui jeter au visage. Lorsque le nom de Maisons-Laffitte, par hasard, lui passait sous les yeux, il éprouvait cette secousse de l'étincelle électrique tordant les nerfs. Maisons! Et le jardin plein de soleil, les allées contournant les parterres, les touffes de fleurs, les yuccas, la villa blanche, avec sa vierge byzantine, lui apparaissaient soudain, dans un éblouissement brutal, comme un paradis perdu ou plutôt empoisonné! Et d'ailleurs, elle n'était même plus là, Marsa, et l'idée que cette exquise créature, cette femme qui le faisait frissonner autrefois, hier, lorsqu'il se disait qu'il allait s'enivrer du parfum de ses cheveux, du charme de ses caresses, l'idée que cette belle fille brune et pâle était, là-bas, enfermée à Vaugirard, parmi les folles, lui causait une sensation de souffrance aiguë ou d'étonnement, comme un cauchemar.

Il y pensait tellement, à cette maison d'aliénés qui était la prison de Marsa, elle le préoccupait si affreusement qu'il sentit brusquement le besoin de fuir, pour ne pas faiblir, pour ne pas revoir la Tzigane.

— Comme on est lâche! pensait-il.

Il annonça, un soir, à Varhély qu'il partait pour cette villa isolée de Sainte-Adresse, d'où, tant de fois, en causant de la patrie, ils avaient regardé la mer.

— J'y vais pour être seul, mon cher Yanski, mais être avec vous, c'est encore être avec moi-même. J'espère que vous viendrez.

— Assurément, dit Varhély.

Le prince n'emmenait qu'un domestique. Il prétendait vivre sur la falaise comme un ours au haut d'un rocher. Mais Varhély, vraiment effrayé des changements rapides qui, de jour en jour, se faisaient chez le prince, de cette sorte de pâleur hépatique qui lui mettait sur le visage un masque

triste, le suivit, voulant du moins le dis-
traire, l'arracher à ses préoccupations par
des causeries où lui seul, le vieil ami d'autrefois, savait faire passer l'écho des grandes
journées, le forcer même à se mêler à la
vie de ces pêcheurs qui l'entouraient.

Zilah et son ami demeuraient alors de
longues heures sur la terrasse de la villa,
regardant à leurs pieds se coucher le soleil,
tandis que la mer d'un gris bleu s'enveloppait d'une buée lumineuse où des voiles
blanches passaient comme des mouettes, et
que la lumière à demi disparue frappant de
rayons les murailles de brique rouge, les
volets blancs de la maison. Les touffes de
roses, les genêts jaunes, les vases de faïence
bleue de la terrasse éclataient comme dorés,
et sur les coteaux d'Ingouville, les maisons
à toit d'ardoise, enveloppées d'arbres, les
coteaux à demi rougis se teignaient de pourpre, tandis que, sur le chemin, les doua-
niers passaient la carabine sur l'épaule et,
devisant, montaient lentement vers la falaise
pour y passer la nuit.

Cette impression de calme produisait peu à
peu sur le prince Andras l'effet salutaire
d'un bain après une nuit de fièvre nerveuse.
Il se laissait aller à des réflexions moins
amères, et c'était, chose bizarre! ce rude
Yanski Varhély qui, avec des tendresses
câlines, amenait son ami à une acceptation
plus résignée de la vie.

Bien souvent, la nuit tombée, Zilah des-

BIEN SOUVENT,
LA NUIT TOMBÉE...

cendait avec lui sur la grève. La mer venait
les toucher presque. Des reflets d'argent
scintillaient. Les vagues éclairées par la lune
dansaient comme frangées de lumineux

atomes. Les bateaux passaient, un fanal
rouge à leur mât ou des lanternes vertes
accrochées. Le sable mouillé reflétait des
éclats de lumière comme un vaste miroir
posé à terre. La lune, dans le ciel immense,
planait et, en s'approchant de la mer qui
s'éloignait avec la marée basse, il semblait
à Andras et à Varhély qu'ils eussent les
pieds dans de l'argent en fusion.

Ils causaient alors dans cette solitude et,
en face de cette immensité, il semblait à
Andras que le mauvais rêve de sa vie était,
pour un moment, emporté par le vent du
large.

Et ces deux hommes, diversement broyés
par le sort, se promenant ainsi sur une
bande de sable, échangeant leurs idées dans
le grand murmure de la mer, ressemblaient
à deux blessés qui mutuellement se sou-
tiennent pour avancer et ne pas tomber
avant la fin du combat.

Yanski essayait surtout de ranimer chez
Andras les vieux souvenirs du pays, voulant,
par la patrie, arriver peut-être à un autre
amour; et, dans l'évocation de leurs souvenirs, ils revenaient souvent, ils revenaient
toujours à leur Hongrie.

— Ah! j'ai tant espéré, tant fait de songes!
disait Andras. Les idéalistes n'ont pas de
chance, par le temps qui court. Aussi ne
suis-je plus guère aujourd'hui qu'un homme
qui n'attend rien de la vie que son dénouement. Et pourtant j'aimerais à revoir ce
vieux château aux pierres rouges où j'ai grandi, plein
d'espérances!... Bah! En-
core de jolies bulles de
savon, tout cela!...

Un matin ils étaient
sortis, allant vers le Havre
par le quartier des pê-
cheurs, ces rues qui don-
nent sur la mer, ces ruel-
les noires, la rue de Mer,
avec ses maisons basses;
et, arrivant dans le Havre
même, Varhély montra
tout à coup au prince une
affiche portant l'annonce
d'une série de concerts
donnés à Frascati par des
musiciens tziganes:

— Ah! dit Yanski, par
exemple, vous sortiriez
bien de votre retraite pour
entendre, une fois, ces
airs-là?

— Oui, certes, fit Andras.

Mais, sans que le nom de Marsa lui vînt
aux lèvres, encore, et toujours c'était vers
elle que cette affiche entraînait tout à coup

la pensée d'Andras et la vision du steamer paré comme une salle de bal et emportant ses hôtes, le long de la Seine, lui revenait, ironique, triste comme un feu d'artifice éteint brusquement.

Le soir, il était au Casino, mais il éprouva une sensation singulière, un déchirement nouveau, en entendant les soupirs, les cris, les plaintes de cette mordante musique tzigane. Les cordes des archets eussent joué ces czardas sur ses nerfs tendus qu'il n'eût pas tressailli avec plus de violence. Chaque note de ces airs d'autrefois tombait sur son cœur comme une larme corrosive. Et Marsa, Marsa Laszlo, toujours Marsa lui revenait devant les yeux. Les Tziganes jouaient maintenant des valses que jouait Marsa, puis la lente plainte déchirante de la *Chanson de Plevna* et aussi le douloureux refrain, de Janos de Népeth, l'air navré qui était, pour le prince, comme le *memento* de sa vie :

— *Il n'y a qu'une belle fille au monde!*

Et, à chaque note, à chaque czarda nouvelle, c'était Marsa qu'il revoyait toujours.

— Partons, dit-il brusquement à Yanski.

Mais, comme ils allaient sortir, ils se heurtèrent presque à une bande de fous qui entrait, toute joyeuse, guidée par la petite baronne Dinati, et un grand cri de la jolie femme le saluait tout aussitôt :

— Vous, mon cher prince! Ah! la bonne aubaine!

Et elle essayait de se pendre au bras d'Andras, tout le petit clan qui accompagnait la baronne s'arrêtant en même temps pour saluer le prince Zilah.

— Nous venons d'Etretat, et nous repartons tout à l'heure, oui, oui, en pleine nuit!... Il y avait une fête au Havre... quartier Saint-François. Nous avons dévalisé les boutiques... cassé toutes les poupées des tirs... acheté toutes les horreurs en porcelaine et toutes les verroteries du monde... Tout ça est dans le break... Nous en ferons, à Etretat, une tombola pour les pauvres...

Le prince essayait de se dégager, mais la petite baronne tenait bon.

— Pourquoi ne venez-vous pas à Etretat? C'est charmant... On s'amuse, on jase, on patine... Un vrai pont de steamer... Yamada nous y fait de la musique... Approchez donc, Yamada!

Et la baronne appelait le Japonais dont la figure d'ivoire souriait.

— Mon cher prince, vous ne savez peut-être pas que Yamada est le plus parisien des Parisiens? Ces Japonais! Les Parisiens de l'Asie, ma parole! Savez-vous à quoi il s'occupe, à Etretat? Il écrit une opérette...

— Japonaise! dit Yamada comme correctif, en saluant avec son élégance géométrique.

— Oh! japonaise! japonaise! japonaise boulevardière! fit la baronne... Très drôle dans tous les cas!... Le titre? *La petite Mousmé!* Il y a une scène de *bateau-fleurs!* Oh! d'un amusant! d'un topique! Très originale et naturaliste... avec couplets chantés par la « petite Mousmé » justement.

Puis, tandis que Zilah, un peu mal à l'aise, regardait Variety qui cherchait le moyen de s'éloigner, la baronne, gentiment, fredonnait du bout de ses lèvres rouges la musique et le refrain du maestrino japonais :

> Le beau bala
> Le beau bateau
> Le beau bateau
> De Kioto.
>
> C'est le bala
> C'est le bateau
> Le beau bateau
> De Kioto!

— Chanté par Judic ou par Théo, ça fera fureur... Tout Paris répétera ça...

> Le beau bala
> Le beau bateau...

— Ah! au fait, dit la baronne, qu'est-ce que vous avez donc fait à Jacquemin? Oui, mon ami Jacquemin?

— Jacquemin? fit Zilah.

Il revoyait brusquement, dans l'espèce de galetas de la rue Rochechouart, la pauvre femme blonde et douce qui bordait, à cette heure même, les lits de ses petits, des petits de M. *Puck*, reporter mondain de l'*Actualité*.

— Oui, eh bien, Jacquemin est devenu d'un sauvage!... Oh! mais d'un sauvage!... J'ai voulu l'emmener à Etretat... Pas moyen... Il paraît qu'il est marié, Jacquemin... Est-ce drôle! Il n'en avait pas l'air... Marié! Pauvre garçon! Enfin!... Bref, quand je l'invite, il refuse, et, l'autre jour, comme j'en ai voulu savoir la raison, il m'a répondu (c'est pour cela que je vous en parle) : « Demandez au prince Zilah! » Qu'est-ce que vous avez donc fait, voyons, à ce pauvre Jacquemin?

— Rien, dit le prince.

— Enfin, vous l'avez converti!... Lui, si répandu, si boute-en-train, il se cache dans son trou, comme un hérisson... Voyez comme c'est désagréable... S'il était ici, il aurait déjà fait dans l'*Actualité* une chronique sur la *Petite Mousmé*... Une « Indiscrétion parisienne » à Etretat!... Et l'opérette de Yamada serait déjà célèbre...

> Le beau bateau
> De Kioto!

Aussi, dit la baronne, dès mon retour à

Paris je vais le relancer *at home*!... Un chroniqueur ne doit pas être un ours!

— Laissez-le tranquille chez lui, s'il aime
son foyer maintenant, dit Zilah. Rien ne
vaut le logis quand on l'aime et qu'on y est
aimé.

La baronne était devenue, brusquement,
toute sérieuse aux premiers mots de Zilah
parlant cette fois d'un ton très triste.

— Je vous demande pardon, dit-elle en
lui tendant sa petite main, oui, pardon de
vous avoir ennuyé... Oh! pas de politesse!
Je vous ennuie... Consolez-vous, nous repartons... Et puis vous savez que si une créature vous aime, vous respecte, vous est
dévouée de toute son âme, c'est cette insensée
de petite baronne!... Adieu!...

— Au revoir! dit Andras, qui saluait les
amis de la baronne, Yamada, miss Maud
Rugsby, d'autres Parisiens exotiques.

Il sortit, heureux d'échapper à ces banalités ou à ces gaîtés, avec Varhély; et ils
revinrent à la villa en suivant le bord bruis-
sant de la mer.

Des lambeaux de czardas leur arrivaient
encore du Casino illuminé par-dessus la
grande voix des vagues. Andras se sentait
irrité, nerveux. Tout ce monde lui rappelait
encore Marsa, comme cette musique même.
Invinciblement partout, toujours, elle s'imposait à lui, Marsa, elle semblait reprendre
possession de son cœur, comme une plante
arrachée et qui repousse.

— Elle souffre aussi! dit-il, tout haut après
un moment de silence.

— Heureusement, grommela Yanski.

Puis, comme si le vieux comte eût voulu
effacer sa dureté :

— C'est pourquoi elle n'est peut-être pas
indigne de pardon! dit-il, de sa rude voix
qui tremblait un peu.

— Pardonner!...

Le cri s'échappait de la bouche de Zilah
avec un accent de douleur qui frappa Varhély.

— Pardonner avant d'avoir puni... l'autre!
dit encore le prince avec colère.

L'Autre! Yanski Varhély ferma le poing
instinctivement, pensant avec rage à ce paquet de lettres qu'il avait tenu entre ses
mains et qu'il eût pu anéantir, s'il avait su.

C'est vrai, comment pardonner tant que
Menko vivrait?

Et, jusqu'à la villa où Varhély logeait avec
lui, le prince Zilah ne dit plus rien, absorbé,
durement assombri.

Une fois chez lui, il serra la main d'Yanski,
puis s'enferma dans sa chambre, et, sous
l'abat-jour de sa lampe, fiévreusement, il
ouvrit, lut, relut pour la centième fois
peut-être, des lettres, des lettres qui ne lui
étaient pas adressées, ce paquet de lettres

que Varhély lui avait remis, et dont Michel
Menko l'avait comme souffleté, le jour de
son mariage.

Andras les avait gardées, les rouvrant
parfois avec des appétits de souffrance, des
avidités de déchirements nouveaux, s'infil-
trant cette sorte de poison pour irriter sa
douleur morale comme il se fût injecté de
la morphine pour calmer une douleur physique; et ces lettres lui causaient une sensation analogue à celle qui donne le repos
aux morphinomanes, cruelle d'abord, aiguë
comme un coup de couteau, puis peu à peu
apaisée comme par un bercement lent, un
écrasement sans pensée.

Tout revivait là, dans ces lettres de Marsa
à Menko; tout ce qui avait été l'amour ignorant, instinctif, naïvement crédule de la
jeune fille pour Michel, puis son exaltation
pour l'amour même plutôt que pour celui
qu'elle aimait et puis encore, car Menko, ne
choisissant pas, avait tout envoyé à la fois,
l'effrayant mépris de Marsa, trompée, pour
l'homme qui avait menti.

Il y avait dans ces billets adressés à cet
homme des fraîcheurs de sentiments et des
crédulités juvéniles qui donnaient la sensation d'une matinée claire, aux premières
bouffées d'avril. C'était la candeur, l'éveil
de l'âme, la foi de l'être qui ignore en celui
qui le séduit. Et c'était bientôt les élans
d'un cœur qui croit s'être donné pour
toujours, parce qu'il espère avoir rencontré
une loyauté à toute épreuve et un dévouement éternel.

En les lisant, ces lettres d'où le vivant
parfum de Marsa montait, Andras éprouvait
des frémissements de colère, d'âpres violences contre les misérables qui l'avaient
trompé, qui s'étaient aimés, et aussi, et
involontairement, des pitiés à peine for-
mulées, timides, craintives, pour cette femme
qui souffrait là, ignorait, s'abandonnait, confiante, puis se reprenait indignée; pitiés
bientôt secouées et haïes, comme si le prince
eût eu peur de lui-même, peur de pardonner.

— Qu'a donc Varhély à me parler de
pitié? se disait-il. Est-ce que je suis vengé,
moi?

Il espérait bien, un jour venu, faire justice
de la trahison de Menko. Chacun des billets
qui étaient là prouvaient bien que Marsa
avait été la maîtresse de cet homme, mais,
en même temps, que Michel avait abusé
d'une ignorance, menti, affreusement menti,
se disant libre quand il avait donné déjà son
nom à une femme.

— Le misérable!

Andras Zilah resta ainsi toute la soirée à
s'infliger cette torture de relire ces pages,

ces aveux adressés à un autre. Il y prenait
comme une amère et atroce joie. Il se disait
lui-même qu'il était bien le fils de ces
Hongrois des temps primitifs que, tout petits,
leurs mères mordaient pour les habituer à
la douleur. Et il avait soif, vraiment soif de
cette souffrance.

Toute la nuit, il demeura là, se tordant le
cœur comme à plaisir, s'y enfonçant chaque
mot d'amour écrit par Marsa à Michel,
comme s'il eût besoin maintenant de ce
nouveau supplice pour retrouver une nouvelle force dans sa haine.

Il fut, le lendemain, à l'heure du déjeuner,
tout étonné de voir arriver Yanski Varhély,
très pâle, qui lui annonça qu'il partait.

— Pour Paris?

— Non. Pour Vienne.

— Quelle idée! Qu'y allez-vous faire,
Varhély?

— Angelo Valla est arrivé hier au Havre.
Il m'a fait prier d'aller le trouver à son
hôtel, ce matin. J'en viens. Valla me propose
une affaire d'intérêt qui a besoin, pour être
traitée, de ma présence à Vienne. J'y vais.

Le prince Zilah connaissait intimement
ce Valla dont lui parlait Varhély, et il l'avait
pris pour témoin de son mariage. C'était un
ancien ministre de Manin qui, depuis le

VARHÉLY DESCENDAIT...

siège de Venise, ayant été à la peine, ne
tenait pas à être aux honneurs et vivait,
tantôt à Paris, tantôt à Florence, d'une
petite rente. Andras Zilah l'estimait beaucoup.

— Et vous partez? dit-il à Yanski.

— Dans une heure. Je tiens à prendre à
Paris le train rapide de ce soir.

— Est-ce donc chose si pressée?

— Très pressée, dit Varhély. Un autre
pourrait enlever la situation que je vais
chercher là-bas, et je tiens à arriver, comme
on dit, bon premier.

— Au revoir donc, fit Andras, surpris, et
revenez-nous vite.

Il fut étonné de la pression de main presque violente que lui donna Varhély comme
s'il fût parti pour un très long voyage.

— Pourquoi Valla n'est-il pas venu me
voir? demanda-t-il. Il est, lui, un de ceux
que j'aime à retrouver toujours.

— Valla est fort pressé. Il repart sur-le-
champ. Il me prie de l'excuser.

Le prince ne chercha pas longtemps,
d'ailleurs, quelle était la raison détermi-
nante de cette sorte de fugue.

Varhély descendait déjà l'escalier de la
villa, une voiture l'attendait sur la route.

Andras se sentit alors profondément, amè-
rement seul, et il songea encore à cette
femme que son imagination lui montrait
obstinément maintenant accroupie et hagarde
dans un cabanon de Vaugirard.

XXVIII

Une espèce de magnétisme fiévreux attirait,
deux heures après le départ de Varhély, le
prince Andras vers cet endroit de la plage
où, la veille, il avait entendu les airs tziganes.

Là encore, seul cette fois, aspirant au
passage les accents de cette musique du
pays, il cherchait à retrouver l'impression
éprouvée lorsque Marsa jouait cet air, et cet
autre, et cette chanson triste, et cette czarda.
Il la revoyait, tandis que sur le bateau, ce
beau jour de l'an passé, les enfants, grimpés
sur le garland, envoyaient de leurs petites
mains de gros baisers à la fiancée! Et, plus
troublé que jamais, déchiré, souffrant de ses
nerfs malades, Zilah rentra chez lui, au
crépuscule, rouvrit le tiroir où il enfermait
les lettres de Marsa et une à une, poussé
par il ne savait quel instinct inexpliqué, il
les brûla, à sa fenêtre, la flamme de la
bougie dévorant ce papier dont le parfum
subtil montait une dernière fois comme un
soupir qui s'évanouit, tandis que le vent du
large emportait vers l'infini la poussière
noire de ces lettres où de petites étincelles
couraient pour mourir.

Dans l'éblouissement d'un coucher de
soleil, cette poudre noire, ces débris de passion, d'amour trahi, ce papier jadis réchauffé
de baisers et trempé de larmes se volatili-

sait dans l'immense gouffre ouvert sous la villa.

Le vent balayait le passé et Andras le regardait s'enfuir.

Le soleil descendait lentement dans une atmosphère de feu, découpant sa rondeur rouge et chaude dans une bande couleur d'acide sulfurique, que du côté du Havre, tout à l'heure bleu et clair comme un coin de la baie de Naples, une sorte de brouillard argenté estompait déjà les côtes, la rive, les maisons, les mâts des navires et que la lune montait. Les reflets du couchant faisaient miroiter d'un éclat d'incendie la coque des bateaux pêcheurs filant sur la mer calme. Toute la falaise, le cap et les phares, vers Sainte-Adresse et la Seine, prenaient une teinte violacée, tandis que le soleil étendait sur les flots une longue raie sanglante qui, à mesure qu'il descendait, allait s'amincissant.

Puis, peu à peu, le disque rouge, déjà mordu par l'arête de la falaise, s'abaissait encore, disparaissait, la silhouette du cap avalant lentement cette rondeur saignante, si bien que la couleur bleue s'étendait maintenant sur l'immense mer unie et que la nuit qui venait enveloppait à la fois cette ville, dont l'activité s'éteignait, et cet homme qui regardait s'envoler les débris d'un amour détesté, de l'amour d'un autre, d'un amour qui lui avait comme déchiré et mordu le cœur.

Et, chose étrange, sentiment inexplicable, ces lettres tragiques, odieuses, irritantes, ces billets lus et relus et qu'il trouvait infâmes, ces lettres d'amour, le prince Andras Zilah les regrettait à présent.

Il lui semblait, par un déplacement singulier de sa personnalité, que c'était quelque chose de lui-même, puisque c'était quelque chose d'*elle* qu'il venait de détruire. Il ne respirait plus ce pénétrant arôme qui était Marsa. Il étouffait cette voix qui disait : « Je t'aime! » à un autre, mais qui lui causait les mêmes frissons que si elle lui eût, à lui, murmuré les mêmes mots.

C'étaient les lettres reçues par son rival qu'il envoyait, poussière impalpable, au vent de la mer, et il éprouvait, folies du cœur humain! l'amer sentiment d'un homme qui a détruit ainsi un peu de son passé.

L'ombre descendait en lui en même temps que sur la mer.

— Il vaut bien la peine de tant souffrir et faire souffrir, dit-il au bout d'un moment, puisque de tous nos amours, de notre âme et de nous-même, il reste, au bout d'un temps, quoi? ça!

Et il regardait, dans le crépuscule, le dernier atome s'envoler.

XXIX

La solitude maintenant pesait lourdement à Andras. Les nerfs tordus par tous ces souvenirs que les czardas des musiciens tziganes jetaient la veille, au vent du large, il lui semblait que la plage était affreusement déserte depuis qu'ils étaient partis, et Varhely avec eux. A la symphonie éternelle de la mer, à ce bercement de la vague frappant sur les galets, au pied de son logis, une note à présent manquait à Zilah, cette note stridente du czimbalom, retentissant là-bas, dans le jardin de Frascati. C'est que le frémissement du czimbalom était comme un appel évoquant encore l'image de Marsa. Et, invincible, cette image reprenait insensiblement possession de cet homme qui, avec une sorte de colère douloureuse qu'il regardait comme de la haine, essayait vainement de chasser ces souvenirs, lancinants à l'égal de blessures.

Alors à quoi bon rester à Sainte-Adresse, puisque ce Paris, qu'il fuyait, était venu l'y retrouver, et puisque Marsa y était aussi présente que si elle eût vécu là, à ses côtés?

Il voulut partir.

Il quitta le Havre.

Mais, le soir même de son retour à Paris, dans le brouhaha des Champs-Élysées, la longue avenue ponctuée de lumières, les traînées de gaz des cafés-concerts, les bouffées de musique cuivrée passant à travers les arbres, il retrouvait encore, comme si la Tzigane l'eût toujours poursuivi, ce même fantôme dans les allées remplies de promeneurs; et, malgré le bruissement des talons de tous ces gens sur l'asphalte, les échos de la *Chanson de Plevna*, jouée là tout près, par quelque orchestre hongrois, arrivaient jusqu'à lui, comme au Havre, sur la grève, et il remontait avec une sorte de hâte vers son hôtel, pour s'y enfermer, ne rien voir, ne rien entendre et échapper à l'obsession quasi-fantastique de cette inévitable vision.

Il ne dormit pas d'ailleurs. La fièvre lui brûlait le sang. Il se levait, essayait de lire, ouvrait sa fenêtre et revoyait éternellement Marsa Laszlo là, devant lui, comme le spectre de son bonheur.

— Lâcheté de notre nature! se disait-il avec des colères. Je l'aime donc, je l'aime donc toujours?

Et il se sentait des mépris contre lui-même en s'éprouvant des tentations de revoir le logis de Maisons-Laffitte, où il avait éprouvé la plus atroce douleur de sa vie. La souffrance pouvait devenir vague et sourde; non,

il voulait lui redonner comme une acuité
fraîche, rouvrir la plaie et la faire saigner.
Et à quoi bon? Il n'oubliait et n'oublierait
rien. La cicatrice n'était pas près de se
fermer.

S'il eût été sincère avec lui même, il se fût
dit qu'il était poussé par son amour même,
toujours vivant, toujours présent, vers tout
ce qui pouvait lui rappeler Marsa et qu'il
lui fallait un violent effort presque surhu-
main pour ne pas céder à cette obsession.

Il y avait une semaine que le prince était
de retour de Paris lorsqu'on lui annonça la
visite du général Vogotzine. Un moment,
Andras fut tenté de ne point le voir, mais il
en eût, au fond de l'âme, été navré; la visite
du général lui causait une joie qu'il ne
s'avouait même pas à lui-même. Il allait donc
parler d'elle! Sa passion se donnait, pour
excuse hypocrite, qu'il ne pouvait, après
tout, défendre sa porte à Vogotzine.

Le vieux Russe entra, l'air timide, embar-
rassé, et ne se remit un peu de son émotion
que lorsque Andras lui fit un accueil poli,
triste et correct.

Le prince fit asseoir le général qui, par
extraordinaire, n'avait pas demandé, pour
être éloquent, du secours à l'alcool.

Vogotzine était un peu rouge, ne sachant
pas trop par où entamer des négociations,
mais étant à jeun, à peu près sûr du moins
de ne pas dire trop de sottises.

— Voilà ce dont il s'agit, fit-il en s'épon-
geant le front... Le docteur Fargeas, qui
m'envoie, aurait bien pu venir lui-même...
Mais il a pensé que moi, l'oncle... je devais...

— Vous venez m'entretenir de Marsa?
demanda Andras, inconsciemment heureux
de prononcer ce nom.

— Oui, et le général devint soudain inti-
midé, de... de Marsa... Elle est très souffrante, Marsa... Très atteinte... De la stupeur, dit Fargeas... Elle ne prononce pas
un mot... rien... Une mécanique!... Cruel à
voir, ça, donc, tout à fait cruel!...

Il levait ses gros yeux inquiets sur Andras
qui voulait paraître froid et dont la barbe
blonde semblait agitée d'un mouvement nerveux involontaire.

— Impossible de la tirer de cet état-là,
ajoutait Vogotzine... Le docteur y perd son
latin, comme on dit... Il n'a d'espoir qu'en
une... une expérience...

— Quelle expérience?

— Voilà... Il voudrait donc savoir si... vous
allez me pardonner ce que je vais vous proposer... c'est le docteur Fargeas qui a eu
cette idée-là... si... en se retrouvant... je
suppose... ce n'est pas moi qui parle... en
se retrouvant devant vous... chez le docteur
Sims... un éclair de raison... une émotion...

Je ne sais donc déjà pas ce que monsieur
Fargeas espère... mais je vous rapporte ses
paroles... Je fais donc sa commission...

— Le docteur, dit Andras froidement,
voudrait que... votre nièce me revît?...

— Oui... et vous parlât... Vous concevez...
vous êtes le seul être pour lequel...

Le prince interrompit le général qui resta

— VOILÀ CE DONT IL S'AGIT.

muet, tout à coup, comme devant le tzar.

— C'est bien... Mais ce que me demande
là monsieur Fargeas est une épreuve dont
« souffrirai, moi... et atrocement...

Vogotzine ne disait plus rien.

— La revoir?... Il veut donc que toute ma
douleur me remonte aux lèvres!

Vogotzine, impassible, comme à une pa-
rade, attendait.

Au bout d'un moment, Andras se taisant,
le général crut qu'il pouvait parler :

— Je sais bien... Je savais ce que vous
alliez répondre?... Je l'avais dit au docteur...
Mais il avait donc ajouté, lui : « Question
d'humanité... Le prince ne refusera pas... »

Il savait bien, le prince Zilah, tout ce
qu'on pouvait lui ordonner avec ce mot
d'humanité, que Fargeas, connaissant ou devinant Andras, invoquait là comme un mot
d'ordre! Le prince n'eût pas refusé sa pitié
à la dernière des créatures. Dût-il souffrir
jusque dans la moelle des os, puisque sa
présence pouvait être utile, il obéirait au
docteur.

— Quand monsieur Fargeas veut-il?...

— Quand vous voudrez, dit Vogotzine. Le
docteur est donc précisément à Vaugirard,
maintenant, en visite chez son collègue et...

— Ne le faisons pas attendre!

Les gros yeux, striés de rouge, de Vogotzine
s'éclairèrent brusquement.

— Alors... vous consentez? Vous venez?...

Il cherchait une parole de remerciement, qu'Andras Zilah arrêta net.

— Je vais faire atteler, dit le prince.

— J'ai une voiture, fit joyeusement Vogotzine... Nous pouvons donc déjà partir sur-le-champ.

Zilah demeura presque silencieux durant le trajet, et Vogotzine, ses moustaches à la portière du coupé, regardait droit devant lui, sans dire un mot quand le prince ne parlait pas.

On s'arrêta, dans une rue de Vaugirard, devant le grand portail d'une maison haute, construction du XVIII° siècle qui avait dû être un couvent autrefois. Le général, descendant lourdement du coupé, avait déjà sonné à la porte et s'effaçait pour laisser devant lui passer Zilah, très ému.

Cette émotion se trahissait, chez le prince, par une roideur d'attitude, une démarche lente, comme si chacun de ses mouvements lui eût coûté un effort. Il tordait machinalement sa barbe blonde, et, de son œil bleu, interrogeait le jardin qu'il traversait, comme s'il devait, dès les premiers pas, rencontrer Marsa, avant d'arriver à un grand pavillon à toits d'ardoises aperçu au bout d'une allée de tilleuls.

Le docteur Fargeas parut tout à fait heureux de voir le prince. Il le remercia de son empressement. Un homme maigre, blond, d'une amabilité correcte, l'air pensif et profond avec des yeux superbes, accompagnait Fargeas. Le médecin le présenta au prince. C'était le docteur Sims.

M. Sims partageait l'avis de son collègue. Après avoir arraché la malade à sa demeure habituelle, l'avoir séparée de tout ce qui pouvait lui rappeler le passé, le médecin la croyait maintenant depuis assez longtemps isolée, soustraite à la vue des choses d'autrefois pour qu'en se retrouvant subitement devant une personne aussi chère que le prince Zilah, elle ressentit une émotion, une secousse qui la pouvait tirer de son état morbide.

Et Fargeas expliquait pourquoi il avait cru devoir transporter la malade de Maisons-Laffitte à Vaugirard. Le régime nouveau de la maison de santé devait seul donner un isolement salutaire, le moindre objet pouvant causer, là-bas, une crise. Le docteur remerciait le prince d'avoir approuvé cette détermination.

Zilah remarqua du reste que Fargeas ne donnait aucun nom, aucun titre à Marsa. Avec son coup d'œil et son tact habituels, le médecin avait deviné le drame de la séparation. Il n'appelait point Marsa *la princesse*. Il lui donnait ce nom, plein de pitié : *la malade*.

— Elle doit être au jardin, dit doucement M. Sims, quand Fargeas eut cessé de parler à Andras. Voulez-vous la voir?

— Oui, fit le prince dont la voix devint un peu voilée.

— Nous allons donc la regarder d'abord, puis, si vous le voulez bien, vous vous montrerez à elle, tout à coup. C'est une expérience que nous tentons. Si elle ne vous reconnaît point, c'est que l'état de la malade est plus grave que je ne le pense. Si elle vous reconnaît, eh bien! j'espère que nous pourrons la tirer de là! Venez!

Le docteur Sims s'inclinait pour laisser passer le prince.

— Je vous accompagne, messieurs? demanda Vogotzine.

— Certainement, général, répondit Fargeas.

— C'est que... voilà!... les folles, moi, ça me cause un singulier effet... Je n'ai pas ces curiosités-là, moi... Enfin! C'est ma nièce! Allons!

Et il donna un coup sec à sa redingote, comme il eût sanglé son ceinturon, avant un assaut.

Le docteur Sims fit descendre au docteur et aux deux hommes les marches d'un perron et leur montra un grand jardin, aux arbres vieux d'un siècle, à l'ombre desquels des promeneurs marchaient, ou des gens lisaient ou causaient doucement sur des chaises.

Un bâtiment neuf apparaissait au loin, très grand, à un seul étage, avec un vague aspect de serre; c'était une succession de logements qu'habitaient les pensionnaires du docteur Sims, chacun d'eux poursuivant son rêve.

— Alors, demanda Zilah en montrant ces êtres paisibles qui suivaient les allées lentement ou gesticulaient en causant comme des politiciens qui refont la carte du monde, ce sont des fous?

— Oui, dit le docteur Sims, on ne le croirait pas. Vous pouvez leur parler, en passant. Tous ceux-là sont tranquilles.

— Nous traversons donc le jardin?

— Notre malade est là-bas, dans un autre jardin, derrière ce bâtiment.

Et en passant, Zilah regardait ces pauvres êtres qui saluaient d'un geste ou d'un mot le docteur Sims et le professeur Fargeas. Il lui semblait qu'ils avaient l'air heureux de gens arrivés au but souhaité. Vogotzine, toussant un peu, se rapprochait du prince et se sentait mal à l'aise parmi ces déments. Le prince, au contraire, faisait un effort cérébral pour se persuader qu'il se trouvait réellement parmi des fous.

— Tenez, lui dit M. Sims en lui montrant un vieux monsieur, vêtu à la mode de 1840,

pareil à une lithographie démodée d'un *bon*
du temps de Gavarni, celui-là est depuis
plus de trente-cinq ans dans l'établissement...
Il n'a pas voulu modifier la coupe de ses
vêtements de jadis. Il a son tailleur qui le
costume comme il s'habillait autrefois. Et
il est heureux... Il se croit Merlin... l'enchan-
teur Merlin... et il écoute Viviane qui lui
donne des rendez-vous sous les arbres!

Comme ils passaient devant le vieux, le
col emprisonné dans une haute cravate, la
lévite longue et serrée à la taille, les pantalons larges, avec un profil aigu de doctri-
naire, le fou salua.

— Bonjour, monsieur Sims!... bonjour,
monsieur Fargeas!

Puis comme le directeur de l'établissement s'approchait pour lui parler, il mit
un doigt sur sa bouche :

— Chut! dit-il... *Elle* est là... ne dites
rien... *Elle* s'en irait!

Et il montrait avec une sorte de vénéra-
tion passionnée un orme où Viviane était
enfermée et d'où, tout à l'heure, elle allait
sortir.

— Pauvre diable! murmura Vogotzine.

Ce n'était point ce que pensait Zilah. Il se
demandait si cette folie heureuse, qui durait
depuis tant d'années, ces éternelles amours
avec la fée Viviane, ces amours qui ne
vieillissaient pas malgré les années et les
rides, n'étaient point la forme idéale du
bonheur pour l'être condamné à la terre. Il
vivait en plein idéal, ce monomane de la
poésie, rencontrant dans un asile de Vaugirard toutes les séductions, toutes les chimères heureuses de la lande bretonne aux
fleurs d'or, aux bruyères roses, tout le
charme enivrant de la forêt de Brocéliande.

— Il touche du doigt ce qu'un Shakespeare
se contente de rêver! La folie, c'est peut-
être tout simplement l'idéal réalisé!

— Oh! mais, fit le docteur Fargeas, le
réel ne perd jamais ses droits. Pourquoi ce
maniaque peut-il garder, à la fois, et les
vêtements de sa jeunesse, qui l'empêchent
de se sentir ou de se voir vieillir, et le rêve
de sa vie, qui le console de la raison perdue?
C'est qu'il est riche. Il peut, sur ses rentes,
payer le tailleur qui l'habille, le pavillon
qu'il habite à part dans l'établissement,
les domestiques particuliers qui le servent...
Supposez le pauvre, il souffrira!

— Allons, dit Zilah. La question du pain
se retrouve partout, même dans la folie.

— Et l'argent est peut-être le bonheur,
puisqu'il permet d'en acheter.

— Oh! fit le prince, pour moi, le bonheur,
ce serait...

— Quoi?

— L'oubli!

Et il suivait des yeux, en s'éloignant, cet
amoureux de Viviane qui maintenant collait
son oreille au tronc de l'arbre et écoutait
la voix de la fée qui ne parlait qu'à lui.

— Celui-là, dit tout à coup le docteur
Sims en désignant un homme encore jeune
qui venait à eux, est un écrivain de talent
dont vous avez lu des romans sans doute
et qui a perdu le sentiment de sa personnalité. Affamé de bruit autrefois, de tapage,
d'articles de journaux, il en est maintenant
las et repu. À force d'avoir écrit, écrit,
délayé sa cervelle dans l'encre, il a pris en
dégoût le papier imprimé : il n'ouvre ni un
journal ni un livre. Il hume l'air, cueille
des fleurs, regarde les trains passer (le
chemin de fer longe le jardin, là-bas), et il
digère.

— Alors, très heureux? demanda Andras,
avec l'anxiété de ceux qui souffrent.

— Très heureux.

— C'est que, lui, a oublié! dit le prince.

L'homme très maigre et les traits fins,
la barbe noire encore, venait sur eux et les
saluait.

— Je ne vous dirai pas le nom qu'il porte,
murmura Sims à l'oreille du prince, mais
si vous le lui disiez, si vous le nommiez
à lui-même, il vous répondrait : « Ah! oui,
je l'ai connu... C'était un homme de talent...
Beaucoup de talent! » Rien n'existe plus
pour lui de ce qui fut sa vie d'autrefois!

Et Zilah se disait encore qu'elles ont du
bon, ces catastrophes cérébrales où l'être
tout entier sombre, avec le fardeau de ses
peines, dans un trou profond et noir
d'oubli.

L'écrivain, celui qui avait été un écrivain,
s'était arrêté devant Fargeas et M. Sims.

— Le train de midi a eu un retard de
trois minutes et demie, dit-il doucement. Je
vous signale le fait, docteur. Avisez!... C'est
grave, c'est très grave, car je règle d'habitude
ma montre sur ce train-là!...

— J'aviserai, dit M. Sims. À propos,
voulez-vous des livres?

Avec la même douceur, l'autre répondit :

— Pourquoi faire?...

— Pour lire.

— À quoi bon?

— Des journaux... Pour savoir...

— Pour savoir quoi?... Ma foi non! C'est
si bon, si bon, de ne rien savoir... rien...
rien... rien... Est-ce que le *Journal officiel*
annonce qu'il n'y a plus de guerres, plus de
misère, plus d'assassinats, plus de maladies,
plus de méchants, plus d'envieux?

Il parlait avec une volubilité extrême.

— Non? Il n'annonce pas encore cela, le
Journal officiel? Alors, pourquoi lire les journaux?... Salut, docteur! Bonjour, messieurs!

Le prince avait frissonné devant la logique amère du fou parlant avec la netteté implacable des aliénés.

Vogotzine souriait.

— Mais ils ne sont pas bêtes, les fous! disait-il. Pas bêtes du tout!

Le docteur Sims, au bout du jardin, ouvrit une grille qui, sans doute, séparait les pensionnaires hommes des démentes. Andras aperçut en effet dans des allées entourées d'arbustes, des femmes qui, les unes solitaires, les autres accompagnées de gardiennes, semblaient errer, là-bas. Au bout des allées, comme de plain-pied avec le jardin, la voie du chemin de fer passait, séparée par un fossé immense et un petit mur. Au-dessus les trains se montraient, jetant à l'air leurs rouleaux de fumée.

Zilah éprouvait une sensation d'étouffement en pénétrant dans ce dernier enclos où, parmi ces espèces de fantômes féminins vus de loin, était, sans nul doute, celle qu'il avait aimée...

Il se tourna vers M. Sims, les yeux inquiets.

— Alors, dit-il, elle est là?

— Elle est là! fit le docteur.

Le prince hésitait à avancer.

Il ne l'avait pas revue depuis le jour où il s'était senti tenté de la tuer, là, à ses pieds, écrasée dans sa robe blanche. De cette belle Marsa qu'avait fait la folie? Il se demandait s'il n'allait pas rebrousser chemin, repartir brusquement, sans la voir.

— Par ici, dit Fargeas. Nous pourrons l'apercevoir, sans être vus à travers les touffes, n'est-ce pas, mon cher Sims?

— Oui, cher maître!

Zilah se laissait guider. Il suivait les médecins sans dire un mot et il entendait la respiration, haletante comme un soufflet de forge, de Vogotzine derrière lui.

Tout à coup le prince ressentit dans la poitrine comme l'impression d'une main lourde pesant sur son cœur.

— La voici! avait dit Fargeas.

Son geste désignait, à travers les branchettes de lilas mêlés aux genêts, deux femmes qui venaient droit vers eux, très lentement, l'une blonde, en costume d'infirmière, l'autre en vêtements noirs, comme en deuil de sa propre vie, pâle, roide, et qui était Marsa.

Marsa! Elle venait vers lui, Zilah, il allait presque la frôler du geste, s'il voulait, à travers les feuilles! Vogotzine lui-même retenait sa respiration. Le cri du sable sous les pas lents des deux femmes s'entendait seul.

Les yeux de Zilah interrogeaient avidement, comme pour y lire un secret, y déchiffrer un nom, celui de Menko ou le sien, le visage de Marsa. C'était un visage de marbre, les traits figés d'un cadavre. Ces beaux traits purs avaient une rigidité de pierre. Les yeux noirs regardaient devant eux, comme des puits de lumière où rien, rien ne se reflétait. Zilah eut encore un frisson. Elle lui fit peur.

Peur et pitié. Il avait envie de briser les arbustes pour arrêter, de ses bras tendus, cette vision pâle. C'était comme le cadavre ambulant de son amour qui passait.

Elle était loin qu'il demeurait encore là, cloué à la terre.

Il regarda tout à coup autour de lui. Le vieux Vogotzine semblait mal à l'aise. Seul, très calme, le docteur Fargeas après avoir regardé M. Sims, dit nettement au prince :

— Maintenant il faut vous montrer!

L'ordre du médecin, loin de déplaire à Zilah, lui fit plaisir. Il redoutait presque que Fargeas ne tentât point l'épreuve. Il voulait, voulait âprement parler à Marsa, savoir si son regard, à lui, si son souffle, comme un peu de vent sur les cendres, ne rallumerait pas une étincelle vivante dans ces yeux éteints.

A qui pensait-elle, si elle pensait?

Quel souvenir roulait, roulait sans fin dans cette tête vide?

Le sien ou celui de *l'autre*?

Oh! il saurait! Il voulait savoir!

— Par ici, dit le docteur Sims. Nous allons, au bout de l'allée, nous trouver face à face avec elle!

— Allons! ajouta Fargeas.

Zilah le suivit. En quelques pas, ils atteignaient la fin de l'allée, près du petit mur tapissé d'arbres en éventail et longeant la voie. Le prince voyait venir à lui de son pas lent, de son pas lourd, Marsa, non, une autre Marsa, le spectre ou la statue de Marsa. Une Marsa morte et qui eût marché.

— Attendons, dit Fargeas.

Il fit signe à Vogotzine de s'éloigner et le soldat et les deux docteurs se *défilèrent* derrière les arbres, comme à la manœuvre.

Zilah restait seul debout au milieu de l'allée, très ému, presque tremblant.

La gardienne qui guidait Marsa dans ses promenades avait sans doute reçu un ordre du docteur Sims. Elle cessa, en apercevant le prince, de marcher à côté de la jeune femme et laissa seule ainsi la Tzigane, la suivant de trois ou quatre pas en arrière.

Perdue dans sa stupeur, Marsa avançait, la tête haute et nue, ses cheveux noirs, éparpillés sur son front par le vent, et, toujours belle, amaigrie pourtant, elle allait devant elle, sans voir, la bouche close comme par un sceau de mort. Elle n'était plus qu'à deux pas de Zilah.

Lui, attendait, ses yeux bleus la couvrant d'un regard où il y avait un amour, une pitié, une colère, des larmes aussi, refoulées et chaudes. Quand la Tzigane arriva devant lui, presque forcée de se heurter contre le

Marsa, toujours enveloppée de stupeur comme d'un suaire, restait là, debout, ses yeux rivés sur Andras. Tout à coup, brusquement comme si on lui eût enfoncé au cœur une lame invisible, elle tressaillit,

DEUX FEMMES,
L'UNE EN COSTUME D'INFIRMIÈRE...

prince, dans cette lente promenade, droite et silencieuse, elle s'arrêta brusquement comme un automate.

L'instinct d'un obstacle l'arrêta net, toute raide, sans un mouvement, n'avançant plus, ne reculant plus, regardant.

Le docteur Fargeas et M. Sims, étudiant, à quelques pas de là, le regard stone, encore égaré, sans pensée, sans vision.

secouée d'un tremblement; son visage, cette pâle figure marmoréenne, impassible, se tira comme par des fils, exprimant une terreur affolée; prise de frémissements nerveux, elle chercha à appeler; un cri aussi aigu que les sifflements de la vapeur qui déchiraient l'air, là-bas, sortit de ces lèvres béantes, comme celles d'un masque tragique. Les deux bras se tendirent en avant; les mains qui trem-

blaient se rejoignirent; et, comme une masse,
tombant à genoux, cette voix qui, depuis
tant de jours, répétait douloureusement,
sur un funèbre refrain chantant: *Je ne sais
pas, je ne sais pas...* la voix devenue étranglée, balbutia :

— Grâce! Grâce!...

Puis, Marsa agenouillée, le cou renversé

— GRÂCE! GRÂCE!

se gonfla, la tête retomba en arrière, dans
une lividité de mort, le flot lourd des cheveux
l'empêchant de se briser sur le sable où elle
alla frapper, avec un son mat.

Zilah s'était précipité. La gardienne aidant
Andras et le docteur Fargeas, relevait Marsa
évanouie.

Le pauvre Vogotzine était rouge comme
s'il allait avoir un coup de sang.

— Mais savez-vous, messieurs, dit le prince,
savez-vous que ce serait épouvantable si nous
l'avions tuée?

— Allons donc! C'est la stupeur qui est
morte, répondit Fargeas. Maintenant, laissez-
nous faire. N'est-ce pas, mon cher Sims? Elle
peut et doit guérir!

XXX

Le prince Andras n'avait plus, depuis longtemps, de nouvelles de Varhély. Il savait seulement que le comte était à Vienne. Quels
intérêts Yanski avait-il à Vienne? C'était
bien vraiment sur un appel d'Angelo Valla,
son ami, que Varhély était parti.

On avait été tout étonné, au ministère des
affaires étrangères d'Autriche, de voir arriver
le comte Yanski Varhély, accourant de France
pour demander sans doute quelque faveur
au ministre.

Des diplomates autrichiens qui
se trouvaient là, sourirent en
entendant nommer l'ancien combattant de 48-49. Allons! la
fameuse fusion des partis, pro-
clamée en 1875, continuait. Chaque jour un bouder d'autrefois
se ralliait. Voilà ce Varhély, qui
jadis, s'il eût mis le pied en Autriche-Hongrie eût été logé rapidement à la caserne Charles, la prison des détenus politiques, qui
faisait maintenant passer sa carte
au ministre de l'empereur et
sans doute le ministre et l'ancien
commandant des hussards allaient
boire, quelque soir, aux destins
nouveaux de la Hongrie en levant
un verre de Crément rosé!

— Tout ce que nous voyons
aujourd'hui est bien drôle! pen-
saient les diplomates autrichiens
purs.

Le ministre auquel Yanski
Varhély demandait audience,
Son Excellence le comte Josef
Ladany, avait autrefois commandé
une légion d'étudiants magyars,
très redoutée des grenadiers de
Paskiewisch en Hongrie. Les soldats de Josef Ladany avaient, après avoir
menacé de marcher sur Vienne, maintes
fois tenu en échec les grenadiers et les
Cosaques du feld-maréchal. Très exalté jadis,
enthousiaste, avec de grands cheveux blonds
qui flottaient autour de son front de vingt
ans comme sa plume de héron sur son
bonnet national, Ladany faisait la guerre en
patriote et en poète, récitant des vers de
Petœfi pendant les nuits de campement, et
partant pour la bataille comme pour le bal.
Il était magnifique, Varhély s'en souvenait
bien, à la tête de ses étudiants, et ses blondes
moustaches en croc avaient, en chemin, fait
battre plus d'un cœur de petite patriote
hongroise.

Cela lui faisait plaisir à Varhély de retrouver son camarade de camp, son voisin
de combat. Il se rappelait un après-midi
de combat, dans les vignes, où ses hussards,
malgré les obstacles, les échalas, le terrain
défoncé, avaient dégagé la légion de Ladany.

qu'écrasaient deux régiments de fantassins russes. Ce diable de Josef Ladany se tenait debout sur un de ses canons dont les artilleurs n'avaient plus de gargousses et, le sabre haut, ralliait ses compagnons qui pliaient. Ah! ce brave Ladany! Avec quelle joie Varhély tout à l'heure lui serrerait la main!

Sans doute l'ancien chef de légion devait avoir vieilli terriblement. Ce devait être un homme de cinquante-cinq ou cinquante-six ans aujourd'hui. Mais Varhély était persuadé, il était certain que Josef Ladany, devenu ministre, conservait sa fièvre généreuse et ses belles ardeurs d'autrefois.

En traversant les antichambres et les grandes salles qui conduisaient au cabinet du ministre, Varhély revoyait toujours Ladany, sabre en main, debout sur la pièce de bronze encore chaud.

Un huissier l'introduisit alors dans un vaste cabinet d'aspect sévère, avec une cheminée haute, des grands vases et des tableaux officiels, dont l'un représentait l'empereur et le roi en grand costume militaire. Varhély tout d'abord n'apercevait que les fauteuils de style austère et un immense bureau surchargé de livres lorsque, de derrière ces volumes entassés, un homme se leva, souriant, la main tendue; et l'ancien hussard fut tout surpris de se trouver en présence d'une sorte de diplomate anglais, correct, chauve, avec de grands favoris gris encadrant des lèvres fines où une petite moustache blanche apparaissait à peine sous un nez busqué.

L'étonnement de Yanski fut tel que Josef Ladany lui dit, en souriant un peu:

— Eh! bien, vous ne me reconnaissez pas, mon cher comte?

L'accueil était charmant, la voix aimable, mais il y avait dans toute la personne du ministre quelque chose de diplomatique et de froid qui stupéfiait, en effet, Varhély. Jamais, en le voyant passer dans la rue, il n'aurait reconnu dans cet élégant et fier personnage, maigre, étriqué, comme sanglé, le grand jeune homme aux cheveux blonds et et aux moustaches longues qui chantait, en sabrant, autrefois.

Et pourtant c'était bien Ladany; c'était son œil clair qui enlevait jadis sa légion d'un seul regard. La prunelle seulement

se voilait assez souvent sous une paupière volontairement alourdie, laissant filtrer habilement un regard qui perçait, fouillait, devinait. Le soldat s'était fait diplomate.

« J'oubliais qu'il y a plus de trente ans passés sur tout cela » pensait Varhély, un peu triste.

Le comte Ladany avait fait asseoir, avec une amabilité correcte, le vieux Varhély dans un des fauteuils qui attendaient les solliciteurs. Il l'interrogeait, avec un empressement souriant, d'un sourire de chancellerie, sur sa vie, ses amitiés, sur Paris, sur le prince Zilah, et, avec beaucoup de bonne grâce, l'amenait doucement à lui confier ce que, lui, Varhély, venait demander au ministre de l'empereur d'Autriche.

Et Varhély se sentait peu à peu rassuré. Ce Joseph Ladany lui semblait être, moralement, demeuré le même. Les moustaches avaient été coupées, les cheveux blonds

EH! BIEN, VOUS NE ME RECONNAISSEZ PAS...

étaient tombés, mais le cœur demeurait jeune, et hongrois sans doute : le cœur ou tout au moins l'esprit.

Varhély n'eut donc point de peine à expliquer ce qui l'amenait à Vienne. Il le fit franchement, hardiment, comme il eût, autrefois, abordé de front l'ennemi, coude à coude avec ce vaillant devenu ministre.

— Vous pouvez, lui dit-il brusquement, me rendre un service... un grand service... Je n'ai jamais rien demandé à personne... J'ai pourtant fait le voyage pour vous demander à vous... pour vous prier de...

— Dites, mon cher comte. Ce que vous souhaitez sera réalisé, j'espère.

Mais déjà le ton devenait plus froid, ou plus officiel tout simplement.

— Eh! bien, fit Varhély, ce que je viens réclamer de vous, c'est, en souvenir du temps où nous étions frères d'armes (le ministre passa rapidement, d'un geste nerveux, ses doigts sur ses favoris)... la liberté d'un homme!... oui... d'un homme que vous connaissez!

— Ah! vraiment? dit le comte Josef.

Il était assis dans son fauteuil ministériel, les jambes croisées, les mains jointes et, la tête inclinée légèrement, il examinait, à travers ses cils, baissés à demi, le visage de Varhély qui hardiment le regardait en face.

Le contraste était profond entre ces deux hommes, le soldat moustachu, comme blanchi sous le harnois, et le chancelier élégant aux manières mondaines : deux compagnons d'antan et qui avaient entendu siffler les mêmes balles.

— Voilà, reprit Varhély. J'ai le plus grand intérêt à ce qu'un de nos compatriotes... en ce moment prisonnier à Varsovie, je crois... bref, arrêté à Varsovie, il y a peu de temps... soit mis en liberté... J'y ai un intérêt absolu, répéta Yanski, dont la lèvre devenait aussi blanche que ses moustaches.

— Oh! dit le ministre, je gage que je sais de qui vous voulez parler...

— Du comte Menko.

— Parfaitement!... Menko a en effet été arrêté par la police russe au moment où il se rendait chez un certain Labanoff... ou Ladanoff... presque mon nom hongrois en russe. Ce Labanoff, qui habitait Paris naguère, est soupçonné d'un complot contre le tzar. Il n'est pas nihiliste, mais il est mécontent... Un cerveau troublé d'ailleurs... Bref, le comte Menko s'est lié, je ne sais comment, avec ce Labanoff... Il est allé le rejoindre en Pologne et, ma foi, la police russe lui a mis la main au collet. Je ne vous cache pas qu'elle a bien fait.

— Aussi, dit Varhély, ne discuté-je pas le droit de la police russe à se défendre ou à défendre le tzar. Ce que je viens vous demander, c'est de faire agir diplomatiquement auprès du gouvernement russe pour que Menko soit mis en liberté.

— Il vous intéresse beaucoup, Menko?

— Beaucoup, fit Yanski d'un ton qui sembla bizarre au ministre.

— Alors, demanda avec une lenteur étudiée le comte Ladany, vous voudriez?...

— Qu'une note de vous, remise à l'ambassadeur de Russie, réclamât la liberté de Menko... C'est Angelo Valla, vous savez, l'ancien ministre de Manin...

— Je sais, dit le comte Josef, avec son sourire plein de sous-entendus.

— C'est Valla qui m'a appris l'arrestation de Menko, dont je savais le départ de Paris, mais que j'avais hâte de retrouver en quelque endroit qu'il fût... Valla a été avisé, à l'ambassade italienne à Paris, de l'affaire de ce Labanoff, de la complicité apparente ou réelle de Michel Menko... Il m'a averti... Et comme nous cherchions, lui et moi, les moyens de faire mettre en liberté un homme détenu par l'autorité moscovite, ce qui n'est point, je le sais, chose facile, nous avons songé à vous, et je suis venu vers Votre Excellence comme je serais allé au chef de la Légion des Étudiants pour réclamer son secours en cas de péril!

Yanski Varhély n'était pas diplomate et ses façons d'en appeler ainsi aux souvenirs d'autrefois faisaient courir sur l'épiderme du ministre un chatouillement désagréable, que le comte Ladany ne laissait pas apercevoir.

Le ministre connaissait parfaitement l'affaire de Varsovie. Un Hongrois y étant mêlé, et un Hongrois du rang et de la valeur du comte Menko, l'autorité austro-hongroise en avait aussitôt été avisée. Sans doute, il n'y avait pas, contre Menko, de preuves d'une complicité matérielle, effective, mais, comme Josef Ladany venait de le dire, il semblait évident qu'il venait, en Pologne, rejoindre Labanoff. On avait saisi un avis adressé à Menko par Labanoff. Tous deux devaient, avant peu, partir pour Pétersbourg. Labanoff avait, dans l'armée russe, des accointances douteuses; plusieurs officiers d'artillerie, arrêtés et envoyés aux mines, étaient ses amis avérés.

— L'affaire est grave, dit le comte... Nous ne pouvons guère, pour un cas particulier, rendre plus tendus avec une nation... amie des rapports que tant d'autres, je vous laisse le soin de deviner qui, mon cher Varhély, tant d'autres cherchent à rendre difficiles... Et pourtant je voudrais vous être agréable... Je le voudrais, je vous assure...

— Si le comte Menko n'est pas mis en liberté, qu'arrivera-t-il? demanda Yanski.

— Eh! eh! il se pourrait bien qu'il fît, aussi, quoique étranger, le voyage de Sibérie!

— La Sibérie! C'est loin et on n'en revient

pas, dit Varhély, la voix presque rauque Je
donnerais je ne sais quoi pour que Menko
fût libre.

— Il lui était si facile de ne pas être
empoigné par un caporal russe!

— Oui, mais enfin, il l'est. Et c'est sa
liberté, je vous le répète, que je viens vous
réclamer.. Une pareille demande d'élargissement n'est ni une menace, ni un *casus
belli*, que diable!...

Il s'arrêta, voyant que le ministre l'apaisait d'un geste.

— Non, dit le comte Josef en faisant
claquer sa langue contre son palais, mais
c'est embarrassant... embarrassant... Diable
de Menko! Tête brûlée!... Un trouble-
fête!... Quitter la diplomatie pour aller se
jeter dans les aventures! Il doit pourtant
bien savoir que son cas est... comment
dirai-je? embarrassant... très embarrassant. Je voudrais bien le voir, lui, rédigeant
la note.. Oui, je voudrais l'y voir!... On
n'a pas idée de conspirer... C'est un mécontent, ce Menko, un mécontent... Il aurait
fait son chemin dans nos ambassades..
Le diable l'emporte! Ah! mon cher comte,
c'est bien embarrassant...

Et le ministre répétait le mot avec une
expression maussade, toujours correct,
même en disant : « Le diable l'emporte! »
Il ne voulait point d'ailleurs s'engager tout
de suite avec Varhély. Il verrait, se ferait
apporter le dossier de l'affaire, demanderait,
par dépêche, un rapport à Varsovie puis à
Pétersbourg, étudierait rapidement ce qu'il
appelait le cas de Michel Menko... « embarrassant, tout à fait embarrassant », et il
rendrait à Varhély une réponse dans les
vingt-quatre heures.

— Le temps pour vous de visiter Vienne,
mon cher comte... Vienne a bien changé...
Avez-vous vu l'Opéra? Superbe!... Hans
Makart expose tout justement un tableau
nouveau... Vous aurez de l'inédit... Visitez
aussi l'atelier du peintre, il en vaut la peine...
Je n'ai pas besoin de vous dire que, pour
toutes ces menues curiosités, je me mets
tout à votre disposition...

— Et, y a-t-il, demanda Yanski, de nos
anciens amis établis ici?

— Oui, oui, fit le ministre doucement.
Mais ils sont députés, professeurs universi-
taires, conseillers d'administration... Ah! ça
a changé! cela a changé!

Alors Varhély voulut savoir si certains
parmi ceux qu'il n'avait pas oubliés, avaient
« changé comme disait le ministre.

— Armand Bitto?

— Mort. Très pauvre!

— Et Arpad Ovody, le lieutenant de
Georgei, si admirable à l'assaut de Bude? Je

l'ai bien cru tué, avec sa balle à travers la
joue!

— Ovody? A la tête de la banque Madgyare;
c'est lui qui s'est chargé de lancer, pour le
compte du ministre, la conversion de la
rente hongroise 6 0 0. Très lié avec le
groupe Rothschild. Il a je ne sais combien
de milliers de florins de rente, et un château
aux environs de Presbourg. Grand collec-
tionneur de tableaux, très aimable homme!

— Et Hiéronymyi Janos? Il rédigeait élo-
quemment les proclamations, les appels aux
armes. Kossuth l'aimait beaucoup.

— Il s'occupe avec Maurice Jokai d'un
grand livre de luxe sur la monarchie austro-
hongroise; livre patronné par l'archiduc
Rodolphe. C'est lui qui rédigera sans doute
la partie relative aux pays de la couronne
de Saint-Étienne.

— Ah! nh!... il aura fort à faire lorsqu'il
arrivera au récit de la lutte livrée à Raab
contre François-Joseph en personne! Car
c'est lui qui commandait à Raab contre
François-Joseph, vous vous en souvenez
bien?

— C'est lui, fit le ministre.

Il sourit et dit:

— Bah! il est avec l'histoire des accommo-
dements comme avec le Ciel! Une variante
de Molière!... Le récit de Hiéronymyi Janos
sera très bien... très bien...

— Je n'en doute pas; et Férency Szilogyi,
lui, est-ce qu'il écrit aussi des ouvrages sous
la direction de l'archiduc Rodolphe, prince
héritier?

— Non... non... Il est président de Cour
d'appel, Férency Szilogyi... Très bon magis-
trat...

— Lui, un hussard?

— Ah! on change! l'uniforme dort, en
quelque armoire, conservé dans du cam-
phre... Il n'a qu'un défaut, Szilogyi, il est
trop nettement antisémite...

— Un libéral?

— Il déteste les israélites et il le laisse un
peu trop voir... Il nous embarrasse quelquefois. Après ça! il a une circonstance atté-
nuante : il a épousé une juive...

Cela dit d'un ton dégagé, léger, spirituel-
lement sceptique.

— Au fond, Armand Bitto, qui n'est plus au
monde, est peut-être le plus heureux de
tous, ajouta le ministre. Très *arrivé*, lui!

Il ajouta bien vite, avec son aimable sourire, en tendant à Yanski cette main fine de
diplomate qui jadis avait brandi le sabre de
bataille :

— Mon cher Varhély, nous dînons ensemble demain, n'est-ce pas? C'est un plaisir
de se retrouver!... Et puis je vous donnerai
très probablement la réponse à votre

requête... Une requête que je suis heureux... très heureux de prendre en considération... Je tiens du reste à vous présenter à la comtesse... Mais point d'allusions au passé devant elle, n'est-ce pas?... Elle est Espagnole... De vieilles idées... Elle ne comprendrait peut-être pas très bien... Kossuth, Bem, Georgei, cela l'étonnerait... l'étonnerait... Je me fie à votre tact, Varhély... Et puis, c'est si loin... si loin, tout cela... Paix aux morts, même quand ils sont encore vivants!... Est-ce entendu?

Yanski Varhély sortit un peu étourdi de cette visite. Il ne s'était jamais senti aussi vieux, aussi démodé dans le monde actuel. Le prince Zilah et lui maintenant lui faisaient l'effet de deux ancêtres. Des Don Quichotte, des romantiques, des entêtés, des imbéciles. Le ministre était, comme eût dit le reporter Jacquemin, un *malin* qui prenait le temps comme il venait et laissait en paix les spectres. Peut-être avait-il raison, ce Ladany!

— Allons, disait en riant, tout bas, le vieux hussard, il y a l'âge des moustaches et l'âge des favoris, voilà tout... Ladany a fait mieux: il a trouvé le moyen de devenir chauve: il était né pour être ministre!

Peu lui importait, il est vrai, ce souvenir de jeunesse retrouvé sous des traits nouveaux, comme un amour d'autrefois revu sous un maquillage savant. Si le comte Josef Ladany arrachait Menko à la police du tzar et, le faisant libre, le livrait à lui, Varhély, tout était bien dans le rôle du ministre. Celui-là, du moins, en passant par le ministère, serait utile à quelque chose.

XXXI

Les négociations avec Varsovie devaient, du reste, retenir à Vienne Yanski Varhély plus longtemps qu'il ne l'eût voulu, bien que le comte Josef apportât évidemment un zèle actif à obtenir du gouvernement russe l'élargissement de Menko. Il avait, le soir même où il recevait à dîner, dans une intimité séduisante, son camarade d'autrefois, promis à Varhély de mettre tout en œuvre pour que Menko fût libre.

— Je vous demande seulement, si j'arrive à ce résultat, de laver la tête à ce maître fou... Une seconde fois, il n'éviterait pas la Sibérie!

Varhély n'avait rien répondu, mais, à l'idée que Michel Menko pouvait être libre, il lui passait devant les yeux des zigzags rouges. Il y avait, dans l'âpreté du comte à réclamer cette liberté de Menko, quelque

chose de l'acharnement d'un chasseur guettant une proie. Il attendrait Michel au sortir de la forteresse comme au sortir d'un terrier.

— S'il est libre, nous saurons bien où il se retire, n'est-ce pas?... demandait-il au ministre.

— Il est plus que certain que le gouvernement du tzar lui tracera son itinéraire. Vous serez averti.

Le comte Ladany ne cherchait pas à savoir dans quel but Varhély réclamait, avec un si visible acharnement, cette mise en liberté. Il lui suffisait que son ancien frère d'armes la souhaitât et qu'elle fût possible.

— Cependant, voyez comme tout se tient, Varhély!... lui dit-il, un matin, dans une audience nouvelle. Peut-être m'avez-vous accusé, quand vous avez appris que j'acceptais un poste de l'Autriche! Eh bien! voyez, si je ne servais pas l'empereur, je ne pourrais pas vous servir!

Varhély, pendant ce séjour à Vienne, se tenait au courant, jour par jour, de ce qui se passait à Paris. Il n'écrivait pas au prince Zilah, voulant, surtout pour lui, tenir secret le but poursuivi; mais le petit Antonio Valla, demeuré en France, écrivait et télégraphiait au besoin à Varhély tout ce qui intéressait le prince.

Marsa Laszlo avait quitté la maison du docteur Sims. Elle était revenue calme, délivrée de sa stupeur, dans le logis de Maisons-Laffitte.

La malheureuse sortait de cette crise affreuse qui l'avait comme écrasée, avec l'atroce ennui qu'on a parfois de reprendre le collier de la vie après une nuit d'oubli dans le sommeil. Cette stupeur, qui eût pu la miner, l'emporter, et cette fièvre qui l'avait secouée, lui semblaient douces maintenant et enviables, comparées à ce châtiment : *Vivre!*... Vivre et penser!

Et pourtant, oui, elle voulait vivre pour revoir Andras dont le regard, fixé sur elle, avait comme ranimé en son être la flamme intellectuelle éteinte. Elle voulait vivre, maintenant que la perception lui était revenue, maintenant qu'elle échappait à ce souffle de la folie d'où l'épreuve tentée par le docteur Fargeas l'avait tirée; elle voulait vivre pour arracher au prince une parole de pardon. Il n'était pas possible que son existence à elle se terminât sur la malédiction d'un tel homme. Il lui semblait que si elle se revoyait jamais en face de lui, elle trouverait en elle de ces cris de supplication désespérés qui font tomber sur une prière une absolution.

Certes, elle se le répétait âprement, à toute heure, maintenant que le supplice de penser,

de sentir, un était infligé, elle avait été
infime, elle aussi, presque aussi criminelle
que Menko, en gardant le silence, en trom-
pant, elle avait trompé, elle qui haïssait le
mensonge! Mais elle voulait bien faire comprendre au prince que le mobile de sa conduite c'était l'amour qu'elle avait pour lui.
Oui, l'amour seul. Et quel amour! Affolé et
sincère à la fois. Il n'y avait pas d'autre
cause, pas d'autre à son impardonnable
trahison. Il ne le croyait point maintenant,
sans nul doute. Il devait l'accuser de quelque
bas calcul, d'ambition ou d'intrigue vile.
Eh bien, elle était certaine que s'il pouvait
la revoir encore, fût-ce une minute, elle lui
prouverait qu'il n'y avait chez elle que
l'exaltation de sa passion pour lui.

— Qu'il sache cela, du moins, et qu'il me
fuie pour toujours ensuite! Pour toujours!
Mais qu'il ne me méprise pas, comme il doit
le faire, plus que la dernière des courtisanes!

C'était là maintenant l'espoir qui la ratta-
chait à la vie. Au sortir de sa crise cérébrale,
elle se fût tuée si elle n'avait eu soif de cet
entretien nouveau où elle voulait mettre à
nu son âme. N'osant pas du reste reparaître
devant Andras, n'ayant même point la pensée
d'aller vers lui, résolue à attendre, du fond
de sa solitude devenue plus farouche, elle ne
savait quelle occasion, quel secours du hasard,
elle avait songé pourtant à Yanski Varhély.

Par Varhély, elle pouvait faire dire à
Andras tout ce qu'elle voulait que son mari,
son mari! ce mot la faisait frissonner de
honte lorsqu'il venait à sa pensée, appît sur
la cause de son crime. Elle écrivit au vieux
Hongrois. Ne recevant pas de réponse, elle
quitta Maisons-Laffitte, un jour, et alla droit
chez Varhély. On ne savait où était « M. le
comte », mais M. Antonio Valla pouvait lui
faire parvenir ses lettres.

Alors elle supplia l'Italien d'expédier à
Varhély une sorte de longue confession, où
elle lui demandait son aide, à lui, pour obtenir
du prince l'entrevue souhaitée.

La lettre arriva à Yanski pendant qu'il
était à Vienne. Il y répondit par un mot
glacial, mais qu'importait à Marsa? Ce n'était
point la rancune de Varhély, c'était le mépris
de Zilah qu'elle redoutait. Elle supplia, de
nouveau, dans une lettre où débordait toute
son âme, Varhély de revenir, d'être là quand
elle dirait au prince tous ses remords, ces
remords qui la tuaient, qui faisaient de sa
beauté détestée quelque chose comme un
spectre, la fiancée d'Andras n'ayant plus
rien de vivant en elle, rien que des yeux
emplis du feu de la fièvre.

Et il y avait une telle sincérité, des cris
éperdus si déchirants dans ces lettres où
sanglotait une conscience, que peu à peu,

en dépit de sa rude écorce difficile à amollir,
le soldat, plus accessible à l'émotion qu'il ne
voulait le laisser paraître, grommelait dans
sa moustache :

— Allons! allons!... Elle souffre. C'est déjà
quelque chose.

Il répondit à Marsa qu'il ne reviendrait
que quand il aurait achevé une œuvre qu'il
s'imposait d'accomplir comme il se fût donné
un mot d'ordre, et, sans rien expliquer à
la Tzigane, que Varhély ajoutait à la fin de sa lettre
ces mots qui se posaient maintenant comme
une énigme et comme un espoir vague,
inexpliqué, mais ardent, devant Marsa :

— Et souhaitez que je revienne bientôt!

Le lendemain du jour où il avait envoyé
cette lettre à Maisons-Laffitte, Varhély recevait du comte Ladany une invitation à se
rendre au ministère sur-le-champ.

Le comte Josef lui tendit une dépêche. Le
ministre des affaires étrangères de Russie
télégraphiait à Son Excellence son collègue,
à Vienne, que S. M. le Tzar consentait à la
mise en liberté du comte Menko, impliqué
dans l'affaire Labanoff. Ce Labanoff partirait
sans doute pour la Sibérie le jour même où
le comte Menko recevrait un passeport et
une escorte pour la frontière. Le comte
Menko avait choisi l'Italie pour lieu de retraite. Il se mettrait en route, à destination
de Florence, le jour même où Son Excellence
recevrait cette dépêche.

— Eh! bien, mon cher ministre, dit vivement Varhély, mille fois merci. Et avec mes
remerciements, mes adieux. Je pars, moi
aussi, pour Florence.

— Tout de suite?

— Tout de suite.

— Vous y arriverez avant Menko.

— Je suis pressé, dit Varhély en souriant.

Il alla au télégraphe en sortant du ministère et expédia une dépêche à Antonio Valla,
à Paris. Il priait le Vénitien de le rejoindre
à Florence. Valla lui avait fermement dit,
répété, de compter sur lui.

Varhély quitta Vienne, certain de retrouver
à Florence l'ancien ministre de Manin.

« Celui-là n'a pas changé », pensait-il, songeant à Josef Ladany.

Puis il se répétait qu'après tout, l'ancien
chef de légion avait raison et que, sans lui,
Menko lui eût échappé certainement.

— Ladany a pris le temps comme il est;
Zilah et moi nous le souhaitons comme il
devrait être. Qui a raison?

Alors, tandis que le train l'emportait vers
Venise, il pensait. Bah! mieux valait encore
être des dupes comme lui, comme Zilah, et
mourir en conservant, ainsi qu'un drapeau
non rendu, son rêve intact!

— Mourir?...

Oui! Après tout, Varhély allait peut-être
mourir; mais, quel que fût le sort qui l'attendît
au bout du voyage, il trouvait le chemin
bien long et la vapeur bien lente.

A Venise, il prit le train qui menait en
Lombardie puis en Toscane.

A Florence Antonio Valla l'attendait.

Le petit homme savait déjà sur Michel
Menko tout ce qu'il importait de savoir. Avant
d'aller à Londres, Menko, au retour de l'eau,
après son veuvage, s'était retiré à Pistoja,
dans une petite maison où, sans nul doute,
il viendrait s'enfermer encore en quittant
Varsovie.

C'était, sur la route de Florence, une maison accrochée au flanc d'un coteau et tapie
dans les oliviers gris. Menko y avait déjà
passé quelques mois dans une solitude entêtée et âpre, fermant sa porte, demeurant
là comme dans un autre. Évidemment le
comte y reviendrait. Varhély et Valla attendaient à l'hôtel. Valla serait
averti du retour de Menko
comme il l'avait été de cette
retraite à Pistoja. Un Vénitien
de ses amis qui habitait la petite
ville le tiendrait au courant du
retour du comte hongrois.

Menko descendait en effet à
Pistoja trois jours après l'arrivée de Varhély.

— Demain, dit Yanski, vous
m'accompagnerez chez Menko,
mon cher Valla.

— Avec plaisir, répondit le
petit homme.

La maison de Menko était
assez éloignée de la gare, au
bout de la ville.

De la grille, donnant sur le
jardin, on avait arraché la
sonnette comme pour bien
montrer que l'hôte du logis
tenait à n'être pas dérangé. Il
fallut que, de ses mains rudes,
Varhély secouât les barreaux
pour que l'on ouvrir. Le
domestique qui se présenta
était un Hongrois, encore coiffé
du chapeau national, aux bords
de feutre retroussés.

Il gardait le logis en l'absence
du comte.

— Mon maître n'est pas visible, répondit-il lorsque Yanski
lui eût demandé si le comte Menko était là.

Varhély avait parlé italien.

— Va dire à Menko Mihaly, dit-il cette fois
en langue hongroise, que c'est le comte
Varhély qui vient le trouver de la part du
prince Zilah!

Le domestique revint alors, s'empressant
vite, et, la grille ouverte, Yanski Varhély et
l'Italien Valla se trouvaient face à face avec
Menko.

Varhély ne l'eût point reconnu.

Ce jeune homme élégant, à tournure de
hussard avec sa sveltesse de valseur, avait
vieilli brusquement : les tempes déjà grises,
les cheveux devenus plus rares et longs maintenant, rejetés en arrière, sans ce soin correct de l'ancien attaché d'ambassade. La
barbe, poussée tout entière sur des joues
maigres, où les os des tempes faisaient saillie,
enlevait à la moustache ce retroussis fier
d'autrefois.

Et Michel, lui, regardait entrer dans le
petit salon où il se tenait, Varhély, plus
blanc que sa chevelure, comme il eût vu
s'avancer vers lui une chose attendue, un
spectre, un châtiment qui ne l'étonnait pas.
Il restait froid, avec des yeux fiévreux.

IL FALLUT QUE DE SES MAINS RUDES...

Il se tint debout, Yanski allant droit à lui
pendant que le petit Angelo Valla, très ému,
tortillait machinalement son menton frais
rasé.

— Monsieur, dit Varhély, il y a déjà des
mois que j'attends avec impatience l'heure

IL SE TINT DEBOUT...

où nous sommes. Je vous ai cherché, vous
n'en doutez point.

— Je ne me cachais pas, répondit Menko.

— Je me demande alors ce que vous alliez,
vous, chercher à Varsovie!

— L'oubli, dit la voix triste du jeune
homme.

Ce simple mot, le mot de Zilah qui glissait sur Varhély comme une larme sur une
armure, fit à Valla une impression singulière.

Il y sentait comme l'écrasement invincible
d'un remords.

— Ce que vous avez fait ne s'oublie point,
dit Yanski.

— Pas plus que ce que j'ai supporté.

— Vous m'avez fait le complice de l'infamie la plus lâche qu'un homme puisse commettre. Je viens vous en demander raison.

Michel avait baissé les yeux sous l'outrage, son visage maigre devenait tout blême, et sa lèvre inférieure prise d'un tremblement soudain, mais il ne dit rien. Il regarda froidement le vieil homme aux moustaches grises, et après un moment, laissant tomber ses paroles une à une :

— Je suis à votre disposition pour tout ce que vous voudrez demander... exiger, dit-il, en appuyant sur le mot. Je tiens seulement à vous assurer que je ne voulais pas vous mêler à un acte que je regardais comme une nécessité cruelle... Je voulais me venger... Mais je voulais que ma vengeance n'arrivât pas trop tard... et quand ce que je prenais le droit d'empêcher était devenu irréparable!

— Je ne comprends pas très bien, fit Varhély.

Michel Menko regardait Valla comme pour savoir si, devant l'ancien ministre, il pouvait tout dire.

— Monsieur Angelo Valla était le témoin du mariage du prince Andras Zilah, dit Yanski.

— Je connais monsieur, fit Michel.

Et il salua.

— Eh bien! dit-il brusquement en donnant à ses paroles un accent inattendu, il y avait un homme que j'admirais, que je respectais et que j'aimais. Cet homme m'arrachait, sans le savoir, la femme qui avait été la folie, le rêve et la douleur de ma vie. J'ai tout fait pour que cette femme ne portât jamais le nom de cet homme.

— Vous avez envoyé au prince les lettres à vous écrites par cette femme, et cela vous l'avez fait lorsque la Tzigane était devenue princesse Zilah!

— Elle avait voulu me jeter à ses chiens comme un gibier. J'étais devenu fou de rage. Je voulais lui arracher son rêve à elle aussi. J'avais donné ces lettres à mon domestique avec l'ordre formel de les porter au prince la veille de la signature du contrat. A l'heure même où je m'éloignais de Paris, ces lettres devaient arriver entre les mains de qui de droit et lorsqu'il était pour lui temps encore de refuser son nom à cette femme.

— Eh bien?

— Le domestique n'a pas obéi ou n'a pas compris. Cela, sur mon honneur. Il a gardé ces lettres vingt-quatre heures de plus que je lui en avais donné l'ordre. Et ce n'est pas elle que j'ai châtiée, c'est l'homme pour qui je me serais fait tuer, que j'ai frappé.

— Soit, dit Varhély froidement, il y a une fatalité de ce genre dans votre conduite.

Votre laquais a mal compris vos ordres. Mais l'acte que vous commettiez n'en était pas moins d'un lâche. Vous vous faisiez une arme des lettres d'une femme, et de quelle femme? de celle que vous aviez trompée en lui promettant un nom qui n'était plus à vous!

— Etes-vous ici pour défendre mademoiselle Marsa Laszlo? demanda Michel, un peu hautain.

— Je suis ici pour défendre la princesse Zilah et pour venger le prince Andras. Je suis ici surtout pour vous faire payer la méchante action de m'avoir pris, moi, pour l'instrument d'une vilenie!

— Je regrette sincèrement... profondément, répondit Michel Menko. Et je suis à vos ordres.

Le ton de la réponse n'admettait point de réplique.

On s'était séparé.

Antonio Valla prenait alors un second à l'ambassade d'Italie et deux officiers de bersaglieri en garnison à Florence servaient de témoins au comte Menko.

Le petit Valla, inquiet, nerveux, répétait à Varhély :

— Tout cela est bel et bon... ma.

— Mais quoi?

— Ma s'il vous tue? Le droit est le droit, je sais... je sais... ma les balles de plomb ne vont pas toujours nécessairement du bon côté...

— Eh bien, répondit Yanski Varhély, vous vous chargerez à la fois, mon cher Valla, d'apprendre au prince comment son vieil ami Varhély a défendu son honneur, et aussi de lui enseigner l'endroit qu'a choisi le comte Menko pour refuge... Je vais essayer de venger Zilah. Si je n'y réussis pas, teremtete!... dit-il en jurant à la hongroise, c'est lui qui me vengera, voilà tout. Allons souper!

XXXII

Le prince Zilah, dans sa solitude en plein Paris, se sentait envahi, absorbé par une pensée unique, une image impossible à chasser, un nom qui bruissait éternellement à ses oreilles, comme dans certaines hallucinations de l'ouïe. Marsa, l'adorée Marsa, cette Marsa qu'il revoyait, tantôt dans le rayonnement de sa robe blanche, tantôt avec la pâleur morbide de la promeneuse, dans le jardin de Vaugirard, Marsa s'était comme logée au fond de son être, emplissant son cœur tout entier, et, malgré les révoltes de cet homme, elle en chassait peu à peu, en dépit de la faute, en dépit de la chute, tous les autres souvenirs, toutes les autres passions.

Marsa, son dernier amour puisqu'il n'avait plus devant lui que les années où les cheveux blanchissent, où la vie pèse de son poids alourdi sur les épaules de l'homme lassé! Et non seulement son dernier amour, mais son amour unique!

Ah! pourquoi l'avait il aimée? Ou, l'avant aimée, pourquoi ne lui avait elle pas avoué que ce misérable Menko l'avait trahie? Qui sait? Il eût pardonné peut-être, accepté cette jeune fille, veuve de cette passion.

— Veuve? Non. Puisque Michel est vivant... Ah! s'il était mort!

Et Zilah se répétait, avec des tentations farouches : « S'il était mort! » C'est-à-dire s'il n'y avait pas entre lui, Andras, et Marsa, le souvenir abhorré de l'amant!

Eh bien! si Menko était mort?

Quand il se posait

l'épiderme. Il avait la tentation de cette beauté, de cette jeunesse, de ces lèvres qui lui promettaient des baisers. Elle était maintenant sa femme, la belle Tzigane rencontrée chez la baronne Dinati! Sa femme!

DEUX OFFICIERS DE BERSAGLIERI.

fiévreusement cette tragique interrogation, Zilah se rappelait en même temps Marsa, écrasée devant lui et ne lui donnant d'autre excuse que celle-ci, qui coulait comme une chaude effluve dans les veines de cet homme amoureux de la belle fille :

— Je vous aimais! Je voulais être à vous!

Être à lui! Des frissons lui passaient sur

Il pouvait ou châtier, ou pardonner. Et il avait châtié, puisqu'il avait jeté Marsa à cette autre mort : la folie! Et il se demandait s'il ne pardonnerait pas à la princesse Zilah punie, repentante, presque mourante.

Il la savait encore bien faible, en effet, à Maisons, où, guérie de sa crise, mais toujours malade, anémiée, elle vivait cloîtrée, faisant du bien, donnant des aumônes, priant... et priant pour lui, peut-être!

Pour lui ou pour Menko?

Non, pour lui! Elle n'était pas assez vile
pour avoir si bien menti lorsqu'elle suppliait,
lorsqu'elle demandait, réclamait, mendiait
la mort à Zilah qui avait droit de vie et de
mort sur elle.

— Oui, droit de mort. Et droit de pardon,
aussi, pensait Zilah dans ces songeries qui
éternellement lui gonflaient le cœur.

Ah! s'il était mort, Menko!

Zilah se sentait peu à peu envahi par un
état nerveux très douloureux, et, voulant
dompter ce nervosisme, il se harassait à aller
seul dans Paris, regrettant Varhély, inquiet
aussi de cette absence prolongée, puis rentrant las, après une journée de marche,
mais sans réussir jamais à chasser cette
obsédante vision de Marsa. Et la douleur à
la longue se mêlait d'ennui, la vie, la lente
vie aux monotones souffrances semblant au
prince maussade encore que mélancolique.

— Je ne déjeune pas, dit-il, un matin, à
son domestique.

Il prenait en haine son logis, ses livres,
son *home* habituel.

Il descendit à pied les Champs-Élysées.
Au coin de la place de la Madeleine, il entra
dans le restaurant, regardant machinalement, du fond du rez-de-chaussée, ce coin
de Paris alerte et gai, avec les arêtes nettes
de l'église se détachant en gris sur un pan
de ciel bleu; les feuilles poudreuses des
arbres, l'asphalte, les passants, les omnibus
jaunes, l'alacrité, l'activité élégante de la
vie parisienne.

Puis il fut tout étonné de s'entendre appeler
brusquement, et de voir là, devant lui, debout,
lui tendant la main comme il lui eût demandé
une aumône, le gros Vogotzine, l'air bizarre,
presque peureux, et qui lui disait:

— Ah! cher, que je suis donc content de
vous voir! Je déjeunais là, tout à côté, il
montrait une table que Zilah n'avait pas vue,
et mon satané journal devait me masquer à
vous... Ouf!... Ah! si vous saviez! J'étouffe!

— Qu'y a-t-il donc? demanda Andras.

— Ce qu'il y a? Regardez-moi. J'en suis
encore rouge!

Ce malheureux Vogotzine, entré là, au
restaurant où il avait déjeuné, par hasard,
regrettant le jardin de Maisons-Laffitte, le
rocking chair de Marsa, où, puisqu'elle ne s'y
asseyait plus, il s'allongeait maintenant,
là-bas, balançant son gros corps sous les
arbres par les journées chaudes; Vogotzine
qui venait de copieusement déjeuner, selon
son habitude, avait eu l'imprudence de demander au garçon un journal russe, le
Nouveau Temps, et, alors là, lisant tout
en sirotant son kummel, qu'il trouvait un
peu fade, regrettant presque l'eau-de-vie de
grains, le *vodka* de ses soldats, brusquement,

dans ces colonnes de la gazette russe, ses
yeux tombaient sur une correspondance
d'Odessa, et lisaient les détails d'une exécution de trois nihilistes, dont deux gentilshommes, amenés sur la place de l'Abattoir,
vêtus de noir, tournant le dos aux chevaux
qui les traînaient, et chacun d'eux portant
sur la poitrine une planche noire avec cette
inscription en lettres blanches: « Criminel
de haute trahison. »

Alors le pauvre Vogotzine frissonnait de
la tête aux pieds. Diable! diable! Chaque
détail de l'exécution, d'ailleurs assez mélo-
dramatique, lui entrait en plein estomac
comme une lame de fer rouge. Il voyait
réellement le cortège, les trois gibets peints
en noir; derrière chacun d'eux le cercueil
noir couvert d'un linceul gris, avec la fosse
creusée à côté, sous la potence. Il apercevait,
dans le carré des troupes formé par un bataillon d'infanterie, une sotnia de cosaques,
le bourreau Froloff, debout, avec sa chemise
rouge, son large pantalon de peluche noire
passé dans ses bottes, et à côté de lui, un
aumônier en deuil, très pâle.

— Qui diable, donc, a l'idée de raconter
ces choses-là dans les journaux? grommelait
Vogotzine.

Et, effaré, il entendait le greffier lire la
sentence, il voyait le prêtre présenter la
croix aux condamnés, et Froloff, avant de
jeter sur la tête les capuchons attachés à
leurs chemises, dégrader les gentilshommes
en leur brisant leurs épées sur le crâne...

Alors, suffoqué, Vogotzine jetait à terre
le journal, comme il l'eût fait d'une chenille
tombée des arbres, et, cramoisi, les yeux
hors de l'orbite, effaré, il attirait à lui le
carafon de kummel, le vidant à demi pour
se remettre. Il lui semblait que Froloff était
là, derrière lui, étendant sa main de bourreau sur sa tête, et que les branches des
candélabres du restaurant, surplombant son
crâne chauve, étaient des bras de gibets
prêts à le saisir.

Vogotzine avait besoin, pour se rassurer,
de regarder les garçons en vestes noires, les
consommateurs, la salle gaie et dorée du
restaurant, qui l'emportaient à cinq cents
lieues de la place de l'Abattoir.

— Le diable enlève les gazettes! Elles
sont stupides! Je n'en lis plus une dorénavant! Plus une donc déjà! C'est absurde,
ça! Absurde!... Drôle de digestif!

Et, demandant la carte, il allait sortir,
portant de temps à autre la main sur le
dessus de sa tête, comme si son épée de
général, en s'y brisant, y eût laissé une
contusion ou une plaie.

Il roulait encore de grosses prunelles
égarées autour de lui, interrogeant les glaces

aux cadres dorés, comme pour y découvrir l'ombre de Froloff et le fuir, quand tout à coup il aperçut, assis près de là, Andras, qu'il ne reconnaissait pas d'abord, et vers lequel, se levant, il se précipita, laissant échapper, dans une bouffée d'alcool, un grand cri soulagé, le cri de joie d'un enfant apercevant un défenseur :

— Vous ?... Ah ! la bonne idée !... Vous, ici !... Comment vous portez-vous ?

Il tendait à Andras ses grosses mains, et le prince remarqua que ce pauvre Vogotzine, qui s'assit lourdement à son côté, comme il fût tombé, titubait. Cette énorme quantité de kümmel, brusquement absorbée en une lampée rapide, jointe à la terreur née de sa lecture, lui faisait monter au cerveau une ivresse brutale, et le général, écrasé sur la banquette de velours où il s'écroulait dans sa redingote de drap noir, laissant sortir de son col de chemise, dont il avait dénoué la cravate et arraché le bouton, une face ronde et rouge, aux yeux atones, avec des lèvres sèches qu'il faisait claquer l'une contre l'autre dans sa moustache.

— Ça vous étonne de me voir ici? dit-il, comme s'il eût oublié tout ce qui s'était passé depuis des semaines.. Moi aussi!... Mais je m'ennuyais donc tant là-bas.. Maisons... je me *faisais vieux*, comme disait autrefois à Odessa la petite... la petite... enfin Stéphanie... Et je suis venu donc humer l'air de Paris... Mauvaise idée! Si vous saviez! Quand je pense que cela pourrait m'arriver!

— Quoi? demanda Andras, machinalement.

Et Vogotzine, le regardant toujours de ses yeux ronds :

IL VOYAIT LE PRÊTRE...

— Quoi? disait-il, la voix étranglée. Mais Froloff donc, cher!... Froloff! L'épée cassée sur la tête! la potence! Je ne suis pas nihiliste. Dieu m'en garde, mais j'ai déplu au tzar... Et déplaire au tzar... brr! Figurez-vous, cher, la place de l'Abattoir... Odessa...

Non, au fait, non, n'en parlons plus, fit-il brusquement en regardant autour de lui, comme si la sotnia de cosaques eût été là, à cheval, dans ce restaurant même, pour l'arracher de sa place, au nom de l'empereur. Ah çà! prince, donc, voyons, dites-moi, pourquoi ne venez-vous jamais à Maisons-Laffitte?

Il fallait qu'il fût ivre, pour adresser une telle question au prince.

L'œil clair de Zilah le regarda bien en face, tandis que les paupières lourdes de Vogotzine s'abaissaient sur ses prunelles imbibées de kümmel.

Andras s'était levé, sortant du restaurant, et Vogotzine avait toutes les peines du monde à l'imiter.

— Moi, dit le général, en prenant instinctivement le bras d'Andras et en l'entraînant
pour marcher, lui zigzaguant déjà et le prince
se laissant faire comme si ce nom de Maisons-Laffitte l'eût intéressé, même sortant de
cette outre à alcool; moi je serais content...
bien content... si vous reveniez... Je m'ennuie, cher, ah! je m'ennuie à crever!
Pensez donc!... des volets fermés... Pas le
moindre bruit... Le plus petit grincement
de porte, la lumière, ça lui fait mal... Les
journées durent, durent... Personne ne
parle... La plupart du temps je dîne seul...
Voulez-vous que je vous dise? Non, mais
voulez-vous que je vous dise?
Marsa, oui, eh bien! Marsa, elle
est très bonne... très bonne... ne
s'inquiète que des pauvres... des
malheureux... Mais, quoi qu'en
dise le docteur Fargeas, elle est
folle!... Il n'y a pas à chercher
midi à quatorze heures... elle
est folle!... Elle est encore folle!

— Folle? dit Andras ému, en
se contraignant à paraître froid.

Ils marchaient lentement sur le
boulevard plein de monde, Vogotzine s'arrêtant à chaque pas, et,
pour parler, prenant Andras par
le bouton de sa redingote. Zilah
avait fait signe à une voiture, il
y fit monter le général, qui faillit
s'assommer sur le marchepied,
et dit au cocher :

— Au Bois!

— Je vous assure qu'elle est
folle donc, reprenait Vogotzine,
étalé sur les coussins. Oui, folle,
grognait l'ivrogne. Elle ne mange
pas; elle ne se peigne pas! Ma
parole, je ne sais pas comment
elle vit... Autrefois... ses chiens...
elle les promenait... Maintenant,
c'est moi dans le parc qui vais
avec eux... de bonnes bêtes...
très douces... Quelquefois tout ce
qu'elle dit, c'est : « Écoutez donc!
Est-ce que Duna ou Bundas n'aboie
pas?... » Ah! si je n'avais point
peur que là-bas, Froloff... oui,
Froloff... comme je retournerais
donc en Russie! La vie de Paris...
la vie de Paris, ça m'assomme!...
Vous voyez, j'en goûte... Je prends
un journal et je rencontre quoi?
Froloff!... D'ailleurs, cher, la vie
de Paris, à Maisons-Laffitte, entre quatre murs,
c'est absurde, voyons, prince, donc, n'est-ce
pas que c'est absurde?... Savez-vous ce que
je voudrais? Je voudrais signer un recours
en grâce au tzar... Qu'est-ce que j'ai fait,

après tout, je vous le demande? Ce n'est pas
énorme. J'ai séjourné, malgré l'ordre de
l'empereur, cinq jours de trop à Odessa...
Oui, une petite actrice française qui était
là... et qui chantait l'opérette, oh! admirablement... dites-lui qu'on l'a remarquée, dis-
tingué... Dites-lui qu'on le trouve aimable...
Charmante! La quitter, ah! vrai, je trouvais
donc ça dur... Je reste cinq jours, c'est donc
une affaire, dites, Zilah, cinq jours? Mais
patatras! La petite était bien... très bien...
avec un grand-duc... plus jeune que moi
nécessairement... Voilà le grand-duc jaloux.
Il y a tout justement une conspiration à

S'ARRÊTANT A CHAQUE PAS...

Odessa!... On m'accuse d'avoir passé mon
temps au théâtre au lieu de surveiller les
conjurés... On fait mieux, cher, donc on dit
que j'en suis moi, de la conspiration... A
Odessa! Place de l'Abattoir... Froloff... C'est

Stéphanie Gavaud qui est cause... Ne dites pas cela à Marsa... Ah! cette petite Stéphanie!... *J'ai vu le vieux Bacchus sur sa roche fertile!...* Tautin, non, la Tautin ne chantait pas ça, cher, comme cette diablesse de Stéphanie! — Eh bien! disait Vogotzine entre deux hoquets, avec une haleine empestée de kummel, c'est parce que tout ça est arrivé donc, que je mène ici une vie d'huître, oh! parfaitement!... d'huître, de cloporte, de momie... en tête à tête avec une femme triste comme carême, qui ne parle pas, ne chante plus, ne fait rien, pleure, pleure... Assommante!... Je le dis comme je le pense, assommante, donc, quoiqu'elle soit ma nièce... Ass... son... Et... ah! vraiment, cher, je suis content que vous reveniez... Pourquoi êtes-vous parti?... Oui, oui, ce sont vos affaires, je ne vous demande rien... Seulement... vous arrivez bien...

— Pourquoi? dit Andras.

Il s'arrêta brusquement, regarda Vogotzine.

— Ah! pourquoi? Parce que!... dit le général, en essayant de donner à son visage abêti d'ivresse une expression de gravité digne, quasi diplomatique...

— Que se passe-t-il donc? fit le prince. Est-elle redevenue souffrante?

— Oh! toquée, je vous dis! Absolument toquée! Folle à lier! depuis deux jours...

— Pourquoi depuis deux jours?

— Ah! parce que... depuis deux jours!

— Eh bien! quoi?... Qu'y a-t-il?... Mais parlez donc, Vogotzine!

— C'est... c'est la dépêche, balbutia le général.

— Quelle dépêche?

— La dép... la dépêche de Florence.

— Elle a reçu une dépêche de Florence?

— Un télégramme... Papier bleu... Elle l'a lu devant moi donc... Ma parole, je croyais que c'était de vous, la dépêche!... Elle a dit... Non, ces satanés morceaux de papier, c'est étonnant comme ça vous bouleverse... Il y a des télégrammes qui m'ont donné des indigestions à moi... Je vous jure... Je ne suis pourtant pas une poule mouillée!...

— Enfin, Marsa? Cette dépêche?... De qui était-elle? Qu'a-t-elle dit, Marsa?

— Elle est devenue blanche comme une serviette!... Elle s'est mise à trembler... Une attaque de nerfs!... Et elle a dit:

« — Eh bien! dans deux jours, je saurai enfin si je dois vivre!... »

« Des phrases, cher! Ce qui est certain... ah! ça c'est certain, cher... c'est qu'elle attend ce soir quelqu'un qui revient... ou ne revient pas de Florence... Ça dépend...

— Qui cela? Qui? s'écria brusquement Andras. Michel Menko?

— Je ne sais pas! balbutia Vogotzine éperdu, se demandant si c'était la main de Froloff qui, derrière la capote de la voiture le saisissait par le collet de sa redingote.

— C'est Menko, n'est-ce pas? répéta Andras pendant que le général effrayé laissait tomber des balbutiements rauques, l'ivresse lui enfumant un peu plus les idées à chaque pas fait dans cette atmosphère du Bois, capiteuse, pleine de bruits de roues et comme d'un ruissellement de voitures.

Andras se sentait mordu en pleine chair par une douleur nouvelle. Que signifiait? De qui venait cette dépêche? Pourquoi avait-elle causé à Marsa une émotion pareille? *Dans deux jours, je saurai si je dois vivre!* Qui pouvait lui faire jeter un tel cri? Qui donc, sinon Michel Menko, se trouvait assez intimement lié à la vie de cette femme pour la troubler ainsi, la rendre folle, comme disait Vogotzine?

— C'est Menko, n'est-ce pas, c'est Menko? répétait Andras.

Et le gros Vogotzine stupéfait, abêti, laissait toujours échapper des:

— Peut-être bien... Tout est possible...

Mais il s'arrêtait brusquement comme s'il eût compris, malgré son ébriété, qu'il se risquait trop loin, qu'il allait amener un malheur.

— Ah! voyons, Vogotzine, voyons, vous en avez trop dit pour ne pas tout dire!

— C'est vrai, oui, j'en ai trop dit... Ah! du diable, ce ne sont pas mes affaires!... Eh bien oui, il est à Florence, le comte Menko, ou aux environs de Florence... je ne sais où! Marsa me l'a à peu près... appris, sans le vouloir... Elle s'exaltait... s'exaltait... parlait toute seule... Je ne lui demandais donc rien... mais sa fièvre... sa folie... est-ce que je sais? Elle a d'abord rédigé une dépêche pour l'Italie... Puis donc elle l'a déchirée en disant comme cela:

« — Non! ce qui doit arriver arrivera!... »

« Voilà. Je ne sais que ça, moi, je ne sais rien!

— Ah! la misérable! Et c'est lui qu'elle attend, s'écria Andras. Quand cela?

— Je ne sais pas!

— Vous me l'avez dit. Ce soir. Ce soir, n'est-ce pas?

Le vieux général se sentait aussi mal à l'aise que s'il eût été devant un conseil de guerre, une commission militaire ou entre les mains de Froloff.

— Oui, ce soir.

— A Maisons-Laffitte?

— A Maisons, répondait machinalement Vogotzine, toujours ivre. Et tout ça m'ennuie... m'ennuie!... Assommant, vous concevez! C'est pour ça que je me suis décidé à

venir à Paris. Jolie idée !... Au moins il n'y
a pas de journaux russes à Maisons !...

Andras ne dit plus un mot.

Il fit arrêter la voiture, descendit lestement, et saluant le général d'un « merci »
brusque comme une rebuffade, il s'éloigna,
rapide, laissant Vogotzine roulant ses deux
yeux en boule de loto et balbutiant en
essayant de se tenir droit, avec dignité :

— Eh bien ! cher, eh ! bien, donc, vous me
laissez là ? Tout seul ? C'est méchant !...

Et, comme un enfant abandonné, le vieux
soldat, sensibilisé par le kümmel, avait,
avec de comiques froncements de sourcils
et de narines, des commencements d'envie
de pleurer.

— Où faut-il vous conduire ? demandait le
cocher.

— Où vous voudrez, mon ami, répondit
Vogotzine, d'un air navré, implorant modes-
tement cet homme ; mais vous ne me quit-
terez pas, du moins, vous !

XXXIII

Brusquement, la situation venait de s'éclair-
cir pour Zilah. Il s'expliquait presque pourquoi un malaise vague l'avait envahi depuis
quelques jours. C'était comme la perception
magnétique de cette trahison nouvelle qui
lui entrait au cœur. Menko était à Florence !
Menko, car ce ne pouvait être que lui, venait
de télégraphier quoi ? quelque rendez-vous ?
à Marsa ! Ce soir, ce soir même, cet homme
serait là-bas, dans cette maison qui était
celle de Marsa Laszlo, de Marsa, portant, en
dépit de tout, le titre et le nom des Zilah !

Était-ce possible ?

Après le mariage, après les serments et
les pleurs de cette femme, ces deux êtres,
séparés un moment, se réunissaient comme
s'ils étaient décidément faits l'un pour l'autre,
le lâche pour la misérable !

Et il s'était senti, lui, Andras, presque
pris de pitié pour cette femme ! Et il avait
écouté Varhély, un honnête homme, mettant en parallèle un soldat vaincu avec cette
fille tombée ! Ce rude Varhély, l'implacable,
comme on l'appelait, qui avait été aussi la
dupe de la Tzigane et conseillait, un soir,
à Sainte-Adresse, le pardon au mari outragé !
Ah ! ce dernier coup irritait, jetait hors de
lui-même Zilah, plein de colère, rentré dans
son hôtel et regardant autour de lui avec
des baissements de tête de sanglier traqué,
des ramassements, de bête fauve prête à
bondir.

— Il sera chez elle, ce soir ! Ce soir ! Ce
soir !

Cette idée le rendait fou.

Allons, c'était une vilenie après bien
d'autres, une vilenie atroce, une infamie
nouvelle ! Comment la châtier ?

La châtier ?

Pourquoi pas ? Marsa Laszlo n'était-elle
point sa femme ? Dans cette villa de Maisons-
Laffitte où elle se croyait chez elle, de
par la loi il était chez lui il avait le droit
d'entrer, lui, l'époux, à toute heure, et de
demander compte à cette femme de son
honneur.

— Ah ! elle l'a voulu, ce nom de Zilah !
Eh ! bien, qu'elle sache au moins ce qu'il
coûte et ce qu'il impose !

Et cette pensée, montant à ses lèvres,
sifflait entre ses dents serrées dans un
cauchemar plein de fièvre.

Il allait, venait, s'exaspérant davantage à
chaque mouvement dans la solitude de son
hôtel, où ses pas s'entendaient, précipités
fébrilement.

— Elle est princesse Zilah ! Oui princesse !
Rien ne peut lui arracher ce titre qu'elle a
volé. Princesse ! Soit. Le prince a le droit de
vie et de mort sur sa femme !

— Sur sa femme et sur l'amant de sa
femme ! dit-il encore, en s'interrompant
tout à coup dans le spasme d'un éclat de
rire.

— Eh ! oui, son amant sera là ! Il sera là,
ce Menko, et je me plais ! Cet homme que
j'ai cherché, qui m'échappait, il se jette là,
droit, devant moi, je le tiens à ma merci, et
je suis navré, et je ne remercie pas le sort
qui me donne cette joie ! Ce soir ! il sera chez
elle, ce soir. Tant mieux !... Justice sera
faite !

Et chaque minute ajoutait à cette fièvre
qui lui battait aux tempes et aux poignets.
Il avait au cerveau comme un afflux de sang :
des visions farouches passaient. Il voyait
Marsa tendant sa lèvre à Michel, cette lèvre
exquise, souriante, avec les yeux mi-clos
et l'expression divine qu'elle avait lorsqu'il
la tenait, lui, Andras, presque pâmée de
bonheur, dans ses bras. Ah ! maintenant il eût
donné dix ans de sa vie pour être à ce soir !
Ce soir ! Ce soir ! Que c'est long une journée !
Et comme la fièvre montait, comme l'orage
grondait en lui, douloureux et fou !

Il attendait impatiemment le moment de
partir, de les surprendre. Il avait envie
d'attendre Michel Menko au débarcadère du
chemin d'Italie, et de lui cracher le visage.
A quoi bon ? Michel serait à Maisons. Eh bien !
il le tuerait devant elle, en duel, si Menko
voulait se battre, ou, de par son droit d'époux,
comme un voleur de nuit, si le jeune
homme voulait fuir. Cela valait mieux.

Oui, il le tuerait comme un chien, si
l'autre...

Mais non. Le Hongrois, soufflété sous les yeux de cette femme, ne reculerait certainement pas devant un canon de pistolet. Pour seul témoin de ce duel Marsa serait là. Le sang du prince ou celui de Menko lui éclabousserait le visage! Une tache rouge sur cette joue pâle. Ce serait le châtiment.

Et le soir venu, presque à la nuit tombante, Andras partait. L'électricité d'une journée chaude, menaçante d'orage, le serrait à la gorge.

Il avait glissé dans son paletot une paire de pistolets chargés, pris par lui dans un de ses tiroirs. Il en jetterait un à Menko. Ce n'était pas assassiner qu'il voulait, c'était punir.

Andras était presque seul à la gare et, dans les allées, il se trouvait bientôt seul tout à fait, marchant vers son but tandis que la nuit gagnait.

Andras avançait, dans l'ombre grise donnant aux fonds d'allées des aspects confus.

Mais quoi! ses pas l'eussent porté machinalement où il allait.

En sortant de la station, et en traversant à pied le pont du chemin de fer, puis en longeant l'avenue Longueil qui mène au Parc, il avait commencé à éprouver cependant un sentiment bizarre, comme si rien ne fût arrivé, comme s'il secouait peu à peu un étouffant cauchemar.

Dans une série d'hallucination quasi volontaire, il se figurait qu'il allait, comme l'an passé, au logis de Marsa et qu'elle l'attendait dans une de ces toilettes blanches qui lui seyaient si bien, la boucle aux opales attachant autour de sa taille sa ceinture d'argent. Et à mesure qu'il avançait c'était une nuée de souvenirs qui l'enveloppaient, tombant comme de ces arbres en sortant de cette terre.

Il s'était promené avec Marsa sous ces grands tilleuls formant comme une voûte de cathédrale, avec, de chaque côté, les travées des branches pour verrières. Il se souvenait des causeries échangées, le soir, quand une brume légère argentait ce grand parc majestueux, tout empli d'ombre, le château se détachant vaguement sur la buée comme un palais-fantôme. Ces bassins dont les jets d'eau chantaient, cette large pelouse entre les deux grandes lignes des arbres séparées par la large bande du ciel, ces sentiers dans l'herbe, il les avait longés ou regardés avec la Tzigane pendue à son bras, un parfum doux montant des cheveux de Marsa. Et, dans l'émotion que faisait naître maintenant en lui la vue de ces choses retrouvées, il y avait une sensation de douleur malsaine qui, loin d'apaiser, avivait la colère où se trouvait Andras, les nerfs

malades, le cerveau las, prêt à une folie.

Il n'avait plus qu'un sentiment, très amer, celui du bonheur auquel ces belles allées à l'ombre fraîche eussent pu servir de cadre

IL AVAIT GLISSÉ DANS SON PALETOT...

si la destinée eût tenu ce qu'elle avait promis.

Ah! Marsa! malheureuse fille!

A mesure que Zilah s'enfonçait plus avant dans le Parc, allant droit, sans même chercher le chemin, vers la maison où elle vivait, tout lui rentrait au cœur, tous les détails de cette journée de fête ironique et navrante, la journée du mariage, se présentaient à sa mémoire. Il s'était détourné de sa route pour aller revoir la porte de la petite église dont ils avaient franchi le seuil, elle rayonnante dans sa robe blanche, lui si heureux!... La place de l'église était déserte maintenant. Les feuilles des tilleuls commen-

9

çaient à tomber. Un homme dormait, quelque maçon du voisinage, devant la porte close. Et Andras regardait cette porte verte dans son encadrement gothique avec une statue de la Vierge mère, encastrée là ! Il se demandait si c'était bien vrai que ce fût lui qui conduisait autrefois, vers ce temple morne, une fiancée qui allait être sa femme, et cette triste église fermée lui faisait l'effet d'un tombeau.

Il s'arrachait alors à la contemplation de ce seuil de pierre où sommeillait cet homme harassé, peut-être un ivrogne, plus heureux que lui, à coup sûr, et il s'en allait maintenant du côté des bois, vers la demeure de Marsa Laszlo.

Il y avait, Zilah s'en souvenait, tout près de là, une sorte d'étroit vallon, bassin comblé du temps où le président de Maisons offrait aux hôtes de Louis XIV revenant de Marly une hospitalité qui valait celle du roi, et ce coin plein de mystère et de beauté, pli de terrain encaissé de talus couverts de lierre et de violettes, petit bois discret, virgilien, ombreux et perdu sous ses grands arbres, aux troncs enlacés, bien des fois ils y avaient rêvé, oui, elle aussi, elle aussi, Marsa !

Ils l'appelaient, souriants, *le Val des Violettes.*

C'était un nom qu'eux seuls connaissaient. Et que de souvenirs dans ce nom ! Maintenant, de ces souvenirs, chacun exaspérait, poignardait Zilah, en se dressant devant lui comme un spectre. Alors hâtant le pas :

— Il est là-bas, elle l'attend ! son amant est là ! se répétait le prince.

Et, au bout du chemin, devant la maison fermée, muette comme la vieille église, Andras s'arrêta.

C'était là !

Il restait immobile alors, se sentant pris d'un déchirement immense avant d'entrer !

Qu'allait-il faire, lui qui avait jusque-là vécu en évitant à son nom le jet de bave des scandales ?

Il allait tuer ou être tué.

Un duel ! Mais qu'avait-il besoin de proposer un combat quand, de par son droit de mari, sur cet homme et sur cette femme il pouvait exercer un châtiment ?

Il n'hésita pas longtemps.

— Je suis chez moi ! dit-il tout haut en allant droit à la grille.

Le tintement de la sonnette éveillait, au fond du jardin, vers les communs, les hurlements de *Duna,* de *Bundas* et d'*Ortog,* tirant furieusement sur les chaînes de fer de leurs attaches, et un homme arrivait, dans le crépuscule déjà obscur, criant à Andras, de loin, à travers la grille :

— Qui demandez-vous ?

— La princesse Zilah.

L'homme avançait.

C'était un domestique.

Andras ne le connaissait pas, ne l'avait jamais vu.

— Qui êtes-vous ? dit cet homme à Andras, la main sur la serrure intérieure de la grille.

— Le prince Zilah !

L'autre, stupéfait, ne bougeait pas, essayant de voir, à travers les barreaux, dans la nuit, le visage du prince.

— Vous m'avez entendu ? dit Andras.

Et tandis que, machinalement, le domestique entr'ouvrait la porte comme pour se rendre compte de la tenue du visiteur, Andras poussait la grille avec une brusquerie nerveuse, rejetant le valet sur le battant de la porte, et, une fois dans le jardin, s'approchait de lui et lui disait :

— Regarde-moi bien pour me reconnaître, puisque c'est la première fois que tu me vois. Je suis le maître ici.

L'œil clair de Zilah, ce regard impérieux semblant allumé dans la nuit, et, de près, ce visage de soldat gentilhomme, forçaient instinctivement le valet à s'incliner, saluant encore inquiet et n'osant rien dire.

Andras marcha droit au perron, poussant la porte extérieure qui était ouverte.

Elle était avec *lui.*

Andras écouta.

Oui, il y avait un homme là, et l'homme parlait.

Il parlait à Marsa ! il lui parlait d'amour sans doute.

Ah ! ce Menko ! Zilah le revoyait, avec sa moustache retroussée, son joli sourire bizarre, son fin profil un peu sombre.

Le misérable !

Et il était là, là, oui, là, derrière cette porte.

Une lumière rouge, filtrant du salon où se trouvait Marsa, encadrait la porte que le prince Andras avait des envies d'enfoncer du pied.

Il s'arrêtait pourtant. Une petite pièce plongée dans l'ombre le séparait de cette porte.

Alors, il lui courait devant les yeux de rapides images de meurtre. Il se sentait capable, dans la douleur qui l'étreignait au cou comme une main, de bondir, d'entrer, de frapper en sauvage ou en fou furieux.

Comme ils s'étaient atrocement joués de lui, ces deux êtres qui étaient là ; cette femme qui avait menti et ce lâche qui souffletait un homme de ces lettres où la passion, c'est-à-dire la trahison, se lisait à chaque ligne ! Ah ! l'infamie !

Et, brusquement, Andras, tout à l'heure affolé de rage, se sentait comme blessé, prêt à défaillir, percé d'une lame : c'était la voix de Marsa qu'il entendait, c'était l'écho de cette voix chaude, grisante, et qui, à travers la porte, lui venait, comme emporté par un ardent sentiment de passion, d'amour ou de joie.

— Allons, debout! se dit-il.

Qu'attendait-il? Lui fallait-il donc, pour les foudroyer de son apparition, le bruit d'un baiser?

Ses doigts chauds de fièvre cherchaient la crosse lisse de ses pistolets.

Il fit trois pas, il traversa le petit salon sans lumière, et, à tâtons, chercha le bouton de la porte qu'il tourna brusquement, la lumière d'une lampe à abat-jour d'opale lui sautant au visage, et droit sur le seuil, comme un spectre, pendant que deux faces

— CEGARDE-MOI BIEN...

à la fois se tournaient vers lui, deux pâles visages, la figure amaigrie de Marsa, et la tête farouche d'un homme, Andras s'arrêta stupéfait.

Il cherchait Menko : c'était Varhély.

XXXIV

— Yanski!

Andras avait poussé ce cri, et Marsa effarée, reculant, devant cette voix, devant cette vision du prince, s'élançait vers Varhély d'un bond éperdu et toujours tournée vers ce seuil, où, debout, se tenait Andras, criait effrayée, prise d'un tremblement subit :

— Qui est là? Qui est donc là?

La lumière enveloppait Andras, mais Yanski Varhély ne comprenant point, ne croyant pas à cette apparition s'avançait comme pour savoir :

— Zilah! dit-il à son tour.

Il ne s'expliquait rien, regardait autour de lui, comme Zilah lui-même qui se demandait, en cette tragique minute, s'il y avait là une gageure et où était Menko, ce Michel Menko qu'attendait Marsa, et qu'il venait, lui, le mari, chercher jusqu'ici pour le châtier.

Mais la plus effrayante dans sa stupéfaction muette, c'était Marsa, hagarde, les lèvres tremblantes, dardant sur le prince des yeux peureux dans la lividité de mort de son visage, et presque aussi convulsée qu'en sa stupeur, dans la maison d'aliénés, se cramponnant au marbre de la cheminée contre lequel elle s'appuyait pour ne pas tomber, mais voulant pourtant se précipiter à genoux, à genoux, en suppliante, devant cet homme qui, tout à coup, se dressait là, comme le maître de sa vie.

— Vous ici?... dit enfin Varhély. Vous m'avez donc suivi?

— Non, dit Andras, et celui que je comptais trouver, ce n'est pas vous?

— Qui était-ce donc?

— Menko.

Yanski Varhély jeta à Marsa un regard profond.

Elle ne bougeait pas.

Elle regardait le prince.

— Michel Menko est mort, répondit Varhély de sa voix brève. C'est pour l'annoncer à la princesse Zilah que j'étais ici.

Andras fixa tour à tour ses yeux clairs sur le vieux Hongrois aux sourcils froncés et

SE CRAMPONNANT
AU MARBRE...

sur Marsa, pétrifiée, toute la vie de la jeune femme brûlant dans ses prunelles ardentes de fièvre.

— Mort?... demanda froidement Zilah.

— Je l'ai provoqué et je l'ai tué, répondit Varhély du ton dont on rend une sentence.

Andras se roidissait contre une émotion rude qui l'étreignait comme une angine. Il était devenu plus blême lorsque Yanski avait dit : « Je l'ai tué », et du vieux Hongrois il avait reporté son regard sur la Tzigane, épiant instinctivement l'impression que Marsa pouvait ressentir.

Elle n'avait même pas tressailli.

La nouvelle de cette mort, répétée ainsi devant cet homme qu'elle regardait comme le maître de son existence, la laissait implacablement glacée, sa vie n'étant plus là, toute sa vie se concentrant sur cet être qui la méprisait, la haïssait, la fuyait et qui revenait là, comme dans un de ses rêves douloureux où il repassait, en cette maison même où il l'avait maudite.

— Il y avait, reprit Varhély lentement, une martyre qui n'eût pas vécu, qui n'eût pas levé le front, tant que cet homme eût respiré. C'est à elle que je suis venu dire tout d'abord qu'elle était délivrée d'un passé détesté. Demain, je serais allé apprendre à un homme dont l'honneur est le mien que celui qui l'avait outragé a payé sa dette.

Varhély, la lèvre aussi blanche que sa moustache, avait parlé comme un justicier rendant un solennel arrêt. Ce soldat avait l'air d'un juge.

Une flamme étrange s'allumait au fond des regards de Zilah, et une impression soudaine lui coulait dans les veines. Il se sentait

trois êtres réunis là, dans le tête-à-tête tragique de ces confidences, c'était peut-être l'homme outragé qui envoyait au mort une pensée de pitié, le soldat restant impassible, comme un exécuteur, la Tzigane ne retrouvant qu'un souvenir de haine devant le nom de celui qui l'avait perdue! Menko mort!

Varhély avait pris sur la cheminée du salon la dépêche qu'il expédiait, trois jours auparavant, de Florence, à la princesse Zilah et dont Vogotzine avait parlé à Andras.

Il la tendit au prince et Andras la lut d'un trait :

« Je vais pour vous risquer ma vie, disait Yanski Varhély, et, mardi soir, je serai à Maisons-Laffitte ou je serai mort. Je me bats demain avec le comte M... Si vous ne me revoyez

— VOUS VOULEZ LE CHEMIN
DES AMOUREUX...

pas, priez pour votre dévoué Varhély »

Le comte Varhély avait là-bas, expédié cette dépêche avant d'aller au rendez-vous donné à Michel Menko.

Il était convenu qu'on se battrait aux environs de Pistoja, dans un champ. Des paysannes qui travaillaient à des chapeaux de paille, s'étaient mises à rire en voyant passer ces hommes qui avaient l'air de chercher un coin de repos. L'une d'elles avait même dit gaiement à l'un :

— Vous voulez le chemin des amoureux, signori? Ce n'est pas ici!

comme affranchi, lui aussi, comme délivré de quelque ombre haïe.

Menko mort!

Il l'avait aimé pourtant, ce Michel Menko à qui il disait : « Mon enfant! » Et du reste

Sur la route, Varhély et son adversaire avaient rencontré un de ces pénitents aux cagoules percées de trous laissant voir les yeux, et, sous la longue robe de bure, des souliers de cuir.

L'homme avait demandé, en tendant une sébile de zinc en forme de tirelire, l'*elemosina*, l'aumône des malades de l'hôpital.

Menko avait alors ouvert son porte-monnaie, et dans la bouche de la tirelire il avait laissé tomber une dizaine de pièces d'or.

— *Mille grazie, signor!*

— Ce n'est pas la peine.

On était arrivé sur le terrain. Les témoins chargeaient les pistolets.

Michel avait fait demander à Yanski la permission d'échanger deux paroles avec lui.

— Soit, dit Varhély.

Le vieux Hongrois se tenait, les bras

— MILLE GRAZIE, SIGNOR...

croisés, à son poste, baissant la tête et regardant la terre

— Comte Varhély, lui dit Michel en s'avançant, je vous répète que je voulais empêcher ce mariage, mais non outrager le prince. Je

vous en donne ma parole d'honneur. Si vous me survivez, voulez-vous me promettre de lui répéter cela?

— Je vous le promets.

— Merci.

On se mit en ligne.

Le petit Angelo Valla devait donner le signal du tir.

Il se tenait, les mains levées, regardant les deux adversaires, tous droits, boutonnés jusqu'au collet, le canon du pistolet en l'air le long de la joue droite.

Varhély ne bougeait pas plus que s'il eût été de granit. Menko souriait.

— Un! deux! compta Valla.

Il s'arrêta comme pour respirer, oppressé, puis:

— Trois! dit-il brusquement du ton d'un homme qui laisse tomber un arrêt de mort.

Les deux coups partirent.

Varhély restait immobile, la balle de Michel ayant coupé au-dessus de sa tête une branche verte qui tombait en tournoyant.

Michel Menko s'affaissa brusquement, le genou droit en terre, et portant la main à son côté gauche.

Ses témoins se précipitaient vers lui. Ils le prirent sous le bras, essayant de le relever.

— Inutile, dit-il, c'est bien visé!

Il fit un signe pendant qu'on le soutenait, et se tournant vers Yanski d'une voix qu'il s'efforçait de rendre forte:

— Vous avez promis? cria-t-il.

On ouvrit sa redingote. La balle était entrée en pleine poitrine.

Il étouffait.

On l'assit sur l'herbe, adossé à un arbre.

Il restait là, l'œil fixe, regardant peut-être l'infini qui venait.

Sous sa moustache, ses lèvres murmuraient des noms inarticulés, des paroles confuses.

— Pardon... châtiment... Marsa...

Avant que Varhély eût rejoint la voiture qui l'avait amené, le comte Menko était mort.

Comme Yanski Varhély, très pâle, marchant avec ses deux témoins, repassait devant les ouvrières qui tressaient des chapeaux de paille, les fillettes le saluaient de leurs rires jeunes, et disaient:

— Eh bien, et vos autres amis, les ont-ils trouvées, leurs amoureuses?

Et pendant que leurs rires montaient

jeunes, frais, leurs beaux rires fous de dix-huit ans, on apportait de ce côté le cadavre de Michel Menko.

Andras Zilah, le corps raidi, dans un effort d'impassibilité, devant Yanski et Marsa, écoutait son vieil ami évoquer ce passé d'hier, comme en un lendemain de bataille, et,

de ses sourcils. La fixité même de ses yeux agrandis, où quelque muette folie semblait encore passer, cet égarement passager lui donnait un attrait bizarre, morbide et puissant, et dans la façon dont la regardait

LES DEUX COUPS PARTIRENT...

tandis que Varhély parlait, il songeait, lui Andras...

Ce n'était point Menko, ce n'était pas un amant qu'attendait Marsa. Entre la Tzigane et lui il n'y avait plus rien, rien qu'un fantôme. L'autre avait payé de sa vie l'écroulement de la colère du prince était d'autant plus subit que, depuis même sa rencontre avec Vogotzine, son exaspération nerveuse avait été plus violente.

Il contemplait maintenant Marsa, décharnée, comme minée par une maladie implacable, et pourtant toujours belle avec ce casque de cheveux noirs sur la ligne droite

Andras, le comte Varhély, avec ses finesses rudes, surprenait comme une impression de pitié, un étonnement ému, presque une crainte.

Il mordilla un moment sa moustache, réfléchit, et brusquement fit un pas vers la porte.

Andras et Marsa comprirent en même temps qu'il partait.

Elle se détacha alors de ce marbre où s'appuyaient ses mains. Roide, la démarche saccadée, avec un sourire hautain, brillant de toute la tragique joie d'une fierté retrouvée, elle tendit sa main à Yanski et, d'un ton profond, où il y avait un accent de reconnaissance terrible pour cet acte de justicier accompli là-bas, elle dit fermement : « Merci, Varhély ! »

Varhély, muet, s'enfonça dans le petit salon par où le prince était venu.

Cet homme et cette femme, maintenant, après des mois de tortures, d'angoisses et de désespoir, se trouvaient en face l'un de l'autre.

Le premier mouvement d'Andras fut de fuir.

Il avait peur de lui-même. De sa colère?... Peut-être — Peut-être de sa pitié.

Il ne regarda point Marsa.

Il l'avait, tout à l'heure, bien vue, et elle lui avait paru si cruellement éprouvée qu'il en avait frissonné.

En deux pas il fut à la porte.

Alors, d'un bond, comme un noyé saisit un appui, comme un condamné à mort risque un recours en grâce, désespérée, poussant un appel déchirant et faible comme le cri d'un enfant, après le remerciement sauvage donné à Varhély, après cette sentence de mort, aussi impitoyable que le dernier soupir de la Tisza, sa mère :

— Ah! cria Marsa, je vous en supplie, écoutez-moi!

— Quoi? dit Andras en s'arrêtant. Qu'avez-vous à me dire?

— Rien... rien... Mais pardon! ah! pardon! Puisque je vous ai revu, pardonnez, pardonnez, et que je disparaisse, du moins, en emportant une parole de vous qui ne soit pas une condamnation.

— Je pourrais pardonner, dit Andras, je ne pourrais pas oublier.

— Je ne vous dis pas d'oublier, je ne vous le dis pas... Est-ce qu'on peut oublier?... Et pourtant si, on oublie, allez! Je vous jure bien qu'on oublie!... De toute mon existence vous seul êtes vivant, je ne connais que vous, je n'ai aimé que vous! Je ne pense qu'à vous!

Andras frissonnait, n'osant plus fuir, se sentant remué jusqu'au profond de son âme par cette chaude voix adorée, si longtemps inentendue.

— Il n'y avait pas besoin de sang pour que cet odieux passé fût mort, dit encore Marsa. Ah! que je l'ai expié! Il n'y a pas d'être qui ait souffert comme moi, comme moi qui, vous ayant rencontré, vous ai perdu! Vous, pensez donc, vous, vous!

Elle le regardait avec une passion ardente, comme les croyantes regardent un Dieu.

— Vous n'avez pas souffert autant que celui que vous avez frappé, Marsa. Celui-là n'avait qu'un amour au monde, et c'était vous. Celui-là, si vous lui aviez conté vos souffrances et confié votre secret, eût été capable de vous pardonner. Vous l'avez trompé. Il y a quelque chose de plus bas que le crime même, c'est le mensonge.

— Et je le hais, cria-t-elle, et je le méprise, le mensonge! Et je voudrais qu'on m'arrachât les ongles et la langue pour avoir menti!

La sauvagerie de la Tzigane avait un accent vrai, et sur les lèvres de la fille de la puszta, Hongroise et Russe à la fois, ces cris tragiques semblaient l'accent même de cette nature d'exception, hardie et nerveuse.

Andras en était remué jusqu'à l'âme.

— Que vouliez-vous que je fisse? disait-elle. Que vouliez-vous que je fasse? Mourir! Oui, j'aurais voulu, je voudrais mourir pour vous, mourir en mettant ma poitrine entre une balle et votre poitrine expiant ma vie par ce sacrifice fait avec joie, avec une ardeur éperdue. Ah! je vous le jure, j'eusse été heureuse de mourir comme est morte l'une de celles qui ont porté votre nom! Mais on ne se bat plus. Mon sang est inutile. Je veux sacrifier ma vie d'une autre manière, obscurément, dans le tombeau d'un cloître.

— Vous?

— Oui, et je n'aurai été ni amante, — car je n'ai pas aimé, j'ai cru aimer, j'ai été insensée et folle, mais je sais ce que c'est maintenant que la passion, je la connais celle qui emplit toute une existence, la seule profonde, la seule vraie : — je n'aurai été ni amante, ni épouse, rien, une recluse, une prisonnière. Tant mieux!... Oui, la prison, la cellule, la mort dans la vie lentement traînée! Ah! je l'attends du moins, ce châtiment-là, et je veux que ma sentence vienne de vous, je veux que ce soit vous qui me disiez que je suis libre de disparaître et que vous m'en donniez l'ordre... mais en me disant, du moins, que vous m'avez pardonné!

— Moi? dit Andras.

Il y avait dans les yeux de Marsa une sorte d'exaltation vibrante, un appétit de sacrifice, une soif de martyre.

— C'est au couvent que vous voulez entrer? demanda Andras.

— Dans le plus froid et le plus sombre. Et dans ce tombeau j'emporterai, avec votre condamnation, avec votre adieu, l'amer regret de mon amour, le poids de mon remords!

Le couvent! Une impression d'ivresse étrange et de terreur faisait passer comme une fièvre dans les veines du prince Andras Zilah.

Il la voyait, par la pensée, cette scène terrible de la séparation de Marsa d'avec le monde. Il entendait la voix de l'officiant jetant sur la vivante les paroles cruelles comme la pelletée de terre sur les morts. Il sentait presque le froid des ciseaux criant dans cette belle chevelure noire dont le parfum grisant montait jusqu'à lui et l'enveloppait de son arome.

Agenouillée devant lui, courbée, Marsa restait encore exquise dans sa douleur. Et

Andras abaissant vers la pauvre femme
écrasée son regard, apercevait alors ce corps
charmant, cette nuque dorée, cette chair
brune, et quand elle relevait vers lui ses
yeux rouges, il en sentait l'éclat ardent,
même à travers les larmes.

Toute sa passion torturée, toute sa jeunesse contenue, tout son amour se dou-
blaient d'une tentation éperdue : garder
cette femme, disputer au couvent cette
chair, reprendre à la mort du cloître cette
beauté, ce charme, cette poésie, cette péni-
tente absoute de par le remords.

Elle se traînait repentante, pleurant, suppliant, tordant ses mains, ne demandant
rien que le pardon, un mot, un seul mot de
pitié, et la liberté de se jeter à la cellule
éternelle.

— Ainsi, dit-il brusquement, la prison ne
vous effraie pas?

— Rien ne m'effraie que votre mépris!

— Vous vivriez loin de Paris, loin du
monde, loin de tous?

— Dans une hutte de chiens, sous le fouet
d'un garde-chiourme, en mendiant mon
pain, en cassant des pierres, si vous me
disiez : « Faites cela, c'est l'expiation! »

— Eh bien! s'écria Andras, la lèvre fré-
missante, le sang brûlé de
fièvre, vivez au fond de notre Hongrie, oubliant, oubliée, cachée, inconnue,
loin de tous, loin de Paris,
loin du bruit, loin du monde, dans une vie à deux
qui sera une vie nouvelle!
Voulez-vous?

Elle le regardait, affolée,
égarée, tremblant qu'il ne
se fît un jeu de sa douleur
et de sa joie.

— Veux-tu? dit-il alors en l'attirant à lui,
éperdument, la serrant à l'étouffer sur sa
poitrine, sa lèvre en feu cherchant la lèvre
glacée de Marsa, défaillante. Dis, Marsa,
veux-tu?...

Et comme le pardon, et comme l'amour,
ce mot tomba : Viens! dans le frémissement
d'un baiser.

XXXV

Alors, dès le lendemain, dans un âpre
affolement de passion, il l'emportait, cette
Marsa, dans le vieux château hongrois aux
tourelles rouges, meurtries de traces de
couleuvrines, où il n'était jamais revenu,
que l'Autriche lui avait confisqué, et que,
desserrant sa griffe, elle lui avait rendu
sans qu'il eût voulu jusqu'alors revoir cette
terre arrosée de sang.

Il fuyait Paris, cherchant là-bas une
existence pure d'une virginité retrouvée. Il
revenait dans sa Hongrie délivrée, dans ce
pays de sa jeunesse, dans la patrie aux
vastes plaines. Il revoyait le Danube et la

ELLE LE REGARDAIT AFFOLÉE...

blonde Tisza aux rives dorées. Il passait, en
costume de magnat, son cœur battant plus
fièrement sous l'attila national, devant les
paysans qui l'avaient vu tout enfant, qui
s'étaient battus sous ses ordres, et qu'il
saluait de leurs noms en reconnaissant
quelques compagnons d'autrefois dans ces
pauvres gens vieillis, la joue noircie par le
soleil, la tempe blanchie par l'âge.

Il conduisait Marsa, toute tremblante,
heureuse et émue à en mourir, à la porte du
château où on lui tendait le vin d'honneur
bu dans la *tchouttora*, le coupé hongroise,
et les *sotix* et les gâteaux secs faits des épis
germés, les gâteaux de maïs cuits dans la
crème qu'on mangeait en son honneur.

Sur les pelouses, autour du château, les
bergers *tschikos*, venus à cheval pour saluer
le comte, buvaient de l'eau-de-vie de prunes
et arrosaient de vin rouge leurs *kakostas* et
les jambons de Temesvar. Ils étaient venus

de leurs fermes, accourus de leurs pusztas lointaines, paysans cavaliers, pareils à des soldats, avec leurs bonnets nationaux, et joyeux, ils fêtaient le retour de Zilah dont ils savaient tous la glorieuse histoire. Et leurs danses commençaient, les talons cerclés rendaient leurs sons de cuivre, les jaquettes bleues brodées de jaune, de rouge ou d'or voltigeaient au vent, et il semblait que la terre de Hongrie fît épanouir des fleurs et naître des chansons pour célébrer la venue au pays du prince Andras et de la princesse Zilah.

Alors, Andras entrait avec Marsa dans la demeure des aïeux.

Et, dans les grandes salles tendues de tapisseries et peuplées de tableaux que les vainqueurs avaient respectés, devant ces portraits de magnats aux traits mâles, superbes dans leurs robes de velours fourrées, rouges ou vertes, le sabre recourbé au côté, l'aigrette en tête, tous reproduisant un trait commun de rude franchise avec leurs longues moustaches, leurs armures de chevaliers, leurs uniformes de hussards — Marsa Laszlo qui les connaissait bien, ces héros de son pays, ces princes Zilah tombés sur le champ de bataille, disait au dernier de tous, à Andras Zilah, devant Sandor, devant les princesses Zilah depuis longtemps couchées sous les pierres des tombes, et qui n'avaient pas plus qu'elle le sentiment fier du grand nom qu'elles avaient porté :

— Savez-vous pourquoi, égal à ceux-là en dévouement et en courage, vous leur êtes supérieur à tous? C'est que vous êtes bon!... Bon comme ils étaient braves!... A leurs vertus, vous qui pardonnez, vous ajoutez cette vertu qui est bien la vôtre : — la pitié!

Elle le regardait humblement, levant vers lui ses beaux yeux noirs comme pour lui en faire lire le fond où il n'y avait que son image et son nom. Elle se pressait contre lui avec une sorte de tendresse inquiète, timide, écrasée comme une étrangère devant ces grands aïeux qui semblaient se demander si la nouvelle venue était de la famille, et lui, l'attirant à lui, la pressant contre sa poitrine dont le cœur battait, se courbant sur la Tzigane qui tremblait, les prunelles obscurcies de larmes :

— Non, disait-il, je ne suis pas meilleur que ces meilleurs. Ce n'est pas la pitié qui est ma vertu, Marsa, c'est mon amour. Et je t'aime!

Il l'aimait, certes, il l'aimait et de toute la puissance d'un amour unique. Il l'aimait à oublier tout, à ne pas voir même que le beau sourire de Marsa avait comme une poésie d'au-delà où passait un appel de l'éternité. Il l'aimait à ne penser qu'à cette femme, à ce charme possédé, à cet enivrement des premières caresses, à ce rêve d'amour réalisé dans l'air de la patrie adorée. Il l'aimait à laisser sans réponses les lettres toujours charmantes que lui écrivait de ce Paris, si éloigné maintenant, la petite baronne Dinati, les missives, plus graves, qu'il recevait de ses compatriotes, voulant qu'il utilisât pour son pays, maintenant qu'il était revenu, son intelligence supérieure, comme il avait autrefois utilisé son courage.

« L'heure est décisive, lui disaient de vieux amis. On s'efforce de réveiller en Hongrie, contre les Russes que nous aimons, des ressouvenirs de combats, des haines éteintes, et cela au profit d'une alliance allemande, qui répugne à notre race. Apportez l'appui de votre nom, de votre valeur, à notre cause. Entrez à la Diète de Hongrie. Votre place y est marquée au premier rang, comme jadis au combat. »

Et Andras souriait.

— Si j'étais ambitieux pourtant! disait-il en souriant à Marsa.

Puis il ajoutait :

— Mais je ne suis ambitieux que de ton bonheur!

Le bonheur de Marsa! Il était profond, calme et doux comme un lac. Il semblait à la Tzigane qu'elle faisait un rêve, un beau rêve, un rêve paisible, reposant, doux comme une brise. Elle s'abandonnait à cette joie profonde avec des tendresses d'enfant. Elle était d'autant plus heureuse qu'elle avait la sensation exquise que ce songe n'aurait pas de déception, pas de réveil.

Il finirait dans toute la séduction de sa poésie.

Marsa éprouvait cette impression résignée qu'elle ne survivrait pas à l'immense joie que lui avait accordée la destinée. Elle ne se révoltait pas contre cet arrêt. Il lui semblait doux et juste. Elle n'avait jamais souhaité d'autre dénouement à son amour. Mourir aimée, mourir sous un baiser de pardon tombé des lèvres d'Andras, des bras du bien-aimé passer doucement dans les bras de la mort, et s'endormir et sourire à l'éternel sommeil! Qu'avait-elle souhaité de plus exquis, dans ses plus beaux espoirs, la fille de la Tzigane?

Elle avait, lorsque les gens du prince la saluaient de ce nom de *princesse* qui était le sien, des frémissements soudains, comme si elle usurpait ce titre; elle voulait être Marsa pour le prince, la Marsa dévouée comme une esclave qui le regardait de ses grands yeux reconnaissants et pleins d'amour. Mais elle ne voulait être que cela. Il lui semblait, dans la vieille demeure des Zilah, nid de soldats, aire d'aigles, qu'elle était une sorte d'étrangère. Mais elle se disait à elle-même, souriante :

— Qu'importe! pour si peu de temps!

Un jour, le prince Andras reçut de Vienne un grand pli cacheté. Le ministre Ladany engageait vivement Zilah à se rapprocher de la capitale autrichienne, à présenter dans les salons de Vienne et même à la cour de l'empereur, la princesse Zilah dont la colonie autrichienne de Paris vantait beaucoup la beauté. Marsa demanda au prince ce que contenait cette lettre.

— Rien. Une invitation à quitter notre solitude! Nous sommes si bien ici...

Marsa ne questionna plus, mais elle songea qu'elle ne voudrait jamais imposer au prince de le conduire dans cette cour qui le réclamait. Pour elle, à ses propres yeux, elle était toujours la Tzigane et, Menko fût-il mort, elle ne consentirait jamais à ce que Zilah la présentât à des gens qui avaient pu connaître le comte Michel.

Non, non, rester blottie dans le cher oubli, au fond du château, les yeux dans les yeux, lui ne vivant que pour elle, elle ne respirant que pour lui, et laisser aller le monde, avec ses séductions et ses tapages, ses fausses joies et ses amitiés fausses! Ne demander à la vie que ce qu'elle a de vrai : une halte entre deux épreuves, une joie entre deux sanglots. Et s'aimer!

S'aimer jusqu'à cette séparation qu'elle sentait venir, jusqu'à cette fin qui avançait, son pauvre corps de malade n'étant plus que la diaphane prison de son âme. Elle ne se plaignait pas, et délicieusement se sentait comme glisser avec une douceur charmée vers cette terre où, dans un dernier baiser, dans un dernier soupir, elle dirait à Andras : Adieu!

Lui, la voyant chaque jour plus pâle, plus faible, s'effrayait mais espérait pourtant qu'après l'hiver, rude là-bas, Marsa reprendrait ses forces. Il avait appelé au château un médecin de Vienne qui luttait avec une vaillance obstinée et savante contre le mal dont souffrait la Tzigane. Anémie, langueur, impossibilité de vivre qui, par les mois glacés, faisaient rester Marsa des jours entiers devant la haute cheminée armoriée où brûlaient des chênes énormes. Andras regardait les petits pieds frileux de la jeune femme appuyés au fer forgé des landiers; et, la flamme avivant de rose les joues de Marsa et ses beaux grands yeux qui brillaient, il se disait qu'elle vivrait et vivrait certainement heureuse!

D'ailleurs, le printemps venait, avec ses éveils de sève, les gouttelettes vertes et les blanches éclosions des fleurs au bout des branches. Les bourgeons s'ouvraient et les odeurs de terre rajeunie, de fleurs ouvertes, montaient, subtiles, dans l'air attiédi.

A sa fenêtre, regardant, par-dessus les murailles, les bois, les touffes poudrées de renouveau, les fonds d'une verdure tendre où des bouquets d'or fin ou de blanc d'argent brillaient comme des aigrettes, Marsa disait à Andras :

— Il doit faire bon, là-bas, à Maisons, au Val des Violettes!

Mais elle ajoutait bien vite :

— Nous sommes mieux ici, bien mieux! Et il me semble même que j'ai toujours, toujours vécu dans ce beau château où vous m'avez recueillie, vous, comme une pauvre hirondelle battue du vent...

Il y avait, sous la fenêtre, allongée comme un ruban d'argent, une route que les poudroiements de la poussière de mica faisaient, parfois, dans le soleil, ressembler à un fleuve. Marsa la regardait souvent, cette route, comme si elle y revoyait le grand chaland du barrage, sur la Seine, et comme si, là, quelque bande de Tziganes allait apparaître, avec les jours d'avril.

— Je voudrais, dit-elle un jour à Andras, entendre les airs que jouaient les miens autrefois!

Elle se trouvait, avec le printemps revenu, plus faible qu'elle ne l'avait jamais été. La première chaleur de l'air lui entrait dans les veines comme une griserie douce. Elle sentait sa tête alourdie et, dans tout son corps, un alanguissement heureux. Elle eût voulu s'endormir ainsi, dans le premier soleil.

Le docteur semblait inquiet en présence de cette sorte d'ivresse dont Marsa disait :

— C'est délicieux!

Il murmura, un soir, à Andras :

— C'est grave!

Le prince eut la sensation d'un nouveau brisement dans sa vie qui avait connu tant de blessures.

Il lui sembla qu'il avait eu le pressentiment d'un malheur nouveau en demandant, peu de jours auparavant, à Yanski Varhély de venir chez lui passer quelques mois. Il avait besoin de son vieil ami, et le comte accourait.

Varhély fut d'ailleurs stupéfait en voyant le changement qui s'était produit depuis si peu de temps dans la physionomie de Marsa. En sept mois, elle avait pris une expression nouvelle, toujours belle, mais émaciée et comme transparente. La petite main, d'une blancheur de stuc, qu'elle tendit à Varhély, le brûla : la peau était sèche et chaude.

— Eh! bien, mon cher comte, dit Marsa,
étendue sur une chaise longue, quelles
nouvelles du général Vogotzine?

— Le général va bien... Il espère retourner
en Russie... Le Tzar, supplié, n'a pas dit non!

— Ah! tant mieux, fit la voix très faible de
la jeune femme. Il doit profondément s'en-
nuyer dans le Parc, le pauvre Vogotzine...

— Il fume, boit, promène ses chiens...

Les chiens! Marsa tressaillit. Ces molosses
qui allaient survivre à Menko, à elle-même,
à cet amour qu'elle savourait maintenant,
comme la seule joie de sa vie!

Machinalement ses lèvres murmurèrent,
si bas qu'on n'entendit rien :

— Ortog... Bundas...

Puis elle dit :

— Je voudrais bien que le pauvre général
pût retourner à Saint-Pétersbourg ou à
Odessa... On n'est bien que chez soi... au
pays... Si vous saviez, Varhély, comme je
suis heureuse... heureuse d'être revenue en
Hongrie... Chez nous!

Elle était très faible. Le docteur fit à
Andras signe de la laisser un moment.

— Eh bien? demanda anxieusement le
prince à Varhély. Comment la trouvez-vous?

— Qu'en dit le médecin? fit Yanski. Est-ce
qu'il espère la sauver?

Zilah ne répliqua rien. La question de
Varhély était la plus terrible des réponses.

Enfoncé dans un fauteuil, le prince alors
laissa déborder son cœur, parlant au vieux
Yanski assis près de lui, tête nue. Ainsi,
elle allait mourir!... La solitude! Voilà à
quoi aboutissait sa vie!... Après combien de
déceptions et de larmes fallait-il arriver à
ce dénouement : une fosse ouverte, un
caveau funèbre où s'engloutissaient ses
espoirs! Que lui restait-il à présent? À l'âge
où l'on n'a plus aucun recours contre
le sort, l'amour, l'unique amour de sa vie
lui manquait. Varhély avait fait justice et
Zilah avait pardonné, pourquoi? pour veiller
ensemble une morte. Oui, oui, que lui restait-il maintenant?

— Ce qui vous reste si elle meurt? dit le
vieux Yanski lentement. Il vous reste ce que
vous aviez à vingt ans, ce qui ne meurt
jamais. Il vous reste ce qui fut l'amour et la
passion de tous ces princes Zilah qui dor-
ment sous nos pieds et qui ont eu les mêmes
souffrances, les mêmes déchirements et les
mêmes désespoirs que vous. Il vous reste
notre premier amour, mon cher Andras, la
patrie!

Le lendemain, des musiciens tziganes, que
le prince avait mandés, arrivaient au château. Marsa se sentit comme ranimée lorsqu'elle entendit le czimbalom et les cris stri-
dents de la czarda. Elle avait soif de ces har-

monies brisées, et ces chants qui la prenaient
au cœur. Elle les écoutait en serrant dans
sa main enfiévrée la main d'Andras, et, par
la fenêtre ouverte, l'*Hymne de Racockzy* montait dans l'air comme jadis, à Paris, sur le
bateau qui emportait, au matin de juillet,
les fiancés le long du fleuve.

Air héroïque, chanson de triomphe, cri
de bataille, bruit de galops, chant de victoire! C'était l'air qui saluait, au départ du
quai parisien, leurs fiançailles comme une
fanfare. C'était le chant que jouaient les
tziganes en cette nuit de deuil où le père
d'Andras avait été couché dans la terre
d'Attila.

— Je voudrais, dit Marsa quand l'hymne
eut cessé, aller au petit village où repose
ma mère!... Une Tzigane, elle aussi! Comme
eux... comme moi!... Est-ce que je pourrai,
docteur?

Le médecin hocha la tête.

— Oh! princesse, pas encore... plus tard...
aux jours de chaud soleil...

— Ce n'est donc pas le soleil, cela? dit
Marsa, en montrant, par la fenêtre, les
rayons d'avril entrant dans la vieille salle
féodale où ils faisaient, comme des points
d'or, danser des atomes.

— C'est le soleil d'avril, et il est dange-
reux quelquefois pour...

Le docteur s'arrêta, cherchant le mot, et,
comme il ne le trouvait pas, Marsa dit doucement, avec un sourire profond, mieux que
résigné, heureux :

— Pour les mourants, n'est-ce pas?

Andras frissonna, mais la main de Marsa
qui tenait la sienne, n'avait pas même tressailli.

Le vieux Varhély, aussi ému que le jour
où il avait frappé Menko, sentait ses yeux se
troubler, sous les larmes.

Elle savait qu'elle allait mourir. Elle le
savait et souriait à la mort clémente. Elle
enlevait, cette mort, toute honte à ce corps
qu'elle allait emporter. Le souvenir de
Marsa resterait pour Andras le souvenir
sacré d'une adorée sans tache. Elle mourait
sans avoir eu à se tenir à elle-même ce serment qu'elle avait fait de ne pas survivre au
bonheur rêvé, à l'union souhaitée, acceptée.
Oui, elle était douce et chère, et bienvenue,
cette mort qui, l'arrachant à Andras en
plein amour, la lavait de toute souillure.

Elle le lui dit alors, tout bas à l'oreille,
dans l'aveu sans cesse répété qui était
le testament même de la Tzigane :

— Je t'aime! je t'aime! je t'aime! Et
je meurs contente, car je sens que tu m'ai-
meras toujours! Pense donc! Est-ce que je
pouvais vivre? Est-ce qu'il n'y avait pas un
spectre entre toi et ta Marsa?

Elle le tenait dans ses bras, lui penché vers elle, au-dessus de la chaise-longue où on l'avait étendue, et il fit un geste de dénégation, ne pouvant parler, car toute parole eût été un sanglot.

— Oh! ne t'en défends pas! dit-elle. Main-

nouvelles. Là-bas, derrière ces bois, à quelques lieues de là, était la place où dormait la Tisza.

— Je voudrais reposer à côté d'elle, dit la Tzigane. Je ne suis pas de la famille, ici, vois-tu... Princesse, moi, allons donc, mon

ELLE VOULAIT REVOIR ENCORE...

tenant, non. Mais plus tard, ici, dans le tête à tête de notre amour, qui sait?... Au contraire, vois-tu, désormais il n'y aura plus d'autre fantôme auprès de toi que le mien, d'autre image que la mienne... Je le sens bien, va, que je serai là, toujours, près de toi, oui, toujours éternellement, mon bien-aimé!... La chère morte! La mort bénie!... C'est elle qui rend notre amour infini, oui, infini... va... Je t'aime! je t'aime!

Elle voulait revoir encore par la fenêtre ouverte les bois ensoleillés et les pousses

adoré! Ta femme? Je n'ai été que ton amour!

Andras plus blanc que la mourante, semblait pétrifié par l'approche de la douleur inévitable : l'agonie qui allait venir.

Mais s'éloignant maintenant par la route blanche, étincelante de soleil, les tziganes jouaient l'air plaintif de Jean de Németh, pénétrant et mélancolique, l'air imprégné de pleurs, l'air doux comme un soupir qu'elle avait si souvent fait entendre jadis : *Il n'y a qu'une belle fille au monde!*

Et cette fois, éclatant en larmes, elle lui dit, il le lui répéta, sentant son cœur se fondre :

— Oui, il n'y a que toi, Marsa! que toi, ma chère aimée, toi, toi seule!... Reste-moi! Aime-moi! Marsa, mon unique amour!

Alors, en l'écoutant, sur le beau visage de la Tzigane, une expression de joie ardente passa, comme si, dans ces larmes de Zilah, elle lisait, avec le pardon, tout l'amour, tout le dévouement de cet homme. Elle se redressa, ses petites mains appuyées au balcon de fer, et tendit, comme un oiseau hors du nid, sa tête brune, alourdie de sommeil, le bon sommeil sans rêves, ses lèvres douces, et, quand elle sentit le baiser d'Andras, elle dit faiblement, et à peine si on l'entendit :

— Ne m'oublie pas! ne m'oublie jamais, mon aimé!

Puis enfoncée à demi dans ses lourds cheveux noirs, sa tête se laissa couler sur l'épaule du prince, restant là, penchée, semblable au visage d'un enfant endormi, avec un sourire calme animant encore son pur profil de médaille.

Pendant que, là-bas, pareil au salut qu'ils donnaient jadis au prince Sandor, étendu dans sa fosse, les tziganes reprenaient fièrement la marche héroïque de la libre Hongrie, leur chanson envoyant un dernier adieu à la morte comme le soleil lui donnait un dernier baiser.

Alors, tandis que l'hymne s'éloignait, doux comme un soupir, avec un dernier appel brisé, Andras Zilah, laissant glisser sur la chaise-longue le corps souple et comme endormi de la Tzigane, s'agenouillait et disait :

— Je n'aimerai plus, maintenant, que ce que tu aimais tant, ma pauvre Tzigane : je n'aimerai plus que la terre où tu vas dormir!

Buda-Pest. — Maisons-Laffitte, 1880-1881.

Pour paraître le 1ᵉʳ Mars 1911, le Nᵒ 52

NOUVELLE COLLECTION ILLUSTRÉE
CALMANN-LÉVY

L'ouvrage complet, **95** centimes. Relié, **1** fr. **50**.

ALPHONSE KARR

Sous les Tilleuls

Illustrations de Louis STRIMPL

10-10. — Coulommiers Imp. Paul BRODARD. — 1-11